燃燒吧！劍

下

司馬遼太郎——著

目次

二条沙洲的決鬥

兩頂轎子載著歲三和七里，在灑滿月光的大街上向東行去。

皓月當空。

這是個再適合決鬥不過的月夜。雖然不是滿月，所幸天上無雲。街町房舍的屋頂在月光下有如籠罩著銀色的煙霧。

轎子離開店後，三名浪士模樣的男子慢慢走進這家位於越後屋町的「與兵衛」店裡。

他們是七里研之助手下的浪士，顯然事先已和七里串通好了。

「老闆，剛才那兩頂轎子去哪兒了？」

「不知道。」

老闆沒好氣地回答。

「不知道？」

「是。店裡只賣酒，不管客人的行蹤。」

京都人不全是性子溫和的，一旦執拗起來也是軟硬不吃的。

唰，一人拔出了劍。

他不是在威脅，一副殺紅眼的激動模樣。這些人平時在街上大喊天誅就大動干戈，說不定眞的會動手。

老闆一看情況不對，於是回答。

「啊，他們去二条河原了。」

「沒錯嗎？」

「錯不了。」

「你要是敢說謊，回來就宰了你。」

「是、是。與兵衛不賣謊言，你們放心去吧。」

京都人說話損起人來也是讓人恨得牙癢癢的。

浪士中的其中一人上前將與兵衛老闆一拳揍倒在地。

（啊，可惡的傢伙！）

與兵衛勃然大怒。年輕時他也是個賭博、坐牢、當捕吏的爪牙，不好惹的男人。

等他爬起來追到外面，已經不見了那些浪士身影。

與兵衛因爲過去的經歷而練就好眼力。他已經看出剛才進來的那位客人多半是新選組的，而且還是讓京城浪士膽戰心驚的土方歲三。

（那些浪人一同計劃要殺土方。）

京都人一般都事不關己，不愛多管閒事。與兵衛老闆本來也不想管，但是剛才的一拳讓他怒從中來。

於是，他跑向花昌町的新選組駐在所，儘管路程近半里（二公里）之遙。

歲三走下二条堤。

「今晚月色不錯。」

月亮映照在眼前的鴨川上，淺灘閃閃發光。河對岸有一些房子，此時燈已經熄了。

當時，二条橋不像三条大橋爲整座的橋樑，只是連接鴨川沙洲的既沒欄杆也無扶手的木板橋而已。

從沙洲到對岸還有第二座橋。位於第一橋和第二橋之間的沙洲上長滿了蘆葦和秋天草花。

歲三和七里步上沙洲。每踩踏一步，腳下草叢裡的蟲叫聲就停止一下。

「七里，拔劍吧。」

歲三嘴邊叼了一根草莖。

「哦，現在就要開始了嗎？」

七里很沉著。他大概是在等待同夥的到來。

「土方，用不著這麼急著去冥府報到。還是讓我先聽聽你要留下什麼話給老家吧。……不對，是給那個人。」

「哦，你是說阿雪啊。」

歲三先說了。

「是啊是啊。那可是個好女人。難道你沒有話留給這個阿雪嗎？」

「你人眞好呢。」

歲三嚼著草，傾聽著不知從哪裡傳來的鈴蟲叫聲。

「土方，我要提醒你一句。我已經不是武州八王子那時的七里了，現在可是京城公認的殺人魔王研之助。我殺過二十多個人了。其中新選組有七個，見迴組有兩個。」

「你眞高明。」

這陣子經常有隊員在街上被殺，說不定就是七里一夥人所爲。

突然，歲三聽到從遠處傳來了木板橋嘎吱嘎吱的聲音。

從鴨川東岸的第二橋與西岸的第一橋都有人影在晃動。人數大約有七、八個。

「不好，土方。有人來了。」

距離歲三約七、八間的草叢裡，七里研之助故意提高了嗓門說。

「哎，好像是有人來了。」

歲三敏捷地脫掉羽織。直覺告訴這位精通打鬥的人，那些人是七里的人。如果在那些人到達之前不殺死七里，自己將難有勝算。

撩起袴的兩邊，用劍鞘的下緒飾帶吊起衣袖，歲三一個箭步衝了出去。

「七里，看劍。」

歲三的刀出鞘了，是他的和泉守兼定。

脇差是堀川國廣。

唰，七里站著的草叢中閃過一道淡淡的光，七里劍也出鞘了。

七里採用了上段位的姿勢。

歲三使的是他常用的平星眼招術，和近藤、沖田一樣偏右。但歲三偏得最厲害，左手側幾乎毫無遮攔。

七里在等待時機。

這時，來人已經分別走過東西兩座橋，到沙洲後圍在七里的周圍。

一幫人默默地同時抽劍。

（糟了。）

歲三很自責。他想，像自己這等的策士，居然還被七里那過度簡單的計策給騙了。是武士。就你和我，——七里是這樣說的。他的確太瞭解歲三的個性了。他知道只要拿出武士當藉口，這位爭強好勝、平民出生的武士一定會上鉤。

（我不該譏笑近藤的。）

歲三很生自己的氣。是自己太不謹慎了。

——這是武士間的約定。

這種話居然出自上州平民出身的劍客七里研之助和武州好鬥大王的自己嘴裡，這不是太滑稽了嗎？武士的約定算什麼。歲三心想，不過是三百年來被俸祿養著、儒學限制的德川武士道罷了，是窩囊廢門閥武士的口頭禪，但不是自己、也不是七里或長州激進分子這種在亂世中奔走的人應該崇敬的準則。

歲三的身後是淺灘。

沙洲上沒有一棵樹可以用來遮擋。

（難道今晚我要在這裡完結了嗎？）

當然，對於歲三來說，不管什麼時候，只要是眞刀眞劍戰鬥，他都會有這樣的思想準備。他知道除了豁出性命去打，沒有其他可以取勝的辦法。

七里的劍約有二尺七寸。

劍伸向空中，影子落到了地上、腳下。雖說是敵人，但防守姿勢實在沒有破綻。

七里還在等待時機。手裡持劍的同夥們一步步地在逼近。

他們想把歲三逼到淺灘邊上。

「喂，」

七里笑道：

「在武州你讓我吃了大苦頭。不過今晚看樣子能有個了斷了。」

「——」

歲三沒理他，一言不發。雖然對手步步緊逼，但是歲三沒退半步。此時的他只能隨機應變。如果沒有足夠的勇氣，相信做不到他這樣。

依然是平星眼的招術。

「土方，如果你消失了，京城就會安靜吧？」

「少廢話。」

歲三厲聲喝道。只是聲音有點嘶啞，額頭上的汗珠滑落在臉頰上。

七里。——

還是上段位的架勢。

經歷了武州以來的幾次交手，七里已經熟知歲三的劍術習慣。對付歲三這個人，只要用一些小招術就可以取勝。而且他的左手，因爲習慣完全暴露在外。

「——」

七里以氣勢引誘歲三。

歲三卻一動也不動。

七里向前衝。

劍像電光似的從頭頂對著歲三的左手劈了下去。

就在七里的劍往下砍的一刹那，歲三握著劍柄的雙拳拉近，刀身突然向左斜方一翻，同時身體往右側偏。這些動作在一眨眼間就完成了。

鏘！

歲三以和泉守兼定的裏鎬接住了七里從上而下的劍，火花四濺。七里的劍彈了出去，身形不穩。

而歲三的和泉守兼定在空中畫了一道長長的弧線，就在七里的正對面，一劍下去，有個人從額頭到下巴分成了兩半。

屍體還沒有倒下之前，歲三已經向前跳了三間的距離。

刺中了一個人的身體。

又刺中另一個人的右肩。

歲三還在向前跑。

往木板橋跑。

到了木板橋上，他必須守住左右，否則沒有任何辦法可以從這個險境中脫身。

與兵衛老闆跑到花昌町的新選組駐地，告訴了門衛土方眼下的處境。

門衛立即報告了一番隊隊長沖田總司。

這天，沖田巡察完市區回到駐地後，感覺身體有些發熱，所以沒脫袴就躺下了。聽到門衛的報告，他一躍而起。

「一番隊隊員，馬上跟我走。目標二条河原。」

說著，人已經衝到了院子裡的馬棚。

隊裡養了數匹馬，有兩匹是近藤專用的，其中的一匹白馬是會津侯賜的，近藤把牠當成了寶貝。

「開門，快開門。」

沖田一邊喊一邊裝馬鞍，手腳並用地繫好腹帶。

這是他第一次未經許可，擅自用馬。

一躍騎上了馬。馬鞭一揮，正門還沒全開就從中間衝了出去。

路上很亮。

沿著堀川一路向北，到二条通的十字路口向東轉的時候，兩隻袖子繫好了。來到西洞院、釜座、新町和衣棚的時候，纏頭巾也紮好了。

歲三終於挪到了木板橋的東端。

但是對方已經識破他的用意，背後的木板橋上有兩人，前面的沙洲有三個人。

七里的同夥看樣子都是經過精心挑選的，很不好對付。不僅武功高得可怕，而且絕不退讓一步。

歲三突然轉了個身，乘回身之勢單手握劍刺向了橋上的敵人，卻只聽到砍中身體一聲悶響，劍沒有刺進敵人的身體。大概是劍已經鈍了。

迅速收劍。

乘機從沙洲殺過來的一個敵人，身體完全敞開著，然後飛濺起鮮血掉進水裡沖走了。

歲三擦著堀川國廣。

根據亂鬥的經驗，他選用了近二尺長的大脇差。這種刀攻對方頭部效果不好，用小太刀攻擊頭部過於冒險。

沙洲那邊又有一人踏上了木橋板。嘎吱嘎吱，向前走了兩三步，突然刺殺過來。

歲三退後半步，「唰」的一聲，刀架在左肩上。他的架勢實在太奇怪，對方猶豫了一下。就在這一瞬間，歲三一躍跳過去，砍下了他的右手。

就在這時，沖田總司的馬衝上了河堤。

他跳下馬背，放開馬，一邊從河堤上跑下來，一邊用他少有的尖叫聲喊著：

「土方。」

「——」

歲三沒有回應。因爲他選用了短刀，得採取較多守勢。

沖田一跑上橋，就一劍把歲三背後的男人砍倒落水。

「是總司嗎？」

歲三終於開口了。

「是總司。」

沖田側身通過歲三的身邊，手一伸，俐落地刺中了歲三前面的敵人。對方一聲沒吭倒了下去。

餘下的人四散逃竄。

「來了幾個人?」

沖田一邊環視周圍一邊收劍。

「沒工夫數。今晚我也有些走神了。」

「殺了不少。」

沖田在沙洲上數著屍體。

沖田走過之處，有一個人在他的腳下微微動了一下。

歲三倒抽一口涼氣，而沖田卻毫無戒備地在那男人身邊蹲了下去。

「你還活著呀。」

語氣就像站在路邊和人聊天，語調悠閒。他問：

「傷得怎麼樣?」

沖田從懷裡掏出蠟燭，用打火石點亮。

此人左肩上有一道傷口。不過可能因爲歲三的劍鈍了，傷口並不深。之所以會昏過去，大概是因爲歲三的一擊力量太大了。

「還有救。——」

沖田脫去男人的一隻袖子，在傷口上撒了些止血藥，又從旁邊屍體的袴上撕下布條，把傷口包紮了起來。

沖田讓傷者在草地上保持原狀躺著，自己走了。不知道是不是去請醫生，反正他過了木板橋向西去了。

歲三躺在沙洲的地上。他太累了，站不起來了。

(眞是多管閒事。)

他覺得沖田多此一舉。

(這小子大概因爲自己身體不好，才更容易憐憫別人吧。)

歲三翻身，伸著腦袋喝了幾口淺灘上的水。水緩緩流過他的面孔，使他突然清醒了許多。然後抬起了頭。

受傷的人說話了：

「謝謝。」
聲音嘶啞。
「跟我沒關係。」
歲三不會同情別人。他認爲自己有一天也會這樣。而且，就在剛才，要是運氣差那麼一點點，說不定自己已經倒在這個男人的身邊了。而七里一夥別說照顧，大概早就一劍要了自己的命。
還會砍下腦袋，掛到市內某個地方，梟首示眾。
（不關我的事。）
歲三心裡這樣想著，卻還是蹭到了傷者的身邊。
歲三的眼睛在夜裡依舊銳利。
那人睜著眼睛。歲三一看就知道他精神不錯。
「我是土方歲三。」
那人點了點頭。
「你眞傻呀。我是土方歲三，是打傷你的人。給你包紮的是沖田，我的同僚。你不需要謝我。」
「土方，」
那人看著夜空中的星星，說：
「你和傳說中的一樣，很強大。我眞不該來。都怪七里說你沒什麼了不起的，我才跟著來的。他來找我的時候，我留在相好家就好了。」
「相好？她叫什麼？」
歲三漫不經心的問。
「佐繪。」
（啊？）
歲三倒吸了一口氣。
「這個女人的心像冰做的一樣，總是冷冰冰的。可是我忘不了她呀，土方兄。」
「哦？」
「我還有救嗎？你是不是會殺了我？我眞想再見她一面啊。」
「架已經打完了。對一個受傷的人我是不會出手的。沖田這會兒叫醫生去了。」
「眞的？」

他想坐起來。大概還滿高興的。

這個人是越後浪士，名叫笠間喜十郎。沖田好心地叫來醫生給他療傷。可是因爲傷口化膿，第十天的時候，在二条御幸町的醫生家裡死去。

死前他揭發說：

「這次暗殺土方兄的幕後指使是新選組的參謀伊東甲子太郎。」

此人的證言成了懷疑伊東的關鍵性證據。

菊章旗

這一天。——

也就是這年（慶應二年）的九月二十六日。一早，歲三在花昌町駐地的走廊上和參謀伊東甲子太郎錯身而過。

「嗨。」

伊東比之前顯得熱情許多。

從名古屋回來已經有幾天了。

伊東抬頭看了看屋簷外面的天空，說：

「天色放晴了。」

「是啊。」

歲三板著臉。他已經掌握了確鑿的證據，證明七里研之助等刺客在二条河原暗殺自己的幕後指使就是伊東。

歲三沒有對外講，他只告訴了近藤一個人。

因爲他擔心隊員中間會出現動搖。

「豐玉師範，」

伊東用雅號稱呼歲三，大概是聽什麼人說的。他說：

「這個季節寫和歌不錯。最近有什麼雅作？」

「沒什麼，只是些亂七八糟的句子。」

「我寫了和歌。昨晚坐在燈前，思潮湧動，就寫了一首。你想聽嗎？」

「請說吧。」

伊東甲子太郎面向庭院，身體靠在欄杆上。皮膚好像黑了些，大概是路上曬的。但依然不失爲一張清秀的臉龐。

捨身傾心
亂髮拂面之世因有為

「怎麼樣？」

「的確不錯。」

歲三還是冷冰冰的樣子。這首和歌充分表達了伊東這些志士的苦心：在亂髮纏繞似的亂世中挺身而出，爲了國家社稷粉身碎骨又如何。但是一想到「有爲」一詞的背後，可能包含了除掉自己的願望，歲三實在沒辦法喜歡這首和歌。

「土方，高雄（賞紅葉名勝）、嵐峽的楓葉已經紅了吧？」

「可能吧。」

「找機會放鬆一下，去城外做一次吟歌之旅怎麼樣？——我陪你去。」

「好主意。」

「近藤先生偶爾也應該出去遊逛遊逛。你看咱們什麼時候去？」

「這個，是好主意。不過，」

高雄和嵐峽都是不錯的賞紅葉的地方，是個好主意。但是歲三很有顧慮。他想，伊東會不會在那兒設下埋伏，乘機幹掉自己呢？要眞是這樣，那可就不是簡單的賞紅葉了。

「讓我想想。」

歲三剛要走開，背後又傳來了伊東的叫聲：

「哦，對了，土方，」

好像突然想起來似的。他問：
「今晚你有空嗎？」
「什麼事兒？要吟歌嗎？」
「不是。我有事和你商量。」
（來啦。）
歲三心想。
「商量什麼？」
他問。
「到時候再和你說。我現在就去找近藤先生，跟他也說一聲。地點最好不要在花街柳巷。」
「要不要去興正寺的宅邸？」
那是近藤的住處，裡面住著大坂新町的妓女深雪大夫。
「可以。你看幾點合適？」
「哦，」
歲三從懷裡取出懷錶。這是新近弄到手的法國貨，在歲三碩大的手掌上，幾根細長的針在正常地轉動。
「五點鐘怎麼樣？」
歲三微微笑了一下。不是對伊東微笑，而是因為手中的懷錶。
伊東感到有些不快。
也不是對土方不滿，而是因為歲三手中的懷錶。身為極端的攘夷論者，伊東認為像懷錶這樣的洋玩意兒，連看一眼都覺得討厭。

歲三比約定的時間早一個小時去了近藤宅邸。
近藤這天又去了二条城。從二条城下來後沒有去駐地，直接回這裡了。
「阿歲，你說會是什麼事兒呢？」
「是關於脫離新選組的事吧。他們終於忍不住了。」
歲三坐了下來。

近藤的女人端來了茶水。

這個女人的長相在京都、大坂一帶很常見。皮色白皙，眉毛很細，腮幫子有點膨，牙齒很大。關東人近藤大概就喜歡這樣的特徵，但是歲三不喜歡這樣的女人。

（江戶女人雖然膚色較黑，脖子也顯得短粗，而且臉上還可能有雀斑。但是看上去端正多了。）

他突然想到了阿雪。

「您來啦。」

近藤的女人輕輕低頭行了個禮。聲音很含糊，女人味兒十足。歲三無法忍受這種聲調。

女人退下。

「我們和伊東是武士之間的約定。我不能接受他們要脫離隊伍。」

「我也不知道是什麼事。只是我差點兒就死在他們手裡。」

「我聽說了。」

近藤表情非常冷淡，也許他是無論如何也不願意相信伊東和七里研之助有勾結。

不久，本願寺傳來了鼓聲，五點了。

玄關處，響起了嘈雜的聲音。

「喲，來人還不少呢。」

近藤推測外面的情形。

「好像是。」

「阿歲，不會是來這裡殺我們吧？」

「你會被殺嗎？」

「啊哈哈哈，沒錯。近藤、土方是不會輕易被殺的。」

「打攪了。」

伊東甲子太郎拉開了拉門。

緊跟在他後面的是篠原泰之進。

伊東的親弟弟、九番隊隊長鈴木三樹三郎、監察新井忠雄也緊隨其後。這兩人論劍術在新選組是屈指可數的高手。

再後面是伍長加納鷲雄、監察毛內有之介（出納）和伍長富山彌兵衛。

「就你們幾個人？」

近藤正說著的時候，門口又閃進一個人，令他大感意外。

是八番隊隊長藤堂平助。

「啊，這小子也——」

近藤和歲三的臉上同時閃過一絲驚訝。

藤堂一直表現得非常好，很受大家的喜歡。近藤和歲三也都把他當成自己人來疼愛。

因爲他是江戶結盟以來的夥伴。雖然藤堂的流派是屬於千葉門下的北辰一刀流，但是他很早就開始去近藤的道場做了食客。

而且在耳聞了幕府招募浪士的消息後，他和已死去的山南敬助告知並積極促使近藤和歲三加盟了浪士組。

他們都是北辰一刀流的同門。

但是，伊東甲子太郎也是北辰一刀流的出身。

（原來同門意識還可以強到這種程度。）

歲三心想。

其實，藤堂平助早就有他自己的想法了。在新選組，核心成員是近藤、土方、沖田和井上（源三郎），他們都是天然理心流的同門。他們互相串通一氣，拉幫結派。對他們來說，非同門的都是外人。這難道也叫平等的夥伴關係嗎？

（別小看我。）

玩笑自稱是藤堂侯私生子的江戶人平助無法接受這樣的冷遇。

很早以前，他就向同門師兄山南敬助表示過他的不滿，山南也有同感。

（總之，我沒辦法和他們同生共死。）

山南等人說過這樣的話。也難怪，山南本來就有很強烈的勤王意願，他對幕府始終持批判的態度。

因爲這是千葉一門的門風。藤堂平助本來受門風的影響，對新選組的做法有意見。又受到山南的影響，於是他對新選組的不滿越來越強烈，甚至回江戶說服同門前輩伊東甲子太郎進京，共圖勤王攘夷。

關於今天的到來，當初在藤堂和伊東之間曾經有過秘密約定。只是中間由於山南未能成功出逃而被迫切腹自盡，計畫一度受挫。如果那時山南順利回到江戶的話，根據計畫他會在江戶召集志同道合者，然後東西呼應。這樣一來，此時的伊東手下應該已經有強有力的新組織了。

近藤和歲三都沒有看出藤堂平助還有這樣的野心。對這名年輕人，他們都看走了眼。

平助這人與其說是名武士，不如說他是在江戶深川的木材場裡邊搬木材邊唱謠曲的俊俏小哥，可能更貼切。

所以，沒有人不喜歡他。

然而，也沒有人會想到他是個和伊東平起平坐的思想家。更沒料到他城府之深能想出這番計策，對他太過大意了。

（眞讓人吃驚。）

然而歲三只跟往常一樣，露出一臉無趣的表情。

（眞是時勢造人啊。連看上去最不可能的人也被時勢左右了。）

幕府的威望一天天在下降。天下的志士人人都在辱罵幕府，談論討幕。形勢已然如此。連平時總是溫和待人的藤堂平助也變了。

「平助，你——」

近藤笑著說：

「和伊東談的是同一件事嗎？」

「是的。」

藤堂撓撓頭。這是他的習慣動作，這個動作又讓人覺得他是個天眞無邪的人。

「各位，請隨便坐。」

近藤最近學得很圓滑，很會應酬了。大概是因爲和各藩公用方在祇園等地飲酒喝茶時學的吧。

「好吧，伊東，我洗耳恭聽。」

「好的。今天我要敞開心扉、毫無保留地和你們談談天下大事，討論隊上今後的走向。言語有時可能會過於偏激，希望二位諒解。」

「請吧。」

近藤強顏微笑著說。

「土方也沒意見吧？」

「喔，可以。」

歲三答道。

隨後伊東談論了當前的天下形勢，又以支那爲例說明了外國的野心。他說：

「幕府已經弱不禁風，我們不能再指望幕府來捍衛日本了。如果幕府再不把政權奉還朝廷，一統日本，一致對外，用不了多久，日本就會像清國一樣嘗到苦頭的。新選組最初結盟的宗旨是攘夷。但是現在社會上卻沸沸揚揚流傳，說新選組已經淪落爲幕府的爪牙了。這還不算，最近還聽說新選組要被提拔爲幕臣。我不相信。這不是事實。近藤先生，你說呢？」

「——」

「是不是？」

「我也聽到這種傳言了。」

近藤有點心虛，他很不情願地應了一句。

今天去二条城的時候也說到了這件事。當時近藤說要聽聽伊東派的意向，所以還沒有明確答覆。

「只是傳言嗎？」

「這個嘛……」

「算了，現在我不想討論這個。現在的問題是新選組的將來。新選組能不能作爲天皇所信賴的軍隊，作爲攘夷先鋒衝鋒陷陣？」

近藤堅持佐幕論。

「在下非常崇敬天皇。」

他首先表態。但是不能因此說近藤就是尊王絕對主義者。尊王論在當時是普遍的概念，別說是讀書階級的武士，就連醫生、僧侶、村長及富農，心中都有勤王思想。它並非政治方面的理念。

「而且，我始終堅持攘夷的初衷。」

這也理所當然。在當時，提倡開國論的人是非常前衛的，他們被視爲怪胎或國賊。

「但是，伊東，」

接下來要說的才是近藤的重點。

「兵權可是掌握在關東啊。」

「這個，」

「自東照大權現（家康）以來兵權一直是由征夷大將軍掌握的，這也是依據天皇的敕令。所以，只有統率三百諸侯的德川幕府才是攘夷的核心力量。而且據我所知，連法國皇帝都承認這一點。」

「哈，法國皇帝也承認。」

伊東爲近藤的話而吃驚。首先，從抬出法國皇帝這一點來看，近藤擺明就不是眞正的攘夷主義者。

這和幕府逐步開國外交的政策不正好如出一轍嗎？

「土方，」

伊東慢慢轉向土方：

「你的看法呢？」

「一樣。」

他好像很不耐煩地答了一句。

「什麼一樣？」

「和坐在這裡的近藤勇一樣。」

「那就是佐幕囉。」

「這樣說吧，不論人家怎麼認定，我雖然是農家子弟出身，可是既然作爲武士，只想像個眞正的武士那樣活著或者死去。世間的變遷時局的變化跟我沒有關係。」

「也就是說你會爲幕府效力了。對吧？」

「對。」

歲三回答非常簡短。

此後他再也沒有開口說話。像這樣談論時勢、談論思想，他並不擅長。

夜深了。雙方依然各持己見，暫時休戰。

第二天早上，爲了進行最後的一輪談判，伊東甲子太郎和篠原泰之進又到興正寺下宅邸與近藤、歲三見面。

「二位，」

向來專心一意的篠原直視著他們：

「你們差不多該清醒了吧。如果今天二位還是不醒悟的話，我們已有自隊內分裂，另起爐灶的打算了。」

——篠原泰之進（維新後改名秦林親）留下了當晚的日記。

「次天二十七日夜間，吾輩（我方）再次登門。若今晚他們依然不從，則要他們身首異處。」

他們原打算當場殺死近藤和土方。但是由於對方無懈可擊，伊東一派認爲動手的時機還不成熟。

「（我）怒不可遏滿懷激動極力與對方辯論。（他們）反對分離，拒絕屈服。彼等（近藤、土方）不知德川的成敗（此處可能意指政治腐敗），不解勤王之目的，只表示將不阻止守武士道者。」

他們原打算先瞭解近藤和歲三的眞正想法，然後由伊東用他的雄辯口才，逼迫二人屈服。

「最終的目的是讓他們落入我們圈套，接受分裂的事實。」

是否眞正接受了呢？

總之兩派還是決裂了。

話雖如此，伊東等人並沒有馬上脫離新選組，仍在駐地住了一段時間。

這期間，軍心發生了極大動搖，隊員一個接一個地倒向伊東派。

夜幕降臨後，歲三悄悄問近藤有什麼打算。近藤沒有回答，只是用手敲了敲他的愛劍長曾禰虎徹的刀鍔。

歲三點點頭，笑了。

借用用篠原的日記風格來形容，應該就是：

——不需言語，只需劍。

新選組的實際力量是十個小隊，其中的八番隊和九番隊隊長原是藤堂和鈴木。此二人已經辭去隊長之職。但是就在伊東、篠原人等提出脫離新選組的聲明後的第三天，一件出乎意料的變故發生了。和伊東派相處並不密切的武田觀柳齋獨自離開了新選組。

伊東與薩摩藩的關係非常密切。他們提出脫離新選組的原因之一也是因為搭上了薩摩藩。武田和薩摩藩也有關係，只是他要以自己的方式投奔薩摩藩。

「武田君，聽說你最近經常出入薩摩藩邸，鑑於目前的局勢，這是好事。不如你去投奔他們吧。」

近藤召集隊裡的幹部為武田舉行了送別會，並在晚上把他送出駐地大門。

在二名隊員送行下，武田觀柳齋離開花昌町。

……

其中一名隊員是齋藤一。

就在武田通過竹田街道上的錢取橋時，齋藤以迅雷不及掩耳之勢刺向武田，武田當場一刀斃命。

——脫隊者，死路一條。

隊規依然有效。

武田觀柳齋的屍體是近藤與歲三對伊東派的無聲回答，也是戰鬥宣言。

這一年年底，孝明天皇駕崩。

隔年即慶應三年三月十日，伊東派奉命做了御陵衛士。他們在高台寺揚起了菊花紋章的隊旗，以此作為他們的大本營。

隊名聽上去讓人感覺親切，其實是勤王派新選組。

（戰鬥了。）

這天，歲三磨好了和泉守兼定。

與阿雪在一起

外面下著六月雨。

歲三坐在阿雪家的緣廊上，直望著庭院裡的繡球花。

「今年的梅雨季可眞長。」

他自言自語。心想，伊東甲子太郎一夥人說不定也在東山高台寺上看著這場雨吧。

「——」

在他背後，阿雪好像抬起了頭。

但是她什麼都沒說，只是把目光落到了膝上的針尖上。

她在縫衣服。她膝蓋上的衣服是左三巴家紋的歲三的紋服，他也知情。只是阿雪與歲三從來沒有談起過這件衣服。

（有點奇怪。）

歲三心想。

像這樣，兩個人在下雨天裡在同一個屋簷下靜靜地守在一起，歲三忽然覺得兩人好像是一對已經度過了漫長歲月的夫妻。

但是他和阿雪之間什麼也沒發生過。歲三不願意這樣做。

他很清楚，一旦自己佔有女人，隨之而來的那種寂寞感會比常人強烈無數倍。所以迄今爲止，歲三經歷過的戀愛，——

不，連戀愛都還稱不上。

都是不幸的。

（像我這樣的男人，只能不佔有女人，靜靜地坐在一旁看著對方，大概是完全無法有戀情的男人吧。）

庭院僅僅三坪大小。

這是阿雪租住的屋子，旁邊是木板牆，牆的另一面即是其他人家。

「繡球花很適合種在這種小庭院裡。」

他並沒有嘲諷的意思。

「這樣啊？」

阿雪咬斷縫線。

「我娘家是定居在江戶的下級武士，給我找的婆家也是和門當戶對的。所以說到庭院，我只知道這樣的小庭院。我娘家也好、婆家也好，庭院裡都種繡球花。」

「啊，怪不得阿雪畫的也都是繡球花。」

「是啊，怎麼畫也畫不膩。」

阿雪肩膀抖了一下，像是在笑。但因爲沒有出聲，所以背對著她的歲三並不知道。

「你丈夫也喜歡繡球花嗎？」

歲三心裡有淡淡的醋意。

「不。」

阿雪沒有抬頭，她說：

「我不知道他是喜歡還是討厭。……可能他到死都沒注意過自家的庭院裡種著繡球花也說不定。」

「這麼說，這花跟他人沒有關係嗎？」

「是啊。不光是這花，我的畫也是。——」

「沒有關係？」

「嗯。」

阿雪的聲音很小。

阿雪和亡夫結婚後一起生活的時間似乎並不長，那麼阿雪和亡夫互相瞭解對方嗎？

歲三看著雨，腦子裡想像各種事情。

「你丈夫是個什麼樣的人？」

歲三知道自己不該問這的問題，但還是說出了口。不出歲三所料，阿雪語氣生硬地說：

「是個好人。」

這就是阿雪的為人。就算生前有多少不滿，在對方過世後也絕對不會說故人的壞話。

「這樣啊。因為我沒結婚娶妻所以沒有體會。結為夫妻好像也不錯。」

「……」

阿雪沒再進一步談這話題。

「我哥哥說過，」

歲三又說起了老家的事。

「說他老婆的腳底板會說話。中午睡覺時，他老婆看看腳底板，說它想要水了，有時又會說它在生什麼事的氣之類的。」

「呵。」

阿雪終於出聲笑了。

「你說的是為三郎哥哥嗎？還是過世了的隼人哥哥？」

「不是，是排行最末的兄長，大作。」

「喔，是在下染屋（都下府中市）當醫生的那位。」

阿雪對歲三的家人、兄弟姊妹的情況都瞭若指掌。排行最末的兄長叫大作，比歲三大六歲，在下染屋村一個叫粕谷仙良的醫生家裡做養子，改名叫良循。

他是非常出色的劍客，說實在的，當醫生太可惜了。從小他就在近藤的養父周齋那裡學劍，已經達到目錄的水準。

同時他也很有詩才。他的筆名是玉洲、修齋，創作模仿山陽的詩作。不僅如此，他還是位書法家，風格豪放，頗受附近有錢人的青睞，他們中曾經有人上門請他在隔扇門上題字。現在當地還能找到一些良循留下來的書法。

「他是位豪傑，當醫生實在是可惜了。可是他害怕打雷。一聽到打雷聲就會慌慌張張地端起大碗，大口大口地喝酒，然後蒙頭大睡。下染屋村的人笑話他，說良循的鼾聲比雷聲還大。」

「既然爲三郎哥和這位哥哥都那麼有詩才，土方大人也一定不差吧。」

「別開玩笑了。」

歲三臉紅了。他很清楚自己寫的俳句蹩腳得要命。如果非要他把那些東西拿出來，會讓他非常難堪。

「別看，實在是拿不出來的東西。我既沒有詩情也沒有詩才，有的只是熱血沸騰。我不會用華麗的辭藻作詩，我只會用自己與眾不同的行動來作詩。」

「那也是詩人啊。用自己唯一的生命寫下唯一的詩作。」

……

「聚集在京城的浪士，大概也是這樣吧。」

「新選組也是嗎？」

「是吧。但我不太清楚。」

「我聽說參謀伊東甲子太郎大人帶走了很多隊員，去當保衛天皇的御親兵。」

「你怎麼知道？」

「城裡人都在議論。而且……」

阿雪停下手，低聲說：

「我還聽說土方大人你也出人頭地了。」

「你是指做幕臣吧？」

歲三背對著阿雪，語氣中帶著一絲不快。

因爲形勢所趨，爲了旗幟鮮明的表明自己的立場，新選組全體隊員同意成爲幕臣。

這件事情在幾天前已經正式公開。那一天是慶應三年六月十日。

局長近藤勇被封爲大御番組頭取，副長歲三爲大御番組頭。

根據旗本的職位制，他們的地位已經相當顯赫。

近藤的大御番組頭取相當於將軍近衛隊的總長，歲三則相當於近衛隊的隊長。

新選組助勤（士官）全體被封爲大御番組，與助勤平級的監察分別受封爲大御番並。普通隊員爲御目見得以下。如果生逢其時，他們可是天下的直參，各藩藩士在他們眼裡只能算是陪臣。

「其實和以前沒什麼不一樣。」

歲三從緣廊稍稍向後退進屋裡。

此時風向變了，雨隨風不斷飄進屋簷下。

「這場雨恐怕連鴨川也會危險。剛才我聽說荒神口的木板橋已經被沖走了。」

「世道也很危險呀。」

阿雪今天好像特別挑這些話題說。果然她還是放心不下歲三。

伊東分裂出去了。

新選組成了捍衛幕府的部隊。

御陵衛士成了保衛天皇的部隊。

雙方旗幟明確。

不過伊東的部隊與其說是御陵衛士，還不如說他們是薩摩藩的傭兵更合適。薩摩藩早有打算，有朝一日他們要在京都起義，屆時準備讓伊東一派作爲游擊隊。

順便一提，在京都安置藩兵的各藩中，以新選組近藤派的靠山會津藩和與此對立的薩摩藩爲實力最強，兵力最多。

從薩摩藩的立場來看，會津藩有新選組做游擊隊，他們也要有這樣的一支隊伍。

所以，把伊東的隊伍稱作是薩摩藩新選組更爲準確。

伊東的勤王派新選組的本陣設在高台寺月眞院裡，其薪水由京都的薩摩藩邸的賄方、糧食方和荷駄方（兵站部）提供。拉攏伊東一派進來的是曾和伊東密切往來的薩摩藩士大久保一藏（利通）和中村半次郎（桐野利秋）。他們給伊東提供了極好的待遇，聽說一天的餐費每人平均就有八百文，這在當時可是相當奢侈的。

但是像伊東甲子太郎這樣的男人，是不會甘心做薩摩藩手下的。

成爲「天皇的旗本」是他的目標。這是清河八郎曾經設想過的異想天開想法，只是清河還沒實現就過世了。

天皇手下沒有一兵一卒。家康不允許他擁有兵卒。在德川體制中，兵權完全由將軍和大名來掌握。

伊東甲子太郎希望自己的隊伍成爲天皇的私人軍隊，而且已經得到許可，可以使用十六瓣菊的御紋。掛在本陣月眞院門口的帷幔上已經印上了這一紋飾。換句話說，伊東就是天皇的新選組。

「時局還會變的。」

歲三說：

「還會有意想不到的事情發生。」

「街上大家都在盛傳，說花昌町（新選組）和高台寺（御陵衛士）之間會有一場大戰，是眞的嗎？」

「那是謠言。」

歲三進了房間。說：

「阿雪，我們不說這個了。過些天我有公務要回一趟江戶。這可是我上京後第一次回去。」

「是嗎。」

阿雪點了點頭，似乎在說你很高興吧。

「你有沒有要交代的事？只要是你阿雪的事情，我一定負責跑腿。」

「小沙丁魚乾。」

阿雪冷不防冒出這一句。說完臉紅了。

這種小白魚曬乾製成的片狀魚乾，京都沒有。

「小沙丁魚乾？」

歲三笑出了聲。他覺得這才像阿雪。阿雪出身的下級武士家裡，廚房和飯廳裡充斥著這種氣味，這是帶著生活溫暖氣息的味道。

「原來阿雪喜歡那種東西。」

「我很喜歡。」

她把頭埋進手裡正縫著的衣服裡，咯咯笑了。

「你眞是個好人。」

「爲什麼喜歡小沙丁魚乾就是好人？」

「這個。——」

歲三咳嗽一聲。即使是一些無聊的小事也要打破砂鍋問到底，果然是江戶的女人。與近藤喜歡的京都女人完全不同。

「我只是覺得你很可愛。」

「這也可愛？」

阿雪沒有抬頭，只有拿著針的小手抖了一下。

「你這樣追根究柢的，我實在……」

「我是不是不夠乖？」

她肩膀抖個不停。

「你不要這樣。你要再這樣，我會忍不住抱你的。」

「——啊？」

阿雪吃了一驚，心跳加速，連呼吸都不順了。她低下頭，只有兩隻手還在動。

她輕聲說了一句：

「你可以抱我呀。」

「……」

這次輪到歲三的呼吸不順了。再後來，連他自己都不知道自己究竟做了什麼。

這是從來都沒有發生過的事情。以前和女人偷情時，歲三總覺得身上有其他的視線在監視、批判他所做的一切，有時候甚至會冷冰冰地對歲三發號施令。

「阿雪——」

情事結束後，歲三像換了個人似的溫柔地看著阿雪。

阿雪突然感受到了一種非常美妙的驚奇。原來這個人還有一雙如此溫柔的眼睛。

「請原諒我。我沒有打算對你這樣。不過你也有責任，是你把我的心奪走了。」

「你的心……」

阿雪好像很當眞似的，開玩笑說：

「在哪裡？」

「不知道。」

歲三站了起來，說：

「會不會掉到庭院裡的繡球花的樹根上了？」

歲三在雨中離開了阿雪家。

風減弱了，雨卻更大了，密密地砸在雨傘上。雨傘下，歲三心情舒暢極了。阿雪的餘香伴著他一路走去。

歲三的公務就是到江戶招募隊員。

「阿歲，這次你去吧。」

近藤要求他回江戶招募新人。

新選組的隊員不斷減少。減少的原因很多。有戰死的，有被處以切腹自盡的，有出逃的，還有病死的等等。

再加上這次伊東派的分裂。從表面上來看，伊東似乎只帶走了新選組十五名首領，但在歲三看來，留在隊裡的人中，還有不少是伊東派的，至少有十個以上。歲三懷疑這些人是伊東甲子太郎爲了干擾新選組而特意安插在裡面的奸細。除了這十幾人以外，還有若干人看上去也是行爲可疑。

人數漸漸減少。

作爲一個隊員已由浪士升爲直參、組織已由會津藩京都守護職的預備隊升至幕府直轄正規軍的新選組，眼下，招募隊員，保證隊員達到一定數量成了當務之急。

現在的人數是一百幾十人。

此外還需要至少五十名能夠以一當十的隊員。

近藤說：

「高台寺的伊東他們最近好像也要去關東招兵買馬。」

「我聽說了。你是聽齋說的吧？」

「對，是齋。」

齋指的是齋藤一。

他是從江戶一起上京的夥伴，三番隊隊長兼隊裡的劍術師範。

他投向了伊東陣營。

當然這只是表面假相。實際上他是偵查伊東派動靜的間諜。

「如果放任不管，我們遲早會和他們在城裡產生衝突的。」

近藤說道。

「眞要是在街町上打起來可就糟了。」

歲三回應。

「是很糟糕。我們畢竟是在京都守護職領導下負責維持京都治安的隊伍。」

「更要命的，還可能會引發會津藩和薩摩藩之間的戰爭。」

「阿歲，你有對策嗎？」

「當然有。」

歲三認爲，爲了避免兩個集團間發生衝突，只有把對方的領袖伊東甲子太郎引出來伺機除掉。除此之外沒有其他辦法。

「伊東會這麼輕易上當嗎？」

「會。」

歲三笑了。

「連我都會遭七里研之助欺騙，單槍匹馬去了二条河原。去之前就是沒想到對方竟然那麼多人。」

「眞是太大意了。這可不像阿歲你。」

「不，就算是你，在那種情況下你也會去的。我們都是這種人。」

「什麼樣的人？」

「對任何事情都信心十足、過度自負的人一般來說都有點大意。我們總認爲自己很聰明，但是遇到幼稚的把戲反而更容易上當。」

「不管怎樣，」近藤說道。

「到江戶招募隊員是當務之急。你回江戶跟南多摩後，替我向大家問候。阿歲，你現在是幕府的大御番組頭。以這樣的身分榮歸故里，感覺不錯吧。」

「別開玩笑了。」

「是啊，憑著一把劍能達到這種成就，自戰國以來也只有我和你吧。」

那一年，是慶應三年。

七月底，歲三換上旅裝，啓程向江戶出發。

江戶日記

「不，我這樣穿就好。」

近藤阻止歲三只著一身普通浪士裝扮就要東下江戶。

「在旅途中，接下來都得住在大名或要人住的公家旅宿，你這身穿著不合乎規矩。你一定要穿著與身分相符的服飾裝束。」

這是理所當然的。

一身浪士打扮的人住進公家旅宿裡極不合適。這種公家旅宿，是專門提供給大名、公卿、旗本以及

以及御目見得（可直接謁見將軍）以上身分的人，其他人不能入住。

歲三換上了一身誇張的裝束。

他頭戴表面爲藍色錦塗、裡面貼金箔且外面飾有家紋的陣笠，並以白色的帶子緊繫在下顎固定住，身後跟著年輕隨從以及提草鞋、持槍與牽馬的侍衛等若干人上了街道。

這支隊伍由五名新選組隊員組成。

（跟好像演戲似的。）

剛開始歲三覺得很不好意思。

抵達旅宿後發現——

「土方歲三宿」

門前已貼上高級文書紙的宿牌，旅宿役吏出來接待。

（太可笑了。）

這宿牌在他們過箱根時，已經貼在門口板上了。

（眞是難爲情。別人看著一定覺得可笑，就是這麼回事。）

但他仍努力顯得沉著大膽。

仔細凝視歲三，他不僅個子高，神情雖略爲嚴肅卻也是個眉清目秀的美男子。看起來比代代傳承的旗本還更加體面。

「土方先生眞是不得了啊。」

隊員雖然沒說出口，眼神卻透露著驚奇。

一路上，歲三只穿著單衣。

在這慶應三年的秋天，沒完沒了的暑熱仍持續著，眞是讓人熱到受不了。

當歲三一見到右側品川的海面上波光粼粼的景緻，他終於切身感受自己回到江戶了。

在文久三年，天氣尚寒冷的二月，他從江戶出發。前後大約過了五年才終於返鄉。

歲三一行人進入江戶府內的關門。

他們又走了一會兒，在金杉橋畔的一間茶館裡稍事休息。並不是因爲旅途勞頓，而是想坐在茶館裡體會一下回到江戶的心情。

（江戶變了。）

改變的不是景色。

而是街上的行人、茶館的老闆、老闆娘和下女，總覺得他們的神情不太自然。

歲三立刻就發現原因了。

（眞無聊，還不是因爲我的這身穿著。）

這些人應對歲三這種旗本時，自然會以相稱的表情與舉止接待。所以改變的並非是江戶，而是歲三。

「老闆，」

即使喚了茶館老闆一聲，對方卻沒有馬上回應，還向年輕隨從表現出請示的神情。

「喂，菰田君，」

歲三對同行的普通隊員說：

「你去叫老闆過來和我閒聊兩句。」

他自己都覺得滑稽。

老闆終於坦率談起話來。

「大人，江戶這一年來變化可大了。」

他大概已經看出歲三原本是江戶人，可能是在大坂當職之類的，現在返回江戶。

「可是我遠眺外頭的光景，看不出有什麼變化呀。」

「不，您再仔細看。一橋御門外蓋起了一座前所未有的建物，叫異國人傳習所（外國人士教育機構）。還有在鐵砲洲的軍艦御操練所後方，從今年夏季開始建造的外國人旅宿，附近十軒町的人們都說看不到前面的天空了，像這種半開玩笑式的騷動還挺多的。」

「這樣啊。」

歲三感慨萬千。

當初是「立志當攘夷先鋒」才離開江戶的。

但是，執政的幕府與攘夷派的京都朝廷意見相左，逐漸傾向開國的態勢。

簽訂條約的對象也不再只是一流大國。歲三聽說這個月幕府又和一些如葡萄牙、西班牙、比利時和丹麥等二流國家締結條約。

（攘夷派的伊東甲子太郎一定很生氣。）

歲三既不關心攘夷也不關心開國。

只是事已至此，他已經下定決心守護德川幕府。

歲三等人離開了茶館。

他們走後，老闆側著頭思索。

（我好像在哪兒見過此人。）

老闆出身自南多摩郡日野，名叫吉松。日野宿離歲三的老家很近。

「那位是什麼人？」

他向妻子問道。

「是大御番組頭，據說叫土方歲三來著。」

「啊，是阿歲。」

他終於想起來了。

不就是那個皮膚曬得黝黑、沿著甲州街道一帶從淺川堤鬼混到多摩川邊的不良少年阿歲嗎？

「阿歲這小子，幹麼學人家這個！」

老闆瞠目結舌。他還以爲阿歲是冒充旗本往來於東海道呢。

歲三前往近藤最近買下的位於牛込二十騎町的房子，打算暫時住這裡。

近藤上次回江戶時，關閉了位於小石川小日向柳町的老道場，購置了這棟符合他身分的宅邸。

在這棟大房子裡，住著纏綿病榻的近藤周齋和勇的妻子阿常，還有獨生女瓊子。他們住在這裡有如與世隔絕般。

（的確是氣派的屋子。）

江戶也改變了。歲三感到嘲諷地想思索著。武州平民出身的近藤勇然在江戶坐擁這麼一棟房子。

周齋老人瘦得只剩皮包骨，視力也不行了。

「您近況可好？」

歲三坐在他的被窩旁邊問候著。只見老人睜著雙眼，卻望向虛空般什麼也沒瞧見。

到了晚上，周齋好像恢復了點精神，用微弱的聲音對歲三說：

「阿歲呀，我可是一輩子討了九個老婆的男人，不過看樣子這次恐怕撐不過去了。」

勇的妻子阿常依然是一副冷淡的態度，即使許久沒見到歲三也沒有半點懷念之情。

「你還好嗎？」歲三向阿常問候。

「身子還好。」

阿常答道。即使是這種女人，長時間地被近藤置之不理在此生活，果然還是跟其他人一樣會生氣，神情比以前還要冷漠。

「這幾天我要在這裡借宿。」

「喔。」

阿常搔著肚子點了點頭。

這名女子的舉止無論如何也無法聯想起大旗本的夫人。

歲三打算以這棟宅邸爲據點，招募隊員。

「這幾天多少會有人來來往往，請你諒解。」

第二天開始，歲三就讓隊員拿著檄文，開始拜訪江戶的一部分道場。

全江戶大大小小道場有三百家。

他們盡量選擇一些無名流派的小道場，至於像千葉、桃井、齋藤之類的大道場，就沒有前去拜訪。

因爲大道場的門人中勤王派居多。

新選組因爲清河八郎、山南敬助、藤堂平助以及伊東甲子太郎等人，已經吃夠了苦頭。

「還是小流派好。最好是平民百姓一般身分的、秉性沉著的男子。」

歲三對負責招募的隊員說道。

「就比照長州奇兵隊的作法吧。」

長州奇兵隊清一色由平民百姓組成，現在已成爲長州軍中最強的一支隊伍。

世世代代依靠俸祿就足以過活的家庭，出不了像樣的武士。

消息很快在江戶的各家道場傳開，前來二十騎町近藤宅邸詢問的劍客絡繹不絕。

歲三把面試工作全交給隊員。

隊員中意的人選當場就拍板定案，他們會慎重將來人送到玄關，並告訴對方集合的時日。

期間歲三完全沒有露面，他就在後頭的房間內，聽取負責招募隊員每日的報告。

「您爲什麼不見他們呢？」

有隊員詢問歲三。

「我這個人一見到他人就有先入爲主的好惡印象。

這種性子怎能擔任甄選隊員的重要工作呢？」

「原來如此。」

幾位隊員事後私下閒聊。

有人說：

「這人似乎非常了解自己。」

也有人說：

「不。這一路上我一直在想，他其實爲人很不錯。而且也不會囉嗦細節的事。」

不知道是否因爲這些因素，自從這次江戸之行後，大家對歲三的看法顯著轉爲好評。

歲三自己可能也沒意識到這些。說不定是因爲，在京都與阿雪間產生了男女私情有關。——

如果這時有個善於觀察人的隊員，也許會這麼說：

「因爲他單身，從來沒有眞正愛過一個女人，所以血氣方剛。大概是最近有了女人，所以了解他人等每一個生命都是值得憐惜的。」

根據日野的佐藤家流傳下來的說法，這次歲三停留江戸期間，只回老家、去佐藤家和拜訪其他人一次。

他去的時候坐的駕籠，當時只有頗具身分的武士才能搭。

但是在日野宿附近，歲三得到的評價並不好。

大家都指責他，說他「太自大傲慢了」。

連姊夫佐藤彥五郎也委婉地規勸他：

「阿歲，雖然你現在是個武士大人了，但不能忘本啊。」

「我還是那位阿歲啊。」

歲三不帶一絲笑容地說道。

這一帶人們以前所認識的歲三原本就態度冷淡。

他的意思是，自己的本性現在依然沒變。

「可是阿歲，你好不容易衣錦還鄉，大家都爲你和阿勇成爲三多摩最出人頭地的成就感到高興。對於眾人的這種心意你要好好答謝。」

「啊？」

歲三一臉不快地說：

「那該怎麼做比較好？」

「稍微露點笑容，微笑的模樣。這一帶的人很都直率，所以只要讓眾人感受『啊，有成就後就是不一樣』，人謙虛一點，大家就會很高興。更何況你又這麼吝惜笑容。」

「我才沒有呢。」

歲三不明白了。

「又沒什麼好笑的，怎麼笑得出來呀。」

雖然如此，據說他也有格外細心、體貼之處。

在石田的老家，他有個姪女叫作阿蕊。

歲三前往京都時候她尚年幼，隨後去了江戶的某位大名家幫傭及學習禮儀規矩。

歲三在京都時聽說她嫁給附近鄰居，後來因爲體弱多病而離緣，回到娘家。

只有對阿蕊這個姪女，歲三特地帶來京都的髮簪、繪草紙（當時的圖畫書、大眾讀物）等禮物，也不知道他是什麼時候準備的。

（阿歲也有出乎意料的時候。）

盲眼的大哥爲三郎非常感動。

另外，他家裡還提到相親的事。

提議的是歲三的姊姊阿信（佐藤彥五郎之妻）。盲眼大哥爲三郎也極力勸說。

「那位姑娘我也認識，長得相當漂亮。不只明眼人看了誇讚，就連我這個瞎子也拍胸脯保證，可見得是好對象。」

她是戶塚村的姑娘。

他們家是土方家的遠房親戚。在村裡也是相當富裕的大戶。因爲上一代主人熱中於彈奏三味線，家裡還兼營三味線店。

「喔，是那家啊。」

歲三對此模模糊糊有點印象。他記得那家宅邸的外門兩邊圍繞著楓木圍籬，只有面向街道的一角開了細格子窗，算是「店面」吧。

他們就在那賣三味線。

「你是說阿琴嗎？」

歲三大笑。

這似乎是歲三回家後第一次笑了。

阿琴在戶塚一帶是頭號美人，加上三味線又彈得好。歲三上京的時候她大約十五、六歲，現在已經二十出頭了。

「阿歲，你有打算吧？」

盲人哥哥有些疑惑，彷彿從周遭氣氛就能感知他人的想法。

「我是指娶妻啦。你雖然是我們家的老么，但也已經三十三歲。男人到這把年紀也超過適婚期啦。」

「我已經太老了。都三十三歲了還是單身，也沒人要啦。而且一想到被妻子之類的從早到晚緊黏著，我就怕得全身發抖。若是一般武士可依靠俸祿過活，這樣消磨時間還無所謂，但我可是得工作的。」

「你有什麼工作啊？」

「新選組呀。」

於是這樁婚事就這樣不了了之。

歲三在家鄉只待了幾天就回江戶了。

在江戶，他見到了沖田總司的姊夫、新徵組小頭目沖田林太郎和他的妻子阿光（總司的親姊姊）等人。

阿光一見到歲三，就絮絮叨叨不停詢問總司的身體狀況。

「完全不用擔心。」

歲三雖然這麼說，實際上總司幾乎有一半時間只能躺在床上。

他除了服用醫生開的藥，同時也使用歲三老家祖傳藥方。

土方家不僅只有歲三以前挑著擔子叫賣的治療跌

打損傷的「石田散藥」，還有治療結核病的藥物「虛勞散」。歲三特地讓家人送到京都給沖田服用。

每次歲三幫他煎藥時，他總是勉勉強強喝下。

「眞難喝。」

還說：

「我可是爲了土方你才喝的喔。」

喝了人家的藥，還硬要人家感恩戴德。

「阿光，這次我會再帶些藥回京都，因爲很有效。」

大概是賣藥時養成的習性，他說這番話時顯得自信十足。當然，歲三是打從心底裡相信自家的藥方很有療效。面對任何事，他都是這個性子。

新招募的隊員共二十八人，個個都經過精挑細選。

十月二十一日天色還沒亮，全體人員就在近藤宅邸集合，從江戶出發。

在數天前的十四日，幕府將軍慶喜已經奉還大政給天皇。但是這個消息此時還沒有傳到尚在江戶的歲三耳裡。

到達小田原的旅宿時，他聽到這個消息。

當時，歲三沒有表現出絲毫的異樣，他只說了句：

「新選組接下來要大顯身手了。」

十一月四日，一行人抵達京都。

剛要過三条大橋時，前一天夜裡開始侵襲的風雨突然轉強。對岸因爲霧氣而顯得昏暗。

歲三茫然佇立橋上。他從來沒有看到過這種駭人光景的京都。

劍的命運

歲三搭著駕籠回到花昌町，通過駐地大門時嘴裡還念著：

「這雨勢可眞大的。」

近藤和一些主要隊員也到門口迎接他們一行人。

「阿歲。」

近藤拍了拍歲三的肩，好像很想念他似的。

「阿歲，你一回京都，老天爺都感動得下起大雨啦。」

雖然這是近藤慣有的蹩腳笑話，可是總覺得有些空虛。

（太奇怪了。）

歲三對這類事情的直覺非常敏銳。他想，是不是因爲大政奉還的緣故，近藤的心境也隨之改變了呢。

（肯定是這個原因。）

兩人並肩走在走廊上。近藤連說話語氣也不一樣了，像是在討好歲三似的。

「行程很勞累吧。」

「嗯。」

歲三太瞭解近藤這個人了。

就算他心裡真的關心，也絕不會把這種話說出口。他不是體貼的人。

「我不累。倒是看你這樣子，留在京城似乎比我還累。」

「有嗎？」

「看你沒精打采的，大概有什麼讓你心神不寧吧。」

「阿歲，你還不知道。」

「算了，這件事待會兒再談。」

傍晚，隊上幹部聚集在近藤家裡舉行酒宴為歲三洗塵。

「土方，江戶怎麼樣？」

沖田總司問道。

「喔，我見到你姊姊了。過會兒再仔細跟你說。」

歲三覺得很奇怪。酒宴上的氣氛很沉悶，與他離開京都時完全不同。。

更何況在座的這群人原本就不是低沉的個性。原田左之助堪稱樂天派中的樂天派；永倉新八對什麼事都想得開；性情溫和且從不看書的井上源三郎；還有沖田總司，這個年輕人只求與近藤、土方生死與共，其他的煩惱就全交給神佛解決。

歲三聊起了這次江戶之行。

周齋老人的病情。

佐藤彥五郎的近況。

還有江戶對新選組的看法。

「今年兩國沒有放煙火。江戶也跟以前不同了。走在街上，我看很多撐著洋傘行走的武士。那種傘最初只在旗本之間流行，現在連一般民眾也使用了。」

「變化這麼大啊？」永倉問道。

永倉新八是松前藩脫藩浪士，因為父親是常住江戶的下士，自幼即在此成長。因此他對江戶的懷念之情顯得特別深厚。

「眞想回江戶啊。」

永倉露出疲憊至極的神色說著。

「怎麼了嗎？」

歲三端著酒杯擱在唇邊，露出微笑。他的微笑，常常伴隨著麻煩事。

「沒，沒什麼原因。只是因爲土方兄帶來了久違的江戶氣息，所以才有此感慨。」

「不過新八，我是不會讓你回江戶的。」

歲三放下酒杯。

「就我理解，京都才是新選組的戰場。」

「不過，阿歲——」

旁邊傳來了一聲很輕的說話聲。是近藤。他嘟囔著：

「你要堅持己見也行。但是，」

「但是？」

「你不在京城期間，這裡也變了。」

近藤大概是想提大政奉還的事情。近藤不知道該如何應對這樣的劇變。

「將軍已經把政權奉還給天皇。」

「這事待會兒再說。」

雖然歲三這麼說了，但是這次近藤態度很強硬。

「阿歲，你聽我說。日本三百年，不，是從源瀨朝公以來，政權一直都是由武家的領袖所掌握的。政權雖有盛衰交替，但這是日本自古以來的傳統。更何況現在有洋夷覬覦著國家，這時最應該是全民堅持要征夷大將軍守衛我們國家，可是將軍卻把政權交給了公卿。這種情形下，日本還能守得住嗎？」

「就是這麼一回事。」

坐在末座的原田左之助爲大聲鼓掌。他眞是一個單純的男人。

「左之助，你給我閉嘴！」

近藤制止他。

「可是就算這樣，我們也不能把弓箭對準天皇呀。阿歲。」

「爲什麼？」

歲三放下杯子。

「你有什麼意見嗎？」

「當然有。而且這又不是什麼難事。新選組的首領是你。你沒有必要爲了源九郎義經似的的白面書生而煩惱。首領這種角色是不應該心煩意亂的。你要讓部下看到自己向來都是信心十足的樣子，讓部下面對你時有如仰望泰山，這才是首領大將。因爲你苦惱的樣子，你看，隊裡的氣氛多麼死氣沉沉。」

「我這不就是在商量嗎？」

「這些都是沒用的話。」

歲三脫口說出心中想法。要是眞想和他商量，私底下討論就可以了，這就是他的意見。一旦隊長開始向隊員傾訴自己的煩惱，不用等到明天，今天開始新選組就分崩離析了。

「近藤，」

酒宴結束後，土方待在近藤的宅子裡，沒有其他隊員在場。

「我們只講究節義。不論時局也好，天皇、薩摩、長州、土州如何，公卿的岩倉怎樣，這些事一旦開始談就會很奇怪。近藤，你先把你身上的污垢洗去再說吧。」

「污垢？」

「就是政治這檔子事。你到了京都以後瞭解了政治的樂趣。但是政治是每日在變動的，要是一一被這些所影響，那麼新選組至今不知道已經變節多少回了。男人要講究節義。這是亙古不變的原則。——我們，」

歲三一口喝完已經變涼的茶，接著說：

「剛來京都的時候，我們完全沒有幕府、天皇之類的概念。一心只想成爲攘夷先鋒，僅此而已。但是，後來我們與會津藩、幕府結成了很深厚的緣分，不知不覺中就投向他們那邊了。如果現在我們背叛他們，那麼作爲男人無疑非常失敗。近藤兄，你喜歡讀《日本外史》，你就應該知道歷史是會演變的。而其中萬世不變是在不同的時代裡堅守節義的男子英名。新選組在此刻應該成爲一個節義的集團。即使御家門、御親藩、世襲大名和旗本八萬騎對著德川家背後放箭，我們新選組也絕不能背叛。就算戰鬥到最後只剩下一兵一卒，也絕不背叛德川家。」

「阿歲，楠公也是這樣的。」

「你眞是個優秀的學者。」

歲三輕輕笑了。他想起了脫離同盟的伊東甲子太郎同樣是楠公的崇拜者。

「但是，我們不需要借用楠某等逝者的名義，我們就採用近藤勇、土方歲三的方式。這就足夠了。」

「可是隊上已經出現了動搖。是不是應該出告示什麼的？」

「不，光是言語沒有用。我們必須讓隊員懂得什麼是節義，同時也要讓他們明白沒節操的人只有死路一條。只有這樣才能鎮住人心。我們首要的就是解決投奔薩摩藩的伊東攝津。」

前面已經介紹過，伊東在江戶時原名鈴木大藏。在加入新選組的那年，爲了表示紀念改名爲甲子太郎。投奔薩摩藩，當上了御陵衛士首領後，再次改名爲攝津。

當時，脫藩者改名的現象很常見。但是，每變節一次就改名字的人大概只有伊東甲子太郎。

慶應三年十一月十八日的夜裡，這位伊東甲子太郎遭暗殺。

那天，他應邀來到近藤私邸，在近藤家喝得爛醉。離去時已經過了夜裡十點。

這天晚上沒有風，但是路面結凍。高掛天心的月亮照著北小路通。伊東向東行，準備回到位於東山高台寺的駐地。

他沒有提燈籠，也沒有帶人隨同。大概是伊東太過於自信了。

伊東在近藤家裡暢談時局，痛罵幕府，演出了一場精彩的獨幕劇。

聽的人都很感動的樣子。

近藤甚至還握著他的手說：

「伊東先生，我們一起努力吧。捨身爲國不正是大丈夫的願望嗎？」

近藤甚至眼眶裡噙滿淚水。當時究竟懷著何種心情呢？

連原田左之助也爲伊東的辯才所折服。他一邊感慨一邊不停給伊東斟酒。

（正因爲他們這群人很愚昧，所以一旦瞭解事物道理就會比常人更加感動。）

伊東非常得意。

（只可惜土方不在場。）

剛來的時候，伊東還覺得有點可疑。但在觥籌交錯間，漸漸不再介意了。

（隨著時局變化，這個冥頑不靈的傢伙也不得不離開新選組了吧？我想他一定發覺這點，不好意思和我這曾經預言今日時局的人同席而坐吧。）

這位冥頑不靈的人此時正睜大雙眼、紋風不動蹲在離伊東回駐地的必經之路——崇德寺門後。

崇德寺的對面也是寺院。

前面的路非常窄，最多勉強可以並排走三個人。

那邊的木板牆、町家屋簷下與疊起的消防水桶後方，這些隱蔽處傳來細微的呼吸聲。

伊東醉醺醺地走上了橋。過橋時，嘴裡輕輕地哼起在江戶時學的謠曲《竹生島》中的一節。

過了橋後。

橋對面的路向東筆直延伸，漆黑的琉璃瓦屋頂遮掩了路的盡頭。那是東本願寺的大伽藍。

伊東還繼續哼著謠曲。

聲音戛然而止。

長槍從伊東的右邊刺來，穿透了他的頸項。

伊東直挺挺地站在路上。

氣管沒有刺斷，雖然一息尚存，可是身體動彈不得。長槍也依然刺穿著，伊東甲子太郎站著一動不動。

武藤勝藏躡手躡腳地繞到了他的背後，舉起太刀劈向伊東。

伊東卻搶先拔劍刺中了勝藏。由此可見，在正常情況下，伊東有多難以對付。

就在他拔劍斬殺武藤時，穿刺伊東頸項的長槍拔了出來。

同時鮮血噴濺而出。如果伊東頸上的長槍沒有拔出的話，或許尚可以勉強留住性命。

伊東向前走了五、六步，腳步出乎意料的穩健。但是很快就倒在地上，發出木頭滾落似的悶響。

一命嗚呼。

「戰鬥開始了。」

宛如邪惡鬼神的歲三走出來。

(背叛節義的人就是這種下場。)

伊東的屍體被當成誘餌扔到了七条油小路的十字路口正中間。在東山的御陵衛士駐地應該很快就會收到町役人通知吧。

他們大概會全副武裝地立即趕去。

在這裡設下埋伏，一舉殲滅脫離的叛徒，這是歲三的戰術。將敵將的屍體作爲誘餌給敵人設圈套，使出這種殘忍無情的戰術的人在歷史上恐怕找不出幾個。

他沒有把伊東當成人看待。

歲三就是如此憎恨把自己的作品——新選組——搞得差點分崩離析的元兇。

他對其餘黨徒也懷有同樣的恨意。

(這群人很快就會來的。要把他們統統消滅。)

歲三嚴厲地命令前去埋伏的四十餘名隊員。

歲三在油小路七条的十字路口以北，把位於路東的第三棟房子、烏龍麵店「芳治」包了下來，讓準備作戰的主力隊員隱藏在裡面。

其餘的隊員以三人爲一組，分別埋伏在十字路口四處。

月亮已經開始斜下。敵人還沒有出現。

「土方，他們會來吧？」

原田左之助從土間裡詢問坐在「芳治」拉門框上的歲三。

「會來的。」

他非常確定。伊東派的人個個武術高超，但大多數人脾氣火爆。爲了把受辱的首領屍體搶回來，他們會置生死於不顧的。

高台寺月眞院的御陵衛士駐地，這天晚上眞是不幸。留在駐地的只有少數人。

隊中的幹部新井忠雄、清原清爲招募新隊員去了關東。

伊東的嫡傳弟子內海二郎、阿部十郎爲了找鐵砲，前天去了稻荷山還沒有回來。

伊東死後，最年長的篠原泰之進自然成了眾人的依靠。畢竟在伊東生前，他是伊東常找來商量事情的人

前來報信的町役人回去後，篠原讓大家安靜下來。他說：

「我們一定要把遺體弄回來。對方可能會設埋伏，但是不管怎樣，遺體我們一定要搶回來。我們不需要多餘的顧慮。」

「篠原，」

說話的是伊東的親弟弟鈴木三樹三郎。他渾身在發抖。

「對方是我們的舊友，大家都認識。我們應該先禮後兵，盡到我們的禮節向他們開口要，這樣就可以避免更多的麻煩。不是嗎？」

「盡禮節？」

篠原笑了。如果對方懂武士禮節的話，那他們就不會誘殺伊東了。

「看來，我們只有跟他們決一死戰。」

服部武雄說。在新選組裡他也是個劍術高超的人。

「篠原，穿上盔甲去吧。」

「不行。」

篠原命令所有人穿便服。關於他當時的想法，篠原泰之進在維新後的日記中是這樣寫的：

——如果與賊人相戰，敵眾我寡。若著盔甲上路復仇，必被後人恥笑。」

出動的隊員共有七人。

篠原泰之進、鈴木三樹三郎、加納鷲雄、富山彌兵衛、藤堂平助、服部武雄和毛內監物。他們都是坐駕籠去的。

除了這七人，還去了兩個負責搬運遺骸的人和一名隨從。

當他們走下東山坡道的時候，剛過凌晨一點。

趕往油小路。

環顧四周，靜悄悄似是無人。他們直奔向伊東屍體，見伊東橫死街頭慘狀，皆同聲喊叫。想迅速將浴血屍身抬進轎內。這時，賊人從三方蜂擁而至，全部都披戴了鎖子甲，人數約四十多人。

歲三站在「芳治」的屋簷下，抱著胳臂觀望著雙方戰鬥。

月光照亮著路上的雙方混戰。

看到藤堂平助、服部武雄奮勇奮戰的樣子，歲三感到一陣戰慄。他們連退縮一步都沒有。

他們或躲開來劍，馬上反擊刺向對方，或主動衝上前斬殺對方，沒有絲毫猶豫。

「土方，讓我上吧。」

候補隊員永倉新八說。

「不用，就讓新隊員鍛鍊鍛鍊吧。」

「話是沒錯。可是這樣下去只會增加死亡人數。」

永倉沒聽歲三的話，一躍跳進了人群。

歲三看到永倉投身人群，直奔藤堂。他們是江戶結盟以來的老朋友。

「平助，我是永倉。」

說著拔出劍，身體靠在屋簷下，讓出往南的去路，暗示對方快跑。

藤堂明白永倉的好意，準備衝出去。他覺得有永倉相救很放心，因此放鬆警惕，結果挨了隊員三浦某從背後刺來的一劍。

藤堂的身上已經有十多處傷。

他依然不屈服，反身殺了三浦。終於精疲力竭，扔下刀，直接倒在屋簷下的水溝裡，一命嗚呼。

服部武雄更勇猛。光是手下的傷者就達二十來人。連隊裡水準一流的原田左之助、島田魁都招架不住服部凌厲的長劍而掛彩。不過最後他還是在戰鬥中死去。

毛內監物也戰死了。

篠原、鈴木、加納和富山在群鬥一開始就迅速逃離了現場。

奇怪的是，在群鬥中死去的都是一流的好手。看樣子他們就算自己想跑，他們手中的劍也不容許。彷彿那劍本身有意志似地揮動著擊斃一個又一個敵人，並窮追不捨地逼迫持劍者至死方休。

「爲劍而活的人終將因劍而死。」

歲三腦海突然浮現這個想法。

走出屋簷下的時候，月亮已經落下了。歲三獨自走在漆黑的七条通上。

星星出來了。

急轉直下

天下已大亂。

慶應三年十一月十八日，在油小路殺了脫盟者頭目的伊東甲子太郎後，近藤的樣子就顯得奇怪，好像無法冷靜下來。

大政奉還。

德川慶喜向朝廷辭掉將軍職。

天下會變得如何呢？

「近藤，身爲男子漢這種時候更需沉著，千萬不能在時代潮流中隨波逐流。」

即使歲三這樣怒斥近藤，近藤仍日日像陀螺一樣忙得團團轉。每天他帶著一群隊士到京都四方各處奔走。既去二条城拜見幕府大目付永井玄蕃頭，又到黑谷的會津藩本陣探聽消息，甚至還前往勤王派（但對幕府抱同情之心）的土佐藩邸，拜見參政後藤象二郎。

「京城因爲長州引發蛤御門之變而秩序大亂，而他們卻絲毫無反省之意。對此您怎麼看待？」

近藤這番不顧前因後果且早就落伍的言論脫口而出，讓後藤十分困擾。實際上薩長兩藩已經收到討幕的密敕了。

這天，後藤象二郎大聲斥喝來訪的近藤。

「現在正是國難當頭之時，日本必須建立統一的國家抵禦外邦。大政奉還後，皇國必須齊心協力整頓內政，除去三百年來的積弊，樹立可與外國平起平坐的堂堂之邦。現在這種時勢不是議論長州的時候。如果爲此國內起紛爭內亂，外國就會乘機侵佔日本。自今日起，身爲志士更應該將全副心力放在這方面。是不是呢？近藤先生。」

「的確，身爲志士應該……」

近藤只說了這些。「勇默然，不發一言離去。」這是摘自後藤的記錄，看得出近藤當時極爲垂頭喪氣，大概事實的確如此。

歲三認爲近藤過於熱衷政治。

（諸般形勢怎樣都無所謂。即使情勢對我們極爲不利，但堅持不變節才是男子漢所應爲。）

在後藤的記錄中，近藤似乎還透露過「我也希望生來就是土佐藩的武士。這樣的話在這種情勢下，我也能夠有所貢獻」這種想法。

顯然地近藤的想法搖擺不定。他只是一介武人，而只有這點才幹的近藤勇得到與他能力極爲不符的頭銜和地位，更開始對政治及思想滿懷憧憬。這可說是近藤可笑的動搖之心。

歲三是這樣看待的。

眞是麻煩啊。他私底下對臥病在床的沖田總司透露過。

「對於目前江河日下的幕府而言，新選組是最強大的武士集團了。像我們這樣的組織，目前最好的作法就是採取不動如山徐如林的守勢，就足以讓人畏懼了。可是這個組織的最高首領卻在幕府與諸藩的要人之間慌忙奔走，不知輕重地議論時局，只會被人看輕罷了。」

「嗯，是啊……。」

沖田依舊帶著不明所以的微笑，仰望著歲三。

「總司，你要快點好起來。」

「我會的。」

沖田微笑著。他的微笑……雖然跟平常沒兩樣，卻平靜得教歲三心裡害怕。

「總司，你是個好人。」

「你眞是的。」

沖田有些困惑。他覺得歲三今天有點奇怪。

「我啊，如果有來生，不想再有這種強勢的性格，希望投胎成像你這樣的人。」

「嗯，究竟哪種更幸福呢？……」

沖田撇過頭，不再看著歲三。

「我也不清楚。除了懷抱著與生俱來的天性努力活著外，身爲人應該也沒有其他辦法了吧。」

沖田說道。以他而言很少有這種談話。也許他對自己的生命開始不抱希望了吧。

不知道是不是因爲心境如此，他的聲音聽起來非常孤寂。

歲三急忙轉移了話題。不知爲什麼眼眶有點濕了。

「我讀了兵書。」

歲三說：

「一讀兵書，很奇妙地內心平靜下來。我雖然識字不多，但《論語》、《孟子》、《十八史略》和《日本外史》之類的大致讀完了。然而我發現，對那些學問若只是一知半解的話，就會直盯著自己的信念不斷審視，還以爲是旁觀者清的洞察，最終變成搖擺不定的人。從這點來考量，還是讀《孫子》和《吳子》之類的兵法書好。因爲裡面的內容都是如何戰勝敵人，我們唯一的目的只有這個。總司，看著這個。」

刀光一閃。

拔出鞘是他的和泉守兼定，長二尺八寸。已經數不清斬殺過多少人。

「這是刀。」

歲三的語氣熱切，幾乎不顧一旁的沖田，彷彿是在說給自己聽一般。

「總司，你看，這是刀。」

「是刀呀。」

沖田無奈地笑了笑。

「所謂的刀，是工匠為了殺人這目的而打造的。所以刀劍的性格、目的都單純明快。與兵書一樣，目的就是打敗敵方，只有這種思想而已。」

「是啊。」

「可是你看，這種純粹的美。刀比美人更美。就算見到美人心情也不會緊張，可是刀劍之美讓男子肅然的鐵石心腸也心弦一緊。所以目的應該簡單，思想必須純粹。新選組只能為節義而存在。」

（原來如此，他想說的是這個啊。）

病榻上的沖田依然微笑著。

「是不是？沖田總司。」

「我也這麼認為。」

只有這點，他非常明確地點頭。

「總司也真的這麼認為嗎？」

「不過，土方……」

沖田停頓一下，接著說：

「新選組將來會變得怎樣呢？」

「變得怎樣？」

歲三哈哈大笑。

「男人不會這樣考慮，女人家才會這麼說。身為男子漢除了思考該怎麼辦，不會有其他念頭。」

「那麼，怎麼辦呢？」

「孫子說，」

歲三喀嚓一聲把刀收回刀鞘。

「侵略如火，其疾如風，動如雷震。」

歲三堅持要為幕府奮戰到底。不論將軍奉還大政與否，都與土方歲三無關。歲三生逢亂世。

死於亂世。

（這不就是男子漢的夙願嗎？）

「總司，我呢，不管世道變成怎樣，就算幕府軍全軍覆沒，舉旗投降，只要還有一口氣在我就會堅持到底。」

事實上，在這之後，幕府軍和各藩紛紛投降或即將落敗時，土方歲三是最後、唯一一名堅持戰鬥到最後一刻的幕府志士。更進一步的細節請容我隨著這故事後面的發展述說。

「我啊——總司，」

歲三繼續說道。

「我現在如果像近藤那樣搖擺不定的話……，迄今爲止，爲了守護新選組這個組織，我雙手不知沾了多少同志的鮮血，芹澤鴨、山南敬助、伊東甲子太郎……他們都是爲了這個理由遭我殺害。他們在伏法之際，仍然像男子漢一般凜然赴死。如果我現在搖擺不定，將來到地下要拿什麼臉見他們。」

「男人的一生，」歲三接著說。

「是爲了創造美。我堅信這一點。」

「我也是。」

沖田被歲三深深地感動了，他很乾脆地說：

「只有我活著，我就跟定土方你了。」

形勢日益發生變化。大政奉還後不到兩個月的慶應三年十二月九日。

天皇發布了「王政復古的大號令」。留駐在京都的幕府旗本、會津軍與桑名軍群情激憤，他們不服「薩摩藩的陰謀得逞」，京都內發生戰爭的跡象越來越明顯。

「將軍慶喜出身於水戶家系。因爲成長於過度重視朝廷的家風之下，所以這位大人在重要大事方面只要一遇上薩摩藩勤王的口號就態度軟化。將軍出賣了德川幕府。」

將軍出賣幕府，雖然這說法極不合理，但是就連幕臣都有人如此大聲疾呼，當時政局混沌狀況可想而知。

慶喜是個才子，在天下各大名諸侯中，大概沒有人能及得上慶喜的才智與判斷時局的眼光。

然而他對乘著時勢潮流而起的薩長連盟，束手無策。

關於當時的「時勢」，勝海舟後來這樣說：

「形勢實在非常驚人。無論是西鄉（隆盛）也好，木戶（桂小五郎）、大久保（利通）也好，就個人而言，他們並不是什麼令人驚嘆的人物（勝在其他語錄中，倒是盛讚西鄉為世間少有的人才）。但是，因為他們乘上了「王政維新」這股形勢浪頭，所以我終究只能折服。然而隨著形勢潮流逐漸平息，個人的價值也會回到原貌，原本看起來很了不起的人物變得意外渺小。」

順便再看一段有關這位傑出政論家勝海舟如何看待當時局勢的文章，在此引用他本人的文字。不過，前段所引用的是按照勝海舟的口吻而速記留下的內容，下一段文字則是他本人在慶應三年當時暗中寫下來的隨想，所以「時局」的氣息躍然紙上。原文是文言文，所以筆者意譯為白話。

「會津藩（包括新選組──作者）留駐京師負責治安。但是他們的思想異常頑固，只有徒然的一本正經。而且他們從未認真思考如何才能保護德川家。他們以為只有頑固的思想才是對幕府的忠誠。萬一這樣持續下去，毀滅國家（日本）的罪魁禍首就是他們了吧。總之，他們見識短淺，完全不知道護國的當務之急為何。（中略）此時為鎮護國家，所需的不正是能高瞻遠矚提出重大方針、不會將國家帶到錯誤方向的人嗎？一思及此只能長歎而已（作者──像這樣比勤王佐幕論者站在更高處觀察當時國情的幕臣，在當時只有勝海舟一人，也許將軍慶喜也可以算是。慶喜「拋棄幕府」而激怒會津藩士，就在於這種意識的分歧。）

當京都的幕府軍和會津、桑名的藩軍剛得知新的變動時，慶喜爲了迴避衝突，已急忙從京都撤到大坂城。

迄今一直被視爲「家康以來之英傑」的慶喜。

「只要有慶喜在，幕府或許會依舊存續。」才智能力讓薩長勢力畏懼的德川慶喜，從此時開始改變。末代將軍慶喜今後的人生只能服從謹慎命令，徹底迴避時局。

聊點題外話。慶喜在那之後，一次次地變換住處，持續過著專心迴避的生活。他這種迴避、被令謹慎的生活究竟有多極端，從他再次謁見天皇之事可以窺見。慶喜再次謁見天皇，居然是在三十年後的明治三十一年五月二日。他在自己以前的居城舊江戶城裡拜見天皇、皇后，向他們「請安問候」。當時，明治天皇只賜給他一對銀質花瓶、紅白縐綢和一只銀杯。這是慶喜在奉還政權，相隔三十年後才得到的謝禮，僅止於此。由此可以推斷，慶喜的後半生實在是悲劇。

幕府軍隨著慶喜下大坂，有如退潮一般離開京都。當然，會津藩也離開了。只有新選組以「伏見鎮護」的名義，被安排駐守在伏見奉行所。

在京城，以薩摩爲首的所謂倒幕勢力擁立天皇。

幕府的指揮者以「京都的薩長二藩與大坂的幕府軍之間隨時可能發生戰爭」爲由，將新選組安置在伏見，因爲從大坂側來看伏見位居最前線。

「這眞是莫大的榮幸。」

近藤非常高興。如果開戰的話，那麼最先與薩長交手的一定是新選組。

「阿歲，你也很高興吧？」

「是啊。」

歲三很忙。馬上就要撤離花昌町駐地了，所以得準備裝運武器及其他物資的荷　隊、部隊金庫裡的軍用資金的分配以及其他移駐相關事宜的指揮工作等等，這些都是隊長的職務。

事情非常緊急。就在明天十二月十二日，他們必須出發了。

「阿歲，今晚是我們在京都的最後一夜了。自從文久三年上京以來，在這個城裡發生各種事情——」

近藤說著。歲三只是神情陰沉，不發一語。他的雜務多到沒有閒情逸致去感傷。不，或許依照這名男子的本性也不會如此吧。

原本歲三身爲豐玉（歲三的俳號）師範，還是創作感傷文句的「俳諧師」。所以他肯定會有很多的感觸。

「喂，阿歲，原田左之助和永倉新八有妻室，隊裡有對象的隊士也很多。今晚就讓他們回各自的女人家去，明天一早集合。怎麼樣？」

「我反對。」

歲三說道。

「明天就要出征了。讓隊士耗費一晚和女人告別，士氣會渙散。要告別一刻鐘就夠了。」

「你眞是不解風情。」

近藤生氣了。在京都，他金屋藏嬌的地方就有三處，所以他生氣情有可原。畢竟要跑三個地方，連一個晚上的時間都不夠。

（我也有阿雪。）

歲三雖然心裡這樣想，但是在這個情勢極度混亂的時候，作爲隊伍核心的近藤和自己一刻也不能離開隊士的視線。

他擔心有人乘機逃走。

在目前的情勢下，只要一不留神，一定會有人逃離新選組。

（雖然逃走的傢伙沒什麼好惋惜的，但是只要有一個人逃走就會影響整體士氣。那才可怕。）

歲三心想。

「總之——」

近藤說道。

「明天誰也不知道自己的命運將會如何。所以，就一晚讓他們盡情惜別一番，這才是爲將之道。阿歲，我現在就去集合隊士下令。」

這天晚上，歲三留了下來。

留在駐地的幹部，只有副長歲三和臥病在床的沖田總司。

「今晚我來照顧你吧。」

歲三把桌子搬進沖田的病房，開始寫信。

「是寫給阿雪的嗎？」

沖田在病榻上問道。

「雖然我還沒見過她，不過請你信上順便寫沖田總司向她問候。」

「嗯——」

歲三捂住了雙眼。眼淚奪眶而出。

是爲了離別京都而落淚，還是爲了思念阿雪而哽咽，抑或是因爲沖田總司的體貼而感傷？

歲三趴在桌上，哭了。

沖田一直盯著天花板。

（青春終了。）

那些都成爲回憶。京都對於每一位新選組隊士而言，永遠成爲青春的墓地。對於這個都城所有充滿熱情的回憶，今晚準備要埋藏了。

歲三仍然嗚咽著。

伏見的歲三

伏見。

一座有七千戶人家的宿驛。

位於自京都經由伏見街道往南三里（約十二公里），夏天就連正午也是蚊蟲成群的地方。下了伏見街道進入這座宿驛，首先是千本町，接著是鳥居町和玄蕃町，再往前就是關門。

穿過這扇關門就抵達鍋島町，位於這裡的伏見奉行所，雄偉建築象徵自家康以來二百數十年間的德川威權。明治維新後，這座改爲軍營的廣大敷地，圍起灰色的練塀。

近藤、歲三等人遷移至這座伏見奉行所。

待門口掛上「新選組本陣」的木牌時，此時隊士人數已經減少至只剩六、七十人了。正如歲三所料，那一晚，看到時局的變化最後沒再回到駐地報到的人相當多。

幕府軍的主力在大坂。與京都薩摩藩旗下「御所方」對抗的最前線就是伏見奉行所。而守衛伏見奉行所的只有新選組六、七十名隊士（據說尚有部分會津藩兵），實在太過勢單力薄。

而且大砲只有一門。

「這樣什麼事都沒辦法啊。」

連近藤也目瞪口呆，他馬上與大坂的幕府軍幹部、會津藩交涉，從他們那裡挑選了些武藝高強的人補強隊伍。

兵力增加到一百五十人。

「這還差不多，總算像樣點了。」

近藤放心了。

沖田總司到了新駐地後，依然臥病不起。供膳的人送來的飯菜，常常連筷子都沒動。

「總司，你不吃點嗎？」

歲三每天至少來房裡看他一次，神情非常憂慮。近一個月裡，沖田總司明顯消瘦許多。

「你再不吃的話會死的。」

「我沒胃口。」

「虛癆散服用了嗎？」

這是歲三老家的祖傳祕方。

「吃了。服用後感覺身體好像恢復一點元氣了。可能是心理作用吧。」

「不是心理作用。這是我以前到處去推銷的藥，效果很好的。」

「是啊。」

沖田微微一笑。

以前沖田率領的一番隊現在由二番隊隊長永倉新八兼任。

「新八要你快好起來。他說自己肩頭擔子太重，快受不了了。」

「是嗎？」

光是點個頭都顯得疲累，這種程度的對話就感到吃力，看來他的病情已經非常嚴重了。

這期間，長州藩兵不斷從攝津西宮濱登陸，開始進入京都。

「長州？」

近藤因爲自己的佐幕派立場，所以非常討厭長州人。所以近藤聽說長州藩兵登陸西宮時感到意外，這點完全可以理解。長州曾經在元治元年夏天發動所謂的蛤御門之變，引起了京都動亂，幕府以此罪名，逼迫朝廷剝奪長州藩主的官位，是被命令謹愼不可擅動、待罪在身的藩。

這樣的藩，還沒有接到朝廷命令就擅自調動兵力。不僅未經許可就登陸西宮，還不斷湧入京都。

「他們不把幕府看在眼裡。」

近藤極爲憤怒。

但是在京都的薩摩藩已經遊說朝廷改變對長州藩的處罰。不僅恢復藩主父子的官位，而且朝廷還發布「入京守護九門」的朝命。

這是長州人自元治元年以來睽違四年的再次進京。本來京都百姓就偏袒長州，所以慶應三年十二月十二日長州奇兵隊威風凜凜地進入京都時，京都民眾看到印在彈藥箱上的定紋，非常驚訝，甚至有人激動落淚：

「這不是長州大人嗎？」

當然，也有人小聲嘀咕：

「可怕、好可怕。」

長州軍已經進京，從這支藩的藩風來推斷，京都人認爲戰爭是無可避免了。

從這天開始，幾乎每日都有長州的部隊進入京都。到了十七日，總指揮毛利平六郎（甲斐守）率領的主力部隊登陸攝津打出濱，拉著砲車開始向京都移動。

這支長州部隊，耀武揚威地通過新選組的駐地伏見奉行所門前。

「難道就這樣任由他們嗎？」

近藤十八日一早就集結隊伍，準備找當時還留在二条城的幕府大目付永井玄蕃頭尙志呈報意見。

「夠了，別鬧了。」
歲三阻止他。無論熱中政治的近藤再如何奔走，現在這種局面已經不是他這種鄉巴佬政治家能夠解決得了。將軍慶喜已經把自家康以來的政權奉還給朝廷，而且王政復古的號令也早已發布。
「阿歲，那是你不曉得。王政復古之類的全是薩摩的陰謀，幕府被他們給耍了。」
近藤將道聽途說的政局內幕講解給歲三聽，但歲三對這種事沒興趣。
「近藤，現在已經不是商量、周旋或議論的時候了。」
歲三說道。
「事已至此，只能靠戰爭解決了。」
「我知道。我就是想去找永井玄蕃頭提這件事。」
「不需要。」
「什麼？」
「你是本陣的總指揮。你這樣四處奔走不鎮靜下來會嚴重影響隊士。而戰爭說不定就快很快開打了。」
「阿歲，你這個笨蛋。」
「笨蛋？」
「你在新選組卻不知天下事，不懂天下的謀略。只有在戰爭前準備好謀略才能獲勝。」
「這個我明白。但我們只不過是幕府軍的一隊而已。天下的謀略不是隊長的責任，交給大坂的大人物們就可以了，你不需要採取行動。」
然而近藤還是出門了。
他騎著白馬，帶著二十名隊士，全爲新招入伍的隊士。他們走上了竹田街道，目標京都。

……

奉行所內有座望樓。
這座建物有如縮小版的本願寺太鼓樓一般。登上望樓，眼前的御香宮森林、桃山丘陵以及有伏見的街町家戶盡收眼底。
這天正午，歲三登上了望樓。

下方的街道上，不知道是長州哪個支隊的部隊正在通過。

人數二百餘人。

這支隊伍有些不同。士兵身著洋服，纏著白色腰帶，腰間還插著大小刀，全員扛著口徑十五公厘的新式米尼步槍。連指揮官也都持槍。

（怎麼看起來像撿破爛的模樣。）

歲三這麼認爲。

然而正因爲裝束如此所以行動自如而迅速。回想四年前的元治元年，從這條街道攻打過來的長州部隊，主帥頭戴風折烏帽子，身穿陣羽織，祖傳寶物的盔甲裡面還穿著錦緞的直垂禮服。而追隨者也都是清一色的戰國時代甲冑，火器則只有火繩槍。今昔完全無法比擬。

（在那之後已經四年啦。）

才僅僅四年，然而長州的軍備已徹底改變。原本鼓吹攘夷主義、最痛恨西洋的長州藩在遭受幕府第一次、第二次征伐期間，把藩的軍事體制完全改成西式。京都的薩摩、土佐部隊也和長州藩一樣的裝備。

（總之這世界改變了。——）

歲三彷彿突然覺醒似的，看著長州部隊的軍容。

砲車轟隆隆向前拖動。

這也是新式火砲，叫作四斤山砲。這種砲在內部（砲膛）刻有膛線，射程可達一千公尺以上。

相較於此，新選組擁有的一門大砲，只是江戶火砲製造所製造的國產滑膛砲，有效射程只有七百公尺左右。

和這些長州兵的裝備相比，幕府軍現在的裝備還不及四年前的長州。

幕府軍中只有幕府步兵隊裝備爲法式。旗本各隊、會津以下各藩藩兵，基本上都是日式裝備，以刀、長槍、火繩槍爲主，僅有的一些西式槍支也只是荷蘭式鳥槍這種連表尺都沒有的燧發式舊式槍。

（能打贏他們嗎？）

然而就兵力上來說，幕府軍的人數至少要超過他們十倍。

（依靠人海戰術一定能戰勝。）

歲三又想。

長州兵剛通過，天空中淅淅瀝瀝地下起太陽雨。

太陽依然高掛在天上。

（眞是怪天氣。）

就在歲三離開望樓窗邊時，一眼看到下方路上有名女子正在打開蛇目傘。

（呀，是阿雪嗎？）

歲三才剛發覺，那名女子就已經鑽進通往京町通的巷子了。

歲三急忙跑下望樓，奪門而出。

「有什麼事嗎？」

門邊有一名隊士跑過來。

「沒什麼。」

歲三一臉痛苦表情，就這樣站在路上，激動的情緒難以平靜。

「這裡、就在這裡！」

他脫口說道。

「你沒看見一名女人嗎？就在長州人剛通過的時候。很年輕……，不，說是年輕也二十好幾了吧。她沒有剃眉毛，撐著一把蛇目傘。那名女人從門前走過，後來就消失在那裡的巷子。那個……」

「土方先生，」

隊士覺得歲三的舉動非常怪異。

「我們一直在這裡看著長州兵，可是你說的那名女子……」

歲三邁開步伐。

走向那條巷子。——

他一進到巷裡，就完全消失在隊士眼前。

歲三在昏暗的巷子中不顧一切地跑了起來。

出口是京町通。

（不見了。）

左右皆爲過度明亮的街頭。

（難道是錯覺？）

不對，明明連雨傘打開的聲音也聽到了。不過仔細一想，自己站在那麼高的望樓上，怎麼可能聽得見打開傘的聲音呢？

此時，阿雪就住在京町通上一家低矮的旅籠「油桐屋」。

自從接到歲三的信後，阿雪已經悄悄來過伏見兩次了。

她沒有打算見他。

（那人沒來道別。儘管他在信上寫道，要像個眞正的武士那樣不見面而直接上戰場。可是他又信中寫，如果見到她，說不定會瓦解自己的決心。）

那是阿雪第一次看到歲三的筆跡，首先讓她驚訝的是他那極爲女性化的筆觸。

（難道這是讓京都人爲之顫抖的土方歲三嗎？）

她會這樣認爲，是因爲信的內容。就連女子也寫不出那樣綿綿不絕的情意。

（他絕對不是一個溫柔的人，也絕對不是一個溫情的人。可是他的感情竟會如此脆弱嗎？）

阿雪心想，就算只是站在遠處看上一眼，她也想目送歲三這脆弱的男子。基於這個念頭，阿雪來到這裡。

（難道他們已經不在這裡了？）

奉行所牆內總是一片寂靜，不像是駐有幾百個人的樣子。

今天早上，阿雪在屋簷的一頭看到了近藤一行人出門。

中午又看到了長州人經過。

然而，就是見不到歲三的身影。

（也許緣分本來就很淺吧。）

阿雪首度想放棄。在漫長人生的某段時期，那名男子像一抹影子般過去了。也許就只有這樣的緣分也說不定。

歲三很晚才吃午飯。

之後又午睡了一會兒。

遠處傳來一聲砲響，是後面的山傳來的回音，只有一聲就沒了。歲三坐起身，懷錶的指針正好指向四點半。

「剛才是什麼聲音？」

他走到緣廊上，正好永倉新八在庭院裡。

「這個嘛，」永倉說。

「可能是某個藩在操練吧。」

「操練會只發一砲嗎？」

歲三感到疑惑。但說不定就是這樣吧。

正是這一聲砲響，扭轉了從今以後負責領導新選組的歲三的命運。

那一刻——

近藤帶著二十名隊士，來到伏見街道上的墨染。

……………………………………

這裡有尾張德川家伏見的藩邸。

藩邸旁邊有一棟空屋，老舊的格子門正對著街道。

誰也沒有注意到格子間有一挺鐵砲，槍口正對著路上。

就在這棟空屋裡，此時正埋伏著富山彌兵衛、篠原泰之進、阿部十郎、加納道之助、佐原太郎等伊東甲子太郎的餘黨。

他們這天得知近藤一早前往京都，臨時把復仇之日定在今天。

他們已經充分偵察過，近藤這一日會前往二条城，順道去位於堀川的妾宅，過了二時就會來到伏見街道。

「他帶了二十個隊士。」

篠原說。

「這些人都是些生面孔，總之是派不上用場的新隊士。到時候，我們發射一記再跟著殺過去，那些人一定會四散逃竄……」

他們準備在伏見街道設下埋伏，報油小路之仇。

他們個個都是新選組當時的高手，所以他們不怕以寡敵眾。而現在，他們暫時借住在京都的薩摩藩屋。

過沒多久，近藤揮著馬鞭策馬而來。

（來了——）

篠原泰之進瞇起左眼，手指慢慢扣下了扳機。

「轟」的一聲，射出了一顆八匁彈（重約三十公克）。子彈打中了馬背上的近藤右肩，打裂了肩胛骨。

「衝啊——」

伊東的餘黨衝上了街道。

近藤竟然沒有摔下馬。他把身子伏低在馬鞍上，飛也似的在街道上狂奔。

篠原等人緊追不捨，轉眼間就殺死了兩三名隊士，但沒有機會砍近藤一刀。

近藤將身體緊靠著馬鞍中間，捂著右肩上的傷口，一路狂奔。

他一進伏見本陣大門，就跳下馬，進了玄關。

他在走廊上碰見了歲三。

「怎麼啦？」

「快叫醫生，外科醫生。」

近藤進了自己房間才倒下去。血很快地染紅了榻榻米。

歲三命令永倉率隊立刻搜索伏見町。在醫生到來之前，幫近藤脫去衣服，並用燒酎替他清洗傷口。

「阿歲，傷得怎麼樣？」

近藤痛苦得皺著臉。

「不是什麼大不了的傷。」

「我要是聽你的話，今天不出去就好了。骨頭傷得如何？骨頭？骨頭要是傷著以後就無法使劍了。」

這時候，阿雪走過駐地門前，又悄悄地回到「油桐屋」。

鳥羽伏見之戰　之一

幾天前，筆者爲了走訪歲三曾經駐紮的伏見奉行所遺址，從京都沿伏見街道南下。

途中有座社內境地寬廣的「御香宮」神社，道路的西側形成一片樹林。

再稍往南走，有片占地大約是御香宮十倍大的敷地，這處圍牆圍起的地方就是「伏見奉行所」。

「現在這裡的情況如何？」

我向御香宮的神官打聽。他嘆口氣，說道：

「已經變成集合住宅地了。」

到現場一看，曾爲奉行所的地方已經過整地。上面矗立著一座座星型住宅與套房建築。

「以前，其實也沒多久之前，這條路旁有塊十坪左右的地，豎立著自然石建的宏偉慰靈塔，告慰鳥羽伏見之戰中陣亡的幕府軍，這是他們的後代子孫所立的。明治以來，我們御香宮神社每年也祭祀這些亡靈。然而現在慰靈塔已拆除，連地也賣掉了，所以連遺跡都見不到了。」

我茫然望著這片住宅區。

日本歷史曾經因關原之戰而發生轉折，又因鳥羽

伏見之戰再度改變。

然而，這個地方現在連一方紀念碑都找不到，住宅區舉目望去只見洗曬的衣物。

「真熱啊。」

偶然地，我在這裡被熟人叫住。

這位老伯正巧在伏見的葭島捕河魚，他的嗓音帶著京都老人家特有的渾厚低沉。

「那年冬天，聽說比往年冷。」

老人告訴我從曾祖母那裡聽來的故事。

「奉行所的旁邊有個水坑，裡面有小鯽魚之類的。聽說當年從歲末到正月水坑結了約一寸厚的冰。」

近藤在墨染遭到襲擊，是在水坑正結著厚冰的慶應三年十二月十八日。

醫生診斷後發現他的傷非常嚴重，肩胛骨骨折。

「很疼吧。」歲三說道。

鉛彈嵌進了肉裡，在裡頭粉碎成碎片。肩膀上有拳頭大小面積被炸得坑坑洞洞，血止不住地往外流。一個晚上換了好幾塊白布，都是換上就濕透。

「啊，這沒什麼。」

近藤強忍著疼痛。

傷得這麼重居然沒有從馬上摔下來，真不愧是近藤。歲三忍不住驚嘆。

「阿歲呀──」

近藤說。

「新選組就交給你了。」

「喔。」

歲三點點頭。兩個從小就在多摩川邊一起玩耍的朋友，就這樣簡單的一句話將指揮權交接妥當。

之後，近藤一直高燒不退，幾乎整週沒有怎麼進食，終日昏昏沉沉，偶爾睜著眼睛而已。

（只要不化膿就好。）

歲三很擔心這點，然而流出的血中開始滲著黃色的物體。

在大坂的將軍慶喜派使者來探望近藤並傳話。

「到大坂來養傷吧。」

伏見沒有高明的外科醫生，而大坂城內剛好有人稱為天下第一名醫的將軍御醫松本良順。

松本良順比近藤大上兩歲，時年三十六歲。他是幕府醫官松本家的養子，在長崎師事蘭醫龐培，學習西洋醫術。還是學生的時候，就在長崎創立日本第一所西式醫院（當時名為長崎養生所，為現今的長崎大學醫學系前身）。而他本人還發揮絲毫不遜於醫術的政治能力，後來他當上了幕府御醫，取得法眼（首席）的職位。松本良順非常有才幹，也很熱血，在幕府瓦解後曾轉戰各地。為此，明治維新以後還一度入獄，後來因為新政府需要他這種人才，這才重任官職，改名為順。他創立了陸軍軍醫制度，是陸軍最早的軍醫總監。松本良順一直活到七十六歲，晚年被授予男爵爵位。他還有跟現今大眾日常活動有關的事蹟，例如他是日本第一個提倡海水浴的人，在逗子開了第一個海水浴場。對於當時的日本人而言，在海裡游泳嬉戲是異想天開的事情。

松本良順（順）在大坂城為近藤治療，後來成了新選組強而有力的支持者。現在位於東京板橋站東口的近藤、歲三聯名的墓碑上碑文也是松本良順揮毫寫就。一直到晚年他還常講述新選組的故事。在明治政府的達官顯要中，他大概是唯一同情新選組的人。

近藤搭乘幕府的御用船從伏見被接到大坂，同行的還有臥病不起的沖田總司。

臨走的前一晚。——

「阿歲，聽說你有個女人叫阿雪？」

近藤突然提起。近藤知道這個阿歲從年輕時關始，就有絕口不提自己情事的怪癖，但是這天晚上他卻主動提到這個話題。

「對。——阿雪。」

歲三面無表情地回答。

「阿歲，明明有這麼個女人，你爲什麼不在離開京都前的晚上去看她？」

「沒必要。」

歲三言簡意賅。

「什麼沒必要？」

近藤無法理解。

「沒有見面的必要。」

「沒有必要嗎？你總得給她安排住處呀、留下生活費什麼的吧？」

近藤說道。其實，歲三把信交給町飛腳（相當於今日的快遞員）送給阿雪時，順便也從手頭的二百兩撥出錢給她，自己只留下五十兩。

但是在歲三的心目中，那不是「生活費」。

阿雪是歲三最珍惜的戀人，對歲三來說，她不是世俗人們眼中所謂的妻子或情人。

「近藤，你不要誤會。阿雪不是我的情人。」

「嗯？」

對歲三的說法，近藤難以理解。

「不是情人又是什麼？」

如果當時有「戀人」這個既簡單又貼切的詞彙，歲三大概可以這樣回答近藤。可惜當時還沒有這種說法，他只能回答：

「是我很珍視的人。」

「既然那麼重視，爲什麼不見她？」

「這個嘛。」

歲三一臉難受的表情，似乎不願意再談這個話題了。因爲他知道對有了老婆還外頭養了三個女人的近藤來說，無論說什麼都是白費。

這天晚上，近藤還提到了喪氣的話題。

「時局完全變了。」

他談到日本早晚會變成以朝廷爲核心的國家。到了那個時候，自己可不想變成叛軍。

「近藤，別說了。」

歲三好幾次想阻止他。因爲對身體不好。不僅只如此，還會暴露出更多近藤這個人的弱點。歲三不忍心看。

（這個人終究是個英雄。）

歲三雖然這麼認爲。但是他也看出來近藤這種人頂多只是順應潮流、趁勢成爲英雄。只要順應時勢，他可以發揮超過他實力兩倍、甚至三倍的能力。然而一旦遇到頹勢，就會退縮。

一旦形勢對自己不利，立足之地開始崩解，近藤就完全施展不開了。

（就像一只風箏，遇到順風，會順著風勢飛得很高，甚至可以飛到任何地方。然而一旦風向轉變，他就會掉到地上。）

確實，近藤是這種類型的人，但是這並不是說可以責難他。

（但是，）

歲三心想，我不一樣。

越面臨頹勢，土方歲三就會變得越強大。

本來他就不是一個乘風而上的風箏。

他是靠自己的力量飛翔的鳥。

歲三這樣評價自己。至少，他想，今後我要成爲這樣的人。

（只要我翅膀還能鼓動，就可以飛到任何地方。）

他想。

第二天近藤和沖田在人護送下離去了。

大坂是幕府軍的重要根據地。

這裡主要是以會津藩和桑名藩兩大松平家（藩主是兄弟）爲核心勢力，他們對在京都挾少年天皇而隨心所欲進行謀略的薩摩藩感到非常憤慨，已經到了非開戰不可的程度。

慶喜已經辭去將軍職位，同時還辭去家康以來兼任的內大臣官職。此時正在距京十三里的大坂「閉門謹愼」。

儘管如此，朝廷還是對他提出一個前所未有的難題，要他返還朝廷幕府直轄領地三百萬石。

完全將慶喜貶爲大名的身分。

此外，究竟觸犯何罪讓他非得返還領地？如果大名必須返還領地的話，那麼薩摩、長州、土佐、藝州以及三百諸侯也應該同時返還才對。可是對此完全沒有提及。

只有慶喜一人被如此要求。

實在是豈有此理。

其實對於這個無理要求，在京都與薩摩一同輔佐天子的土佐、越前和藝州等諸藩的大名也表示強烈的反對。

但是，公卿岩倉具視、薩摩藩斡旋方大久保一藏（利通）卻想憑藉兩個人的力量試圖讓朝廷採納「少數人的意見」。爲此，他們多方奔走。

大久保的想法始終都是「剿滅德川家」。

只要德川家還擁有兵力和權力，那麼薩長計畫的「維新」就不能開始。自古以來，從來沒有革命不透過戰爭就能成功的。

所以必須討伐。

討伐需要名目。世間少有的策略家大久保一藏於是提出了讓大坂城裡的德川慶喜返還領地的意見。他的盤算是，如果慶喜不答應與朝廷爲敵，就可以名正言順地去打他。他打著這樣的如意算盤向朝廷進行遊說。

但是公卿對這個提案反應非常冷淡。

以土佐侯爲首的親朝廷派各諸侯也反對薩摩式的「革命」。如果當時向全國範圍內的武士進行民意調查的話，大概有百分之九十九的武士都會贊成土佐保留會津藩德川家的作法。因爲任何人都不太喜歡現狀急遽改變，而革命是在少數派掌握絕對武力的時候才會成立。所以，輿論或者所謂的正確主張，對於革命的一方來說完全是廢話。

說到相關的惡劣先例，還是德川家的祖先家康留下來的。二百數十年前，爲了徹底消滅在大坂已經減俸貶爲七十萬石大名的豐臣家，家康也曾提出了許多無理要求，逼迫豐臣一族。終於迫使豐臣家不得不奮起反抗，發動了大坂冬之陣和夏之陣，最後被徹底剿滅。

在這座宿命之城裡，現在住著德川家最後的將軍慶喜。

慶喜是有知識的。由於他出身水戶家，所以他也是尊王論支持者。他非常害怕自己給後世留下一個朝廷叛臣的惡名。如果慶喜換作是家康或者再之前的英雄們，他大概會動員幕府的軍力奮起抗戰。然而，慶喜的不幸就在於他是水戶史觀的信徒。而水戶史觀又秉持將歷史上的英傑分成「叛臣」和「忠臣」兩類的史學觀點。他不想成爲朝廷叛臣。

因此，慶喜的態度異常軟弱。

但是會津藩和部分幕臣的態度強硬，他們逼迫慶喜討伐薩摩。

終於，他們採取高舉「討薩表」向天子提出控訴的方式，開始進軍京城。

幕府方中了薩摩方的計。而薩摩所使用的策略，正是來自家康挑釁豐臣秀賴，最終消滅了豐臣家的前例。

幕府軍（精確地說是德川軍）於慶應三年十二月底，以老中資格的松平正質爲總督，重新整編各個部隊。

予備隊兵力達數萬人，進攻部隊爲一萬六千四百人的大軍。

迎戰這支部隊的京都方面，兵力總數不明，大約是五千人上下。

從兵力上來看，幕府軍佔有絕對的優勢。

「這場戰爭一定能贏。」

歲三信心十足。

「好了，諸君——」

歲三把隊士集合起來。

「我是從小打架打到大的。打架這種事情，你必須一開始就要想自己已經沒命了，要在心裡想著自己已經死了。只有這樣才能取勝。」

但是，他心裡還是有一絲疑懼。

（眞的能贏嗎？）

他之所以疑懼，唯一的原因就在於慶喜這個人。

幕府軍懷揣討薩表（陳情書）從大坂出發了，但是慶喜並沒有率領部隊。

慶喜依舊穩穩坐在大坂城。他的表現並不像一個勇於戰鬥的人，他表現出來的只是像婦孺那樣一味地閉門謹愼。

（這不是好兆頭。）

歲三心想。

關於大坂夏季之戰的故事，歲三早已十分熟悉。

總大將豐臣秀賴從戰鬥一開始到最後，一步都沒有邁出大坂城。當時，在四天王寺的戰場上艱苦奮戰的眞田幸村曾幾次派自己的兒子大助回城裡懇請「御大將親征」。

力勸秀賴只要大將親自出征，士氣就會振作，士卒就會力量倍增，勇敢地與敵人決戰到底。然而，即使他的對手家康以古稀之齡從駿府城遠赴戰場領導野戰軍，秀賴仍沒有邁出城堡一步。

（和那時簡直如出一轍。）

而且同樣是大坂城。

他心中的「不好兆頭」，就是這個。

歲三每天都往望樓上跑。

奉行所的北側是御香宮，與伏見奉行所近在咫尺，從望樓上看下去，幾乎就在眼底下。

御香宮內薩摩兵正駐紮其中。指揮官是藩主的親戚島津式部，兵力八百人。

參謀是吉井友實（統稱幸輔，後來爲樞密院顧問官、伯爵）。

歲三知道這個幸輔。他是薩摩藩繼西鄉、大久保之後最有手腕的一個人，很早以前他就開始了侮幕、倒幕運動。

（真該早些把幸輔幹掉。）

歲三很懊惱。幕府和會津藩當時的外交方針，他們不願意刺激薩摩藩，導致最終沒有實施暗殺幸輔的行動。

現在，只要一開戰，想必自己首先會和駐紮在御香宮裡的這支八百人的薩摩軍隊交鋒。

新選組有一百五十人。

此外，奉行所裡還駐紮著一支幕府步兵約千人，由城和泉守率領。

幕府步兵都是穿著洋袴，拿著西式槍，接受過法式訓練的人。

但是，這些人不見得都靠得住。

因為他們是從江戶、大坂的百姓中招募來的，大部分人在參加幕府步兵前根本就是流氓。平日裡，他們私闖名宅、搶奪財物、調戲女孩，胡作非為。這樣的人一旦打仗又能指望他們多少呢？

（到時只能依靠自己。我必須先打算。）

歲三心裡做好準備，仔細算來，新選組也只有從江戶到京都一路以來同甘共苦的二十人左右能派上用場。

（戰爭會在什麼時候開始？）

歲三原本只是眼睛炯炯有神的淡漠男子，但這幾天來逐漸激昂起來。

他天生就是好勇鬥狠的人。

他想，在戰鬥開始之初，即使有一、兩次輸了，自己也會繼續戰鬥下去的，即使這場戰爭持續一百年。

（走著瞧。）

歲三的心莫名地怦怦直跳。不管怎樣，自己的人生就要從今天開始重寫了。一種莫名的激動湧上他的心頭。在多摩川邊整天打架的少年歲三，現在要打一場具有歷史意義的大戰了。

也許他的心裡就有這樣一種亢奮。

不久年底過去了，新年到了。

正是明治元年。

鳥羽伏見之戰　之二

元旦這天，歲三著盔甲與陣羽織，穿戴一身準備妥當的森嚴戎裝終日坐在緣廊上，眼前是鋪著白砂石的庭院。他突然感到一股寒意。

（天黑了。）

太陽從苦楝老樹梢落下去了。歷史上被稱爲第二個戰國時代的「戊辰」之年第一天結束了。

「啊……哈哈哈，今天又過去啦。」

歲三情緒高昂得讓人覺得可怕。

「阿歲，今天過去了又怎樣呢？」

會這樣問的近藤不在身邊。如果和近藤一起被送往大坂的沖田總司還在的話，他一定會從旁插話：

「土方難道是爲了戰鬥而生的嗎？」

歲三萬分焦急，等待開戰等到不耐煩了。

但是，元旦這日平靜地過去了。

第二天也風平浪靜。

不過，這一日還是有些微變化。會津的先遣部隊三百人終於從大坂搭船，駐進伏見的東本願寺另一處寺院。

這支部隊的使番（戰時負責在軍陣中巡察、傳令者），到駐紮在伏見奉行所的新選組打招乎。
使番告訴歲三：
「主力部隊將於明天三日到達這裡。」
（看來明天就要開戰了。）
歲三看著地圖。
從大坂方向進京的街道有三條，分別是鳥羽街道（大坂街道，路線爲現今的京阪國道）、竹田街道和伏見街道。根據使番的說法，明天的主力部隊將從這三條街道一鼓作氣直取京都。
當然，從伏見到鳥羽的這一地帶，會津主力將與東西方布陣的京都薩長土各部隊發生正面衝突。
（太有趣了。）
歲三坐不住，這一天他又登上了望樓。
寒風刺骨般地冷。
歲三拿出法國製的望遠鏡眺望預定的戰場。
那裡遠得即使是望遠鏡也無法看到。不過根據情報，歲三已經知道薩摩軍的主力五百人就在京都的東寺。要從東寺一路南下得經過大坂街道（鳥羽街道），薩摩藩已經控制住這條街道，其前哨部隊二百五十人也已經南下至下鳥羽村小枝，布妥陣地。
大砲有八門。
一支二百五十人的部隊竟配備了八門大砲，這麼奢侈的裝備在日本戰史上前所未有。由此可知，自薩英戰爭以來薩摩藩格外重視砲兵的戰術思想。這座前哨陣地的隊長是薩摩藩士野津鎮雄，他的弟弟道貫也屬於這一隊。後來在日俄戰爭中，野津鎮雄當上了第四軍司令官，是一位人人讚揚的勇猛將領，並封爲侯爵。
（可是這人數也太少了）
歲三這樣認爲。
將望遠鏡轉向東方，歲三看到了腳下的伏見市街。
伏見是仿照京都的都市計畫所建設的市街，道路像棋盤格縱橫交錯，家戶房舍鱗次櫛比。日本戰史上極爲罕見的都市巷戰就要在上此開戰了，而巷戰正好是新選組所擅長的。

緊鄰的御香宮是薩軍駐紮處，這裡有兵力八百人。

沿著伏見街道背後還屯駐上千名長州軍，這支隊伍主將是毛利內匠，參謀是長州藩士山田顯義（維新後成爲陸軍少將，後來轉任職行政單位，歷任內務卿、司法大臣等，被封爲伯爵）。諸隊長中包括後來的三浦梧樓（觀樹）等人。

竹田街道沿線有土佐藩兵百餘名，這是預備隊，後面還有一支大隊。大隊長是谷干城（後來的陸軍中將，在西南戰爭中任熊本鎮台軍司令官而廣爲人知，被封爲子爵）。幾位中隊長中包括了後來在日清戰爭時一夜攻陷旅順城的「獨眼龍將軍」山地元治。

這些伏見的部隊將與歲三正面對壘。

（與鳥羽方面相比，這裡的大砲還眞少啊。）

歲三觀察到這點。

（這樣勝算很高。）

任誰見到這種情形都會這麼認爲。與大坂的幕府軍可動員兵力相比，京都的薩長土三藩的兵力加起來連幕府軍的八分之一都不到。

這一天，在伏見的新選組除了掛起「誠」字隊旗外，還升起了日章旗。

這是全體幕府軍的隊旗。在他們的心目中，幕府軍在國際間理所當然還是日本的政府軍（儘管已經大政奉還）。當然這很可能是親幕派的法國公使出的主意。

此時的薩長土尚未成爲「官軍」。因爲駐守在御所內的公卿和諸侯幾乎都反對薩長提出的對德川強硬政策，如果發生戰爭的話，也已打算將此視爲薩長的私鬥，與京都朝廷無關。公卿當中十之八九認爲這場戰爭幕府軍一定會取得勝利。一旦幕府軍贏得戰爭，那麼官軍將是幕府軍。（當時薩長的領袖對於是否能獲勝也沒有十足的把握。如果戰敗，他們將擁立少年天皇撤向山陰道，同時等待中國地方和西國的外樣大名奮起響應。薩摩藩首領之一的吉井幸輔也表示「薩長存亡不值一提」。對於薩長來說簡直可說是生死存亡的賭注。）

三日。——

這是改變命運的一天。

這一天，昨夜從大坂城出發的會津藩兵陸續抵達伏見，進入了伏見奉行所。

歲三到門口前去迎接。

「啊，土方。」

拍著他的肩膀打招呼的是隊長林權助老人，時年六十三歲。此人臉色紅潤，灰色的眉毛捲曲。

林家是會津藩家臣中的名家，代代襲名權助。這位權助安定自幼便以粗魯不文而廣爲人知。自從會津藩受命擔任京都守護職以來，他一直任職大砲奉行。

歲三曾經爲了加強新選組的戰力，一度向會津藩交涉，提出「給新選組幾門大砲」的要求。

會津藩公用方外島機兵衛對歲三的要求感到爲難時，林權助卻很痛快地答應了。

「啊，給他們一門吧。」。

此後歲三多次前往黑谷的會津本陣時，與這位老人有過幾次同席喝酒的機會。權助好像很喜歡歲三。

權助這人，拿起酒杯就拚命灌。

「我很欣賞你。」

權助曾經誇過歲三。

「即使在喝酒時，你也不會議論天下國家大事，很有意思。」

這算是在誇獎人嗎？隨後他又補了一句：

「不就和我一樣嗎？」

還眞是一個徹徹底底的武士。

他即使喝醉了，也不會表現什麼絕活，頂多只是模仿幼童的聲音說：

「咱們來遊玩吧。」

「遊玩」是會津藩上士的子女之間的社交團體。孩子們長到六、七歲，就會加入這種團體。

會津藩的上士約有八百戶，按照區域，分成八組遊玩團體，團體中年齡最大的爲九歲。

上午他們會去私塾上學，下午則會聚在某一人家裡。

他們根據年齡大小決定在團體中地位，年齡最大的九歲孩童爲團體的座長。

「接下來要說明一些事。」

座長會端坐在位置上，嚴正說明「遊玩」規則。

一、不可不聽年長者的話。

二、不可不向年長者行禮。

三、不可說謊。

四、不可膽怯懦弱。

五、不可欺負弱小。

六、不可在戶外吃東西。

七、不可在戶外和婦人交談。

林權助在喝醉後似乎會興起童趣，經常模仿說明規則的情景，就像現在有人會在酒席上唱童謠那樣吧。也有部分男子的酒席絕活僅只這樣而已。

在長槍術和劍術方面，他都有免許的資格。尤其精通會津兵法中的長沼流派。如果讓他指揮訓練長沼流派的戰術，應該無人能及。

因此，會津藩把伏見方面的指揮大權交給了這位年紀已經高達六十三歲的老人家。

林的部隊有三門砲。隊伍拉著砲車，車輪咕隆咕隆地輾過地面進了奉行所大門。

「土方，現在形勢如何？」

林權助用下巴指了指北面。指的是薩長的陣地配置情況。

「一會兒我陪您上望樓看看。」

說著，歲三展開了手繪地圖。

權助發出一聲驚歎：

「哇噢。」

有如孩童般的眼睛露出欣喜之色。

「這地圖是誰畫的？」

「是我。」

歲三說道。還在多摩川邊與人打鬥的時候，他就已經懂得要提前偵察地形，並繪製好地圖。這不是誰教他的兵法，而是歲三自己在無數次打架衝突中得來的經驗。

「這可是土方流的兵法啊。」

擅長長沼流的權助喉嚨發出了咕嚕聲。這是這位老人開心時的習慣。

歲三的地圖畫得非常精細。事先他已經對周圍進行充分的勘察，並根據得到的情報，將敵人的布陣詳細畫在圖面上。

「我們就用這張地圖作戰嗎？」

「不是。這張地圖的敵人布陣是現在的情況，下一刻會有什麼變化還不清楚。所以在開戰前時一定要忘了它。」

說著就當著權助的面把地圖撕了，並扔進了火盆中。

轟。地圖燒掉了。

他想表達的是，敵情隨時會發生變化，不能拘泥於這種東西。

「的確是土方流。」

權助喉嚨又發出咕嚕聲。對於這個即將和自己並肩作戰的人，權助非常滿意。

「土方，只要你我聯手作戰，我們一定所向披靡。」

「要不要來壺酒？」

「不。酒等到我們打贏了再喝吧。到時候我再學會津兒童怎麼遊玩給你聽。」

二人一起吃了午飯。

之後登上了望樓。

「您看。」

歲三指了指腳下。御香宮近在咫尺。

那兒是薩摩軍的根據地，距離奉行所北側圍牆只有二十公尺的距離。

「土方，不一樣了。」

權助探出腦袋接著說。

「和你畫的地圖情形完全不同了。薩摩軍的人數增加了。」

這就是歲三撕地圖的原因。敵人會怎麼變化是無法預料的。

歲三拿起望遠鏡向御香宮看去。

的確，薩摩軍的兵力增加了。

因爲會津藩林權助隊伍的加入讓奉行所兵力增強，所以他們敏銳地因應。

御香宮東側有一個小丘陵，叫龍雲寺山，但還不是這麼高的高地。

薩摩藩的砲兵陣地就設在這座丘陵上，兵力幾乎增強爲原來的兩倍。

增援的砲兵隊長是薩摩藩第二砲隊的隊長大山彌助。他就是後來的日俄戰爭滿洲軍總司令官的大山嚴，當時二十七歲。大山很早就去江戶學習砲術，身爲砲兵小隊長時也曾參加薩英之戰。是個很喜歡開玩笑的年輕人。

「大山又在開玩笑了。」

家臣們都很喜歡他。不過，這天從京都到伏見的急行軍途中，他幾乎沒說一句話。

他指揮士兵把四斤野砲拉上龍雲寺山後，馬上布置好陣地。

下面就是伏見奉行所。就算閉著眼睛砲擊，砲彈也一定百發百中。

「那邊的龍雲寺山，」

林權助說。

「最初不是彥根藩的守備陣地嗎？」

「是的。」

歲三回答。

「是彥根藩的陣地。但是不知什麼時候他們和薩摩藩連成一氣，讓出陣地。所以現在成了薩摩的砲兵陣地。」

「說起彥根的井伊，」

眾所周知，自家康以來井伊一直是德川軍的先鋒，他家又是譜代大名當中的龍頭，曾經出過幕閣大老的家族。

「他投敵了嗎？」

歲三說：

「這種無用的抱怨就別說了。更重要的是，薩摩在那座山上布置了大砲。一旦砲擊就有如石頭從二樓丟下來一樣。所以開戰時，我希望會津的砲首先摧毀那些傢伙。」

「那是當然的。」

權助很有戰國武士的風度。此時依然披掛著祖先傳下來的寶物盔甲。

二人下了望樓。時候已經有些不早了。

這時，在奉行所西側的大坂街道（鳥羽街道）上，不計其數的幕府軍正在北上。

這支隊伍是以保護持「討薩表」的慶喜代理人、幕府軍大目付瀧川播磨守爲名目的前鋒部隊。整支隊伍有幕府軍法式步兵兩大隊（七百人）、砲四門，以及佐佐木唯三郎率領的見迴組二百人。在這支隊伍的後面，還遠遠跟著幕府軍的主力部隊，綿延直到山崎。

瀧川播磨守的這支前鋒部隊沿鳥羽街道一路北上，不久進入鳥羽的四塚。

薩摩兵早已在四塚設下關卡，並佈置好了陣地。

幕府軍派出使者，請求通過關卡。

薩摩的軍監是椎原小彌太。他只帶了一個人，毫無懼色地向幕府軍走來。

「你是何人？」

據說幕府軍的瀧川播磨守當時在馬上趾高氣昂。畢竟他是幕府大目付，而對方不過是個臣下之臣。

「我是這個關卡的守門人。」

椎原小彌太在幕府軍的包圍之中，神色泰然地回答。

之後是要求通過與不讓過的持續問答。

（無需多言）

幕府軍大概大概這麼認爲。

在與椎原的交涉過程，步兵指揮官石川百平悄悄跑向砲隊，下達了「攻擊薩摩軍」的命令。

因爲大砲處於行進中的狀態，所以還得裝塡砲彈，然後轉動車輪把砲口對準北方。

就在這時，薩摩軍的砲兵陣地搶先一步開火了。砲兵指揮官野津鎮雄擅自發出了射擊命令。

砲彈飛出，命中幕府軍一門正在轉動的大砲砲架，「轟」的一聲炸裂了。

砲架被炸得粉碎，站在大砲旁邊的步兵指揮官石川百平和大河原鉦藏二人被炸粉碎四散。

野津的這一擊成了鳥羽伏見之戰以及接下來的戊辰戰爭的開端。時間是下午五點左右，已經完全日落了。

……

砲聲以及接下來激烈的步槍射擊聲，馬上傳到了位於街道東側的伏見奉行所。

「開打了。」

林權助馬上指揮士兵，迅速打開奉行所北側的柵門，推出大砲，向薩摩在龍雲寺山上的砲兵陣地射出了第一砲。守在後門的新選組一百五十人緊隨其後準備衝出道路，被歲三阻止了。

「別急，先喝一杯得勝酒。」

說著，歲三打開了事先準備好的酒樽。

大家依次傳遞勺子喝酒，還沒有輪到最後一人，從御香宮和龍雲寺山射出來的薩摩的砲彈連珠砲似的落了下來，不斷擊中奉行所建築的屋頂、屋簷。

「別慌，」

歲三再次阻止急著要衝出去的隊士，說：

「兩、三發砲彈算什麼？就當是爲我們的酒宴放煙火吧。」

直到所有隊士都喝了酒，歲三這才發出了雷鳴般的聲音下令：

「二番隊，進攻！」

二番隊隊長是永倉新八。隊士中有島田魁、伊藤鐵五郎、中村小二郎、田村太二郎和竹內元二郎等共十八人。

「衝啊！」

前面是自己的陣營、奉行所的圍牆。

永倉等人越過圍牆，衝到了路上。

鳥羽伏見之戰　之三

最後，歲三使勁跳上土牆，盤腿坐在屋頂上。

「咻。」

子彈不斷在他的耳邊掠過。

在奉行所內待命的隊士非常擔心歲三的魯莽舉止。

「副長這是在做什麼？想當薩長的射擊目標嗎？」

「土方，」

原田左之助等人踮起腳，抓住歲三的腰帶。

「你想死嗎？你要是中彈，新選組怎麼辦？」

「原田君，」

歲三指了指已經衝到路上的二番隊永倉新八等十八人。

「他們也在槍林彈雨中。」

這人還是跟平常一樣，一副討人厭的固執嘴臉。

（隨你啦。）

原田也鬆手不管了。

歲三盤腿坐著。

（我這是演戲。）

他心想。所謂的戰鬥就是豁出性命的大戲。只要有歲三仍在注視著，身爲敢死隊的二番隊就會鬥志激昂，就連奉行所內待命的人也會認定：

（爲了隊長拚死也要戰鬥到底。）

實際上歲三的確不是普通人。他不僅天生好鬥，這些年來，他也的確在刀光劍影之間生存。

武士的虛榮，是死。

這種虛榮心已經滲到了他的骨髓裡，生出血肉，造就他目中無人的神色與天不怕地不怕的氣勢。

屋瓦碎裂了。

歲三依然是一副固執表情，動也不動。這名男子臉上不會出現討喜的神情，親切與好感這種東西與歲三實在無緣。

不可思議的是，砲彈好像也很討厭這名冷淡的男人似的繞過了他。

（子彈打不到我。）

這位打鬥大王具有特別的自信。他依舊穩穩端坐在土牆屋頂上。

已經衝上街道的永倉新八等人組成的拔刀隊，此時的狀況非常慘烈。

新選組負責進攻的是人稱指月庵之森的稀疏林地。在那裡，薩長軍設了非常奇特的堡壘。

他們從民宅徵調大量的榻榻米，把它們堆積起來當作胸牆，用來架設步槍。

在樹林中到處巧妙地設置了這種榻榻米胸牆，如此一來，就算敵方殺進陣地裡也不會有死角。

即使胸牆後的槍兵被殺害，其他胸牆裡的兵士也可以立刻反擊攻進來的人。這處連夜設置的野戰陣地，實在妙極，據說是在長州藩指點下布陣的。長州藩因爲過往遭受幕府軍長州征討，累積了豐富的野戰攻城經驗。

從奉行所到這處陣地的距離，還不到三十公尺。

歲三挑選了永倉等劍術精湛的隊士，一方命令他們「殺進敵人陣地」，同時又下令新選組的一門大砲不間斷地向敵人射擊，以掩護永倉等人。

永倉等人揮舞著白刃向前衝去。

他們拚命向前衝。

「衝啊！」

坐在土牆上的歲三大聲吼著。如果隊士們不能迅速衝進敵人陣地，那麼在到達敵人陣地之前就會被對方的槍砲擊中。

「沒有傘嗎？傘。」

原田左之助在土牆上探著腦袋說。

「什麼傘？」

歲三問。

「擋子彈的傘啊。下雨天拿油紙傘就可以擋雨，可是擋子彈就沒辦法了。」

路上，隊士一個接一個倒下。

他們中彈後身體會不由自主地向上彈起又摔下。奉行所這裡的人彷彿聽見那些隊士身體落地時發出的聲響。

永倉跳進松林，接著有五、六個人跳了進去。眾人各自躲在一株株松樹後面，卻無法動彈。因爲只要一離開掩護，就會被四面八方的榻榻米堡壘後的槍手擊中。

但是永倉仍打算衝出去。

「永倉，等等！不准動。」

歲三吼叫著。接著又回頭吩咐原田左之助。

「趕快從你的隊裡挑十五個人。」

原田馬上挑了十五人。他們從兩間高的土牆上一個接一個翻出去，衝到路上。

歲三也從土牆上跳了下來。

「跟我來。」

他邊跑邊抽出二尺八寸的和泉守兼定。刀剛出鞘，一顆子彈不偏不倚地正中刀身，彈了出去。

「跑，快跑！」

像這樣奔跑著戰鬥，實在是不像話。

子彈像雨點般落下。其間，歲三他們每跑幾步，就有從御香宮射來的薩摩砲兵砲彈擊中道路。

「轟！」

砲彈炸裂。因爲砲彈內裝有霰彈，所以每發砲彈炸裂時，周圍都會血花四濺。

歲三終於跑進松林，並找到一棵樹作掩護。回頭一看，路上的屍體已經多達十二具。

「都不要出去。」

歲三命令。

他要等待夜色降臨。只要再等上十來分鐘。

他要在夜裡殺過去。只要展開近身戰，就是新選組的天下了。

（我要讓你們屍體堆成山。）

歲三信心十足。

奉行所正門。

在這裡應戰的是以奉行所爲要塞的幕府軍主力，也就是林權助老人率領的會津軍。

權助老人有三門砲，他讓砲兵首先對準龍雲寺高地上的薩摩藩砲兵陣地開砲射擊。

但是從這裡每射出一發砲彈，就有十發砲彈從頭頂上落下來，火力完全不敵對方。而相距不過二十公尺的御香宮圍牆上，薩摩軍的步槍隊還在不斷掃射。

「這邊開槍、開槍。」

權助老人親自督陣會津步槍隊，無奈手中的多爲火繩槍。

這種槍不僅操作起來非常花時間，而且有效射程最多只有一丁。

而薩長步槍隊的裝備卻是米尼步槍。當時，薩摩藩在領地與京都藩邸內都有製造槍支的機械設備，所以他們的槍基本上都是藩內自製，而且還無償提供給長州軍。這些槍的性能絕不比外國製的差。

使用的大砲也是現正於龍雲寺高地的砲兵陣地指揮的大山彌助，就西洋野砲進行改造後製造的「彌助砲」。

當時，公認會津和薩摩二藩擁有全國最強最精銳的藩兵，但是兩者在現代化的程度上卻完全無法比擬。

會津藩的戰術仍是經年累月流傳下來的長沼流，簡直從戰國時代以來沒有半點長進。

新與舊在這裡發生激烈的衝突。

權助最後把三門會津砲挪到奉行所東側的路上，採仰角向龍雲寺高地射擊。

砲彈幾乎都落在松林裡，而目標陣地毫髮無損。

當然，說砲一無用處有失偏頗，至少它還發揮了一點作用。薩摩軍第二砲隊隊長大山彌助被炸裂的砲彈碎片擊中了耳垂。然而也只是擊中了耳垂，薩摩砲兵射出的砲彈還是越來越密。

在御香宮內待命的薩摩步兵隊也出動了。他們分別從路上、屋簷下、小祠堂等地出擊，向南逼近。

權助老人站在路上指揮戰鬥。

「殺進去！」

他幾次下令刀槍隊衝鋒。但每次前進不到十公尺，先頭的士兵就一個個在槍林彈雨中倒下。

即使如此，權助還是連續三次下令突擊。然而除了增加死亡人數，沒有任何進展。

但是權助依然不屈服。

「既然這樣，再衝鋒一次。」

他才舉起長槍向前衝時，身上同時中了三發子彈。

「咚」的一聲，權助坐倒在地上。

他已經無法站立。

一個士兵想抱著他退回奉行所，他一甩手：

「別碰我。」

林權助就這樣帶著槍傷，坐在路上繼續指揮部隊。

入夜了。

歲三將新選組的隊士集中到松林裡，點亮了一支火把。

「大家聽好了，這火光就是我。你們要跟著火移動的方向前進。」

松林裡榻榻米堡壘群已經一片寂靜。因爲天黑下來後，薩摩兵看不見目標了。
「原田君，」
歲三附在原田耳邊低聲細語。
原田左之助的嗓門很大。
他按照歲三的吩咐，對著松林裡的敵人大聲喊：
「你們聽著，現在，」
左之助吸了一口氣，接著吼道：
「新選組千名隊士要殺過去了。」
他的恐嚇的確起了作用。
敵人對新選組這種語言感覺得恐懼。松林中的敵方以長州的第二步兵隊爲主力。
他們開始盲目掃射。
「黑夜裡槍火就是目標。」
歲三確認了開火的位置後，突然砍殺過去。
一刀斬下。
歲三獨自就殺了四個。

原田左之助等人也奮力作戰，終於敵人潰敗。這時長州方面包括小隊司令宮田半四郎在內，死傷達二十餘名。
敵人向北逃去。
北面是歲三準備襲擊的敵人本陣「御香宮」。
「跟上。」
歲三左手舉著火把，右手拿著和泉守兼定，衝向路上。
他們來到奉行所的東側。
會津藩的主力部隊在這裡。
「林呢？」
「在那裡。」
順著會津兵手指的方向，看到林權助仍然身著甲冑還在路上。
而且還在指揮大砲進行射擊。
「啊，土方。」
權助老人笑著打招呼。

這時砲彈落到了他身旁，砲彈炸開了。再看權助，神色依舊鎮定。

「我好像被擊中啦。」

他指著左腕、腰部和右膝說：

「射進去了。你還沒有嗎？」

「還好。」

正說著，一顆子彈射來，打落歲三手上的火把。

歲三慢慢撿起火把。

「佐川，」

歲三呼喚的是會津藩別選隊的隊長佐川官兵衛。

他在家臣中以勇猛著稱。

「從敵人大砲槍枝發射的情形來看，好像西邊市街區的守軍不多。咱們是不是從街區繞到御香宮的背後，給他們來個南北夾擊？」

「好主意。」

佐川這才想到，攻敵之弱是戰術的關鍵。長沼流戰術中也有同樣的說法。

不過歲三是與生俱來的打鬥流。

「就這麼辦。」

佐川馬上召集了會津藩、幕府軍傳習隊的諸隊長，向大家簡要說明戰術要旨與計畫。

新選組打頭陣。在之前的蛤御門之變中，新選組曾經在伏見市區和長州兵交戰過，所以歲三挺身而出要求當先鋒。

會議結束後，隊伍立刻向西出發。

經過八丁畷闖入市街區時，隊伍遭遇了爲數不多的長州兵，一番交戰後對方很快潰散。

（贏了。）

歲三站在兩替町通（南北線）的方角上指揮隊伍。

「傳習隊沿此路向北前進。」

接著又領隊向西。

到了新町通（南北線）。

「向北。」

歲三繼續前進。在狹窄的道路上，各隊的幕府軍排成三列或四列縱隊向北跑去。

但是他們只前進了二十公尺。

突然，從兩側的民宅中同時響起了槍聲。幕府軍紛紛應聲倒地。

原來是遭遇了長州的遊擊隊。

「傳習隊繼續前進。」

說完，歲三又指揮新選組的隊士疾風般地快速襲擊空屋與長州軍戰鬥，逐一弭平後又繼續向前進。

進入市街區後，只要一交戰，隊士就情緒激昂，奮勇殺敵。

他們繼續北進，與先前到達市區的傳習隊、會津藩兵匯合後，又繞到了敵人的本部「御香宮」後面。

（贏定了。）

歲三再次確信。

敵人似乎受到驚嚇。

薩摩軍迅速派出精銳步兵隊，首先在路上展開槍戰，但是最後又演變成激烈的近身肉搏戰。

指揮在此時已經不再有效。敵我雙方擠作一團就在路上廝殺，奔跑著遭遇對手時舉刀就砍。眾軍士在這狹小的地方混戰。

「新選組前進，新選組前進！」

歲三邊戰邊大喊。看到不同裝束的人舉劍就砍，除掉一個又繼續前進，向著御香宮前進。

眼看已經到了圍牆下。

然而，在龍雲寺高地上布陣的大山彌助等薩摩砲兵，察覺到下面戰場轉移到意外地方，於是急忙移動砲座。

同時薩軍的步槍隊也開始集中射擊此處，構成開戰以來最大的火網。

頓時，歲三周圍死傷者層出不窮。

幕府軍的步兵與傳習隊似乎已經支持不住了，只有會津藩兵依舊奮勇殺敵。

他們跨過一具又一具死屍，勇敢地向前砍殺。

（幹得不錯。）

歲三也很佩服。只是，會津藩兵習慣上只要殺死敵人，就一定要砍下對方的頭並掛在自己的腰間。

對此歲三完全無言。

會津藩無論是盔甲戎裝、還是戰場上的作法、戰術，還是沿用三百年前的那一套。

人頭很重。

腰間掛了兩個腦袋後，行動就不再敏捷了。

歲三混戰最激烈的時候，看到會津藩兵這個情形，忍不住大聲喊叫：

「你，快把人頭扔掉。」

但是誰也不明白他的意思。

而另一邊，新選組的近身戰顯得簡潔明快，只是隊士人數少了許多。

這時，伏見之戰中幕府軍遭遇的最大不幸發生了。

後方的本陣，伏見奉行所的建築物濺到了火苗，開始燃燒起來。

大火立刻熊熊燃起，將周圍照得亮如同白晝。薩長藉著火光，看清了歲三等幕府軍的行動。

子彈、砲彈命中率越來越精準，以有如大雨般當頭淋下來形容也不誇張。更要命的是幕府軍密密麻麻擠在狹窄的街道上。

這已經不是戰鬥了，完全是屠殺。

歲三還在路上狂奔著指揮隊伍。此時，他對會津藩隊長佐川官兵衛說了一句話，而且一直流傳到很久很久以後。

「佐川，將來的戰爭中不會再出現北辰一刀流或天然理心流了。」

可是，這不是歲三絕望時說的話。

而是他認為未來得靠西式武器作戰，滿懷這種希望的話語。

眞是個奇怪的人。

他似乎還笑了。

伏見奉行所燃燒的火光照亮了他的笑容。

（我眞正的人生就從這場戰鬥開始了。）

歲三集合了隊士。

「大家都在嗎？」

槍林彈雨中，他看著眼前的六十幾個人。

原田左之助、永倉新八、齋藤一等，結黨以來的隊長們那些亢奮的臉孔。

他沒有看到從故鄉一起上京的天然理心流師兄弟、六番隊隊長井上源三郎的身影，也不見監察山崎烝的蹤影。

「山崎君呢？」

「他受了傷，已經送到後方。」

「其他諸君呢？」

不用說他也明白，餘下一百數十人已經做了鬼。

「好吧，就我們六十個人再殺回去。」

歲三突然坐下。

一顆子彈緊貼著他的頭頂掠過。

鳥羽伏見之戰 之四

以劇場來做比喻。

觀眾席上的燈光轉暗，只有舞臺上的人物在燈光照明下。

對於新選組來說，此時的戰場就是如此。

後方熊熊燃燒的伏見奉行所的火光照耀下，街道上的新選組隊士、會津藩兵成爲舞臺上的人物。

薩長陣地有如黑暗的觀眾席。處於戰術上有利的位置，他們可以無所顧忌把砲火射向舞臺。

「這樣下去事情會難以收拾的。」

歲三看著奉行所猛烈的火勢脫口說出這句話，總之他決定暫時集合隊伍，讓隊士們躲到京町四丁目至二丁目之間的巷弄裡，躲開火光的「照明」。

這年的正月三日，陽曆是一月二十七日。這一天，英國公使館書記官薩道義（Ernest Mason Satow）正在大坂。他是文久二年以翻譯官身分赴日，後來與薩長接觸較多。他用充滿智慧和精準的時勢洞察力，協助上司巴夏禮公使，另一方面也爲薩長提供許多建議。關於這一天的情形，薩道義在他的《幕末維

新回想記》中是這樣記載的。「一月二十七日晚，看到京都方向發生極大的火災。問遠藤（薩道義的隨從）後說是在伏見，薩摩和其盟軍正與幕府軍作戰。」伏見奉行所的火勢連在十三里外的大坂都能看見，可以想見那「照明」效果有多麼巨大。

「唉，運氣不好。再五十步就能殺進敵人本陣了，結果成了現在這個狼狽樣。」

十番隊隊長原田左之助將劍收進鞘裡。

左之助說的沒錯。如果奉行所沒有著火，那麼伏見的這場夜戰，勝者很可能就是幕府軍。

不，不只鳥羽伏見之戰，對於這場戰爭，無論是哪個國家的哪位名參謀來看，只要是圖上兵推都認定勝者應該是幕府軍。

京都的薩長兵力不多。

預備軍也不多。他們已經出動所有的兵力。如果鳥羽和伏見的御香宮前線崩潰，薩摩軍的首領已經想好退路，他們將撤出京城並擁立天子逃出京都，伺機再次舉兵。

但是就武器裝備而言，薩長佔了優勢。

當然，幕府軍這方也有裝備完全西化的所謂「步兵」還在不斷西上。

幕府軍的人數佔了壓倒性優勢。

然而，幕府軍欠缺鬥志。幕府軍不像薩長那樣拚命。這一點也與日本史中招致封建制度的關原之戰非常相似。如果是從紙上推演的話，西軍應該不致於在關原之戰中失利。西軍不僅人數居多，而且戰場上還佔據著絕對有利的地理位置。但是西軍缺乏鬥志，在戰場上拚死作戰的只有石田三成隊、大谷吉繼隊和宇喜多秀家隊。

鳥羽伏見之戰的第一天也雷同，在戰場上拚死作戰的只有會津藩和新選組。而且更遺憾的是這兩支隊伍都不是西式軍隊。

連英國人薩道義都嘲笑幕府軍主力。

「雖有一萬大軍卻毫無鬥志可言。」

英國很早就對幕臣的軟弱感到絕望了。他們構想有朝一日由薩長統一日本，而暗中支援兩藩。

「他們沒有讓我們失望。」

英國放心了。

歲三——

站在路上。位於東南方的奉行所大火清楚地照著他的身影。

（戰爭一定會勝利。）

歲三依然堅信。只要能死守住作爲幕府軍最前線的戰鬥現狀，明天一早西式武裝的幕府軍步兵就會大舉進入伏見。而且先發的幕府軍法式第七連隊現在已經開始進入伏見。

幸好，友軍會津藩兵雖然裝備落後，但是該藩藩士畢竟是與薩摩齊名的日本最強武士，並且充分表現本領，像林權助隊長身上中了三彈，依然寸步不退。

然而。

晚上八時左右，負責傳令的平隊士野村利八跑回來，給歲三報告一件驚人的消息。

「我方正在撤退。」

「胡說。」

歲三吼道。他命令二番隊隊長永倉新八等人再去確認。

新八向西跑去。

然而，原本應該在兩替町一丁目附近的幕府軍第七連隊，此時已經不見了蹤影。

新八再往西跑，到了新町四丁目。

（沒人。）

這裡應該是第七連隊集合地點。

（他們去哪裡了呢？）

新八發瘋似的向南跑去。終於在伏見松林院御陵的東角，追上了第七連隊後端的人。

「你們，」

永倉新八臉色都變了。永倉是「大御番組」，是名望地位較高的旗本。

這些所謂的「步兵」，是在江戶、大坂公開招募來的，其中不乏無業者、武家僕役、打火員等等，所以永倉對待他們盛氣凌人也很自然。

「你們要去哪裡？」

「不知道。大將說了快逃，所以我們就逃了。」

步兵中一人別過頭去。永倉用力搧了這小子一巴掌。

「啊。」步兵應聲倒地，終究是個志願「從軍」的無業遊民罷了。

「你、你幹什麼？」

他一躍而起，倒拿著步槍要打永倉。永倉閃開，抬起一腳又把他踢倒在地。

「你不知道新選組的永倉新八嗎？」永倉大聲吼道。

「啊。」大家都驚叫出聲。

這時，一個步兵指揮官（幕臣、士官）跑過來。只見他臉色蒼白，連聲說：

「你這是什麼無禮的舉止？」

永倉揍了這傢伙的臉。

「什麼無禮不無禮的！我在問第七連隊要去哪裡？」

「是、是撤退。」

「撤退？」

「這是豐前守閣下（松平正質，幕軍總督）的命令。他命令我們撤到高瀨川彌左衛門橋對面（橫大路村）」。

「新選組可沒有聽說。」

「那是貴隊的自由。」

「你說什麼？」

「我們是聽令行事。新選組怎麼樣我們可不知道。」

「唰」的一聲，新八的刀出鞘。

指揮官趕緊溜了。

就在這時，新町九丁目附近的長州軍南下，一時間槍聲四起。

幕府步兵四處逃竄，腳下塵土飛揚。

「哼。」

永倉往敵人的方向跑去。

跑過一棟又一棟房子，穿過一間民宅，終於回到新選組的集合地點。

「土方，步兵跑了。」

「喔。」

歲三聽到這消息非常鎮定，令站在他身旁的會津藩隊長佐川官兵衛佩服不已。

「跑了？」

佐川好像也只問了這麼一句。他的右眼被砲彈碎片擊中了，此時半邊臉包著白布，已經被血染得通紅。時年三十八歲。

他是官兵衛六百石。後來回到會津以後又轉戰各地，當過軍事奉行頭取。在會津城即將淪陷前被升任家老，指揮藩士勇敢作戰直至城池陷落。維新後他在警視廳任職，在明治十年的西鄉之亂（西南戰爭）中，他身為「官軍」巡查隊長，率領警視廳中挑選出來的劍客，屢屢斬殺薩軍為戊辰之役報仇雪恨，最後戰死。他和大砲奉行林權助一樣，也是典型的會津武士。

「既然這樣，」

歲三思索著。

「薩長不會去追擊他們的。他們沒有這個餘力。佐川認為如何？」

「土方，」

佐川官兵衛提起別件事。

「我們留下吧。」

「當然。」

歲三立刻處理傷者後送事宜，請會津藩協助。

經過統計，會津藩和新選組加起來共戰死三百人，重傷一百幾十人。佐川馬上組織人員護送傷者去後方。
就在剛剛處理完這一切，薩長軍襲來。
「殺過去。」
歲三揮舞著白刃從京町通向北前去。新選組六十餘人以及留下來的佐川官兵衛指揮的會津藩兵緊緊跟上。
在薩長軍的射擊下，兵士又接連倒下了。
「快跑。」
此時只有衝進敵軍中間才能避免傷亡。
兩軍激烈交戰鬥，一場駭人的近身戰。
歲三不斷飛身跳躍著砍殺敵方。
近身白刃混戰是新選組的拿手絕活。
而且還有會津長槍隊的槍尖一同助陣。
薩摩軍雖然很慓悍，但他們不像新選組是清一色的劍客，所以他們並不習慣近身戰。而且薩摩人還有一個特點：如果「形勢不利」的話，他們絕不戀戰。
自古以來，他們的戰術思想就是，與其持續和敵人進行自己不擅長的戰法，還不如伺機溜走，其實是很合理的想法。
在後來的西南戰爭中，據說從熊本加入西鄉軍的肥後人對薩摩人的這種習性就很受不了。因爲他們只要一處於劣勢，轉眼就四散逃走。當肥後人意識到時，周圍已經不見薩摩兵的蹤影，開溜之敏捷程度令人難以想像。
此時，混戰中的薩摩隊長也大聲下令：
「大家快撤退。」
一群人隨即迅速四散跑開了。
「不要追。」
歲三阻止了隊士們的腳步。因爲他們也沒有足夠的兵力去追擊並和敵人主力部隊對抗了。
「撤退。」
兩軍同時撤退的情形也是夠離奇的。新選組和會津藩回到了原來的集合地。

剛回到屯集所，幕府軍總督松平豐前守的使番來了。

「請退到高瀨川的西岸。」

歲三詳細詢問了使者，得知已經撤退的幕府步兵第七連隊，根據豐前守的命令留在高瀨川的西岸。他們作爲築造兵（法式工兵）正在那裡構建野戰陣地。

「這樣啊。我還以爲他們早逃到大坂了呢。」

歲三譏笑著說。

「謝謝他的關心。不過新選組和佐川的會津兵不打算離開這裡。」

「可是你們會遭到敵人包圍的。」

「別開玩笑了。薩長如果有足夠的人數包圍我們，早在第七連隊撤退時就會追去了，恐怕你也早沒命了。」

「可是……」

「我們就留在這裡。」

歲三打發使者回去了。

事實上，京都的薩長軍的確完全沒有多餘兵力了。軍費資金也同樣沒有餘裕。他們曾經在朝廷向重臣籌集資金，卻只籌到五十兩。像這種改變歷史的戰鬥中，勝利者的手中只有五十兩準備金，這在世界史上恐怕也絕無僅有。面對這樣的對手，身爲舊政府軍的幕府軍怎麼就失敗了呢？

沒多久，第二名使番來了。

還是同樣的命令：

「請撤退。」

歲三覺得可笑。他問：

「高瀨川西岸的陣地建好了嗎？」

「還沒有。」

「如果正在建的時候遭到敵人夜襲怎麼辦？」

「這個……」

歲三笑出了聲。他說：

「好吧，我們撤。但是在高瀨川陣地建好以前，我們就守在這裡。」

臨時趕建的陣地工程是在深夜零時以後完成的。

歲三他們在深夜一點過後才放棄了前線陣地，退到高瀨川陣地。

第二天，元月四日。

在這個水鄉特有的濃霧瀰漫的早晨，太陽雖已經升起，然而能見度卻不過數尺。

這樣的氣象條件，與發生在慶長五年九月的關原之戰開始的早晨極其相似。

不同的只是，這天沒有下雨，但同樣寒氣襲人，水坑積了厚厚一層冰。

「這場大霧眞是及時，天助我也。」

歲三打了個盹，醒來時看著大霧自言自語。

因爲起了濃霧，敵人的砲兵看不見目標，無法射擊，周圍一片寂靜。

說是天助的大霧，是因爲——

（爭取到一些時間。）

按計劃，連夜從大坂急行軍趕來的幕府軍西式部隊第十一連隊此時應該快到了。這支連隊的指揮官是佐久間近江守信久。他是幕府的步兵奉行，無論是人品還是長相在幕臣中都是少有的豪爽男子漢，有如三河武士一般。

和佐久間的第十一連隊同時前來的，應該還有一支步兵頭窪田備前守鎭章率領的大隊，而這位也不是弱將。只是他率領的這支大隊是由大坂緊急招募來百姓兵組成，據傳還有長州的間諜混在其中。

不過，第十一連隊指揮官佐久間近江守的馬夫英太，才是長州的間諜，而這是明治之後才揭曉的。

早上七點。

由法國士官訓練的這兩支幕府兵陸陸續續抵達戰場。

「左之助，步兵隊來了。」

歲三很高興。

八點，大霧散盡。

晴天。

兩軍的砲擊戰終於在鳥羽伏見之間展開。

新選組得到了幕府軍十四大隊的西式槍砲等武器的支援。他們靠近由一支薩摩軍守衛的中島村，近身突襲成功，一舉佔領了中島村。

佐久間近江守的第十一連隊在大坂街道上發起進攻，大大牽制了薩長軍的行動。

在淀山橋方面，會津部隊以白井五郎大夫爲首的隊伍憑藉兩門大砲，逼使薩長兵四處敗逃，並乘勝追擊至下鳥羽北端，幾乎侵入敵人的陣地。

戰鬥的第二天，幕府軍取得了勝利。據說消息傳到御所時公卿們大驚失色，一陣騷動。他們紛紛指責，一致認爲把兵力薄弱的薩長土作爲「官軍」的決定過於輕率。

戰鬥開始後的第三天，正月五日，同樣是晴天。

這一天，兩軍之間的交戰不像前一天很快分出勝負。幕府步兵的指揮官佐久間近江守和窪田備前守在前一天的戰鬥中，爲了鼓舞士氣而身先士卒打頭陣，不幸相繼陣亡。爲此幕府軍的西式部隊遭到了重創，士氣受到極大影響。第三天的開戰後不久，幕府軍開始出現潰退跡象，很快敗逃的隊伍越來越多。會津藩和新選組爲了阻止幕府兵的敗逃使出了渾身解數。

新選組的原田左之助和會津藩藩士松澤水右衛門持劍阻止從淀堤敗逃而來的幕府步兵。他們大聲責問這些逃兵：

「你們爲什麼要逃？戰爭還沒有輸呢。」

然而，終究沒有能夠阻止步兵隊的潰敗，只好退而求其次，要求「把大砲留下」。

朝廷已經決定承認薩長土爲「官軍」。

由仁和寺宮作爲總督出陣。於是幕府軍同盟、把守山崎要塞的藤堂藩倒戈，使幕府軍面臨腹背受敵的戰局，把幕府軍中士氣最差的步兵們嚇得不輕，他們紛紛四散逃竄。

同時，在京都保持中立、採取觀望態度的各藩隨著「共舉皇旗」的通告也紛紛加入薩長戰線。這一情況被誇大後傳到幕府軍中。

會津、桑名兩藩及新選組在局部戰鬥中基本上佔了六分優勢。但是，到了下午，由於主力部隊敗退的影響，他們也被迫退出戰鬥。

這一天，歲三手下的隊士已經銳減到了三十人。在淀堤千本松，他叫來幕府軍步兵的指揮官，經過商量決定，「打最後一仗」。

歲三揮動手中的劍衝上了街道。

然而，緊跟著衝上來的除了新選組隊士，只有會津藩還活著的林又三郎（權助之子，在這場戰鬥死去）等寥寥數人。

歲三退到了大坂。

在充塞了殘兵敗將的大坂城內，一件令人震驚的事情正等著他。

大坂的歲三

總之，軍隊潰逃。

這點是無法否認的事實。歲三讓未受傷的人沿淀川徒步南下，傷患則搭上三十石船（伏見與大坂間的交通船，因可裝載米三十石而得名）前往大坂。

（眞的輸了。）

看著隊士們沮喪的表情和垂下的肩膀，怎麼看都是敗軍，歲三不得不接受這事實。就連十番隊隊長原田左之助那樣勇猛的隊士此時都拄著長槍，垂頭喪氣走著。

歲三從馬上跳下來，叫住原田：

「左之助，振作點。別忘了還有其他隊士在看著你呢。」

左之助很疲憊。正因爲他素來勇猛，所以一旦戰鬥失利，就顯得更加疲憊虛弱。他直盯著歲三說道：

「像你這樣子我辦不到。」

依然無精打采地向前走去。

「各位，我們還有大坂。」

歲三回到馬上鼓舞眾人。的確，大坂城裡有將

軍，還有幾萬名毫髮未損的幕軍士卒。當然還有武器。

「城堡固若金湯。只要到了那裡，擁護將軍，奮勇作戰，反對薩長的諸藩一定會站到我們這邊。」

怎麼說都應該是場必勝的戰爭。但就鳥羽伏見之戰來看，眞正在戰場上奮勇作戰的只有會津藩、新選組與見迴組。駐守山崎砲兵陣地的藤堂藩臨陣倒戈，而幕府直屬的西式步兵幾乎未戰先逃。

不過，幕府軍的主力在大坂，而且秀吉所築的大坂城，自從家康以來歷經西國大名（特別是毛利、島津）的叛亂，爲了防禦曾經數度補強，是座堅固的大要塞。

（就憑薩長的兵力無論如何也攻不下。）

不只歲三，相信古今東西的軍事專家在這點上也會同樣樂觀。

「到大坂再和他們重新較量。」

歲三鼓舞大家。

歲三的想法非常合理。

大坂是京都的新政府軍最感頭痛的地方。新政府軍沒有足夠力量追擊，乘勝追擊擴大戰果是軍事常識，無奈他們兵力不足。

當時參與計畫京都薩長同盟軍作戰的長州藩士井上聞多（後來的井上馨侯爵）等人也表達過這樣的觀點。

「幕府軍一定會以大坂城爲根據地。根據我的推測，以大坂爲據點向四方擴展兵力，控制兵庫（神戶）的開放港口，設法從國外輸入新式武器，阻止來自薩長本藩增援部隊登陸，以他們的優勢艦隊封鎖瀨戶內海。這樣一來，我們在京都就成了囊中之物。倘若，幕府譜代大名的若州小濱藩的藩兵等要是控制大津口，而京都民眾的糧食主要來自近江，可能會斷糧。如此一來，我們這少數的在京都軍隊將不戰而敗。所以，我們必須趕快回到本藩，集中藩內的兵力從山陰和山陽兩方面攻打京畿。希望薩摩也能如此，只有這個辦法。」

對這個意見，薩摩方面表示完全贊成。他們同意在本藩的兵力到達之前，首先在八幡、山崎等京城南部的丘陵地帶設置砲臺，準備打持久戰。

因此，歲三對戰局表現出樂觀態度也是理所當然。

隊伍行至守口的時候，望向西南方向可以看到大坂城的五層高的天守閣。

「你們看。」

歲三揚起鞭子說道。

「只要有那座城，天下就不會輕易落到薩長的手裡。」

他當時的心境大概和大坂冬・夏之陣時的眞田幸村相同。雖然幸村當時的敵人正是德川家。

然而，隊伍沒有反應。眾人在伏見口已經見識了可怕的砲火。會津藩的前膛砲才開一槍薩長軍的後膛砲就已經發射十發了。會津藩的火繩槍每發出一顆子彈，對方已經射過來二十顆子彈。

（說到底還是世道變了。）

這種感受是隊士實際經歷槍林彈雨之後的切身感受。他們不是單純的敗軍，他們的思想觀念所受到的衝擊更大。

（什麼嘛。我們也買那種槍不就得了。）

只有歲三沒把那些東西放在眼裡。

但是，在這場戰鬥中，幕府軍死傷數字極大。每艘船運來的傷患裹在身上的繃帶都是紅色的。而他們身上的傷幾乎都不是刀傷或穿刺傷，而是砲彈造成的傷害。傷患中，有人手腳斷裂，有人下巴被碎片擊中，有人身上中了三發子彈等等，情形慘不忍睹。

「那場戰爭（鳥羽伏見之戰）的時候，簡直亂得不行。我們向京橋（大坂）方向逃去的時候，看到許多渾身是血的幕府武士從淀川搭船下來。」

這位當時的目擊者，後來非常長壽。她是大阪市北區此花町一的稻葉雪枝女士。在一百零一歲的時候於市政廳接受眾人祝福。當新聞記者前去採訪她時，據說她說的第一句話就是「戰爭的時候」。因爲她只提到說戰爭兩字，記者誤以爲她說的是第二次世界大戰。再仔細聽內容，原來她提的居然是鳥羽伏見之戰。

歲三走進分配給新選組的營地大坂代官宅邸。這是位於天滿橋南端的東側，一座非常氣派的房子。

「近藤在嗎？」

他問代官宅邸的人。說是在內本町三丁目的御城代別邸療傷休養中。

「沖田總司也在那裡嗎？」

可惜，這裡的人並不知道沖田。

「永倉，傷患就拜託你了。」

說完，歲三騎馬出門了。

沿著狹窄的谷町筋筆直向南走，就到了御城代別邸。歲三在院子裡栓馬的時候，雨稀稀落落下了起來。

天氣寒冷。

這幾天一直沒有意識到的日常感官，在歲三的身上甦醒了。

雨吧嗒吧嗒下著。歲三慢慢朝向玄關邁出腳步。累，眞的好累。之前從來沒有感覺像今天這樣腳步沉重。

他忽然想到了阿雪。

（不知道阿雪現在怎樣了。）

突如其來的思念，使他感覺阿雪好像就站在玄關的松樹對面。

當然，這是幻覺。

他太累了。

「近藤的房間在哪裡？」

走廊上，他問一個像是幕府軍步兵指揮官的、身穿新式呢絨服裝的男人。看樣子此人沒有上戰場。

「近藤？是哪裡的近藤大人？」

這名男人反問。

「你不知道嗎？除了新選組的近藤還能有誰？」

歲三怒吼。當然，此時他的精神也不太穩定。

歲三走到近藤的房間外面，「嘩啦」一聲拉開紙門。

近藤獨自躺在裡面。

「是我，阿歲。」

歲三靠近他身邊，隨手把刀放在他的枕邊。

「我們輸了。」

「聽說了。」

近藤無神地看著歲三。

「辛苦你們了。」

「傷勢怎麼樣了？」

歲三避開了這個話題。

「肩還是不能動。良順（松本）醫師說很快就會康復的，可是肩不能動眞的很麻煩。幸好他說再一個月時間就能恢復到以前一樣。」

「這麼說，再過一個月你就可以上戰場囉。」

「也許吧。」

歲三點點頭，簡單地介紹了一下戰場上的情形和隊士的情況、損傷等等，隨後又問：

「總司情況如何？」

歲三去了沖田總司的房間。正好德川家御醫松本良順正坐在他枕邊。

「哎呀，你就是土方啊。我幾乎每天都聽近藤和沖田提起你，感覺我們已是多年知交了。」

松本連寒暄都沒有就直跟歲三搭話。松本年齡比近藤稍大，大約三十七、八歲，他的眼睛和鼻子都很大，堅毅的外貌不像個醫生。後來他轉戰東北，明治之後被赦免當上了軍醫總監，此人似乎很喜歡打仗。

「什麼？鳥羽伏見之戰不算是敗仗？快詳細說給我

聽。」

「過會兒再說吧。」

他看了看沖田的臉。

沖田在微笑。依然是名男子特有的燦爛微笑。

（好像更瘦了。）

「沖田君的病不要緊的。」

「是嗎？」

歲三滿腹疑惑地看著良順，微笑從良順的臉上褪去。

（看來還是不太好醫治。）

「土方，」

沖田開口了。

「你別說話，這個病不能累著。」

歲三想拉沖田的手。

但沖田好像很難爲情似的，趕緊把手伸進被窩裡。眞的瘦了。手臂上幾乎沒有肉。也許就是因爲這個，沖田才不好意思的。

「隊裡還有事，我先走了。不過總司，我每天都會來看你。」

「土方。」

沖田的視線移向放在枕邊的一盆梅花上說道：

「那是阿雪給我的。」

「什麼？」

剛要站起來的歲三又一屁股坐下了。他急切地問道：

「阿雪，哪個阿雪？」

「你看看你。」

沖田瞧著歲三，微笑著點了點頭。

「她也來大坂了。每天都會來這裡看我。」

「你怎麼一說，好像近藤的房間裡也有一樣的梅花。」

「是吧。不過阿雪來這裡從來也不說土方的事。」

（她就是這樣的人。）

歲三眼睛望向遠處，又突然站了起來。他非常狼狽，甚至忘了向松本良順道別。

良順似乎開了歲三一句玩笑，可是他沒有聽見，已經出了走廊。

（阿雪。）

反手關上拉門的時候，外面的雨還在下。

（眞想見到她……）

歲三輕輕地走到走廊上，等他意識到時，已經蹲在緣廊上凝視著瑞香的矮灌木了。

（不知道阿雪她還願不願意再聽我說故鄉的事？）

歲三的眼睛似乎在看著雨絲，卻又好像什麼也沒在看，表情呆愣。也許是因爲被雨霧淋濕了的緣故，鼻子彷彿聞到還殘留在肩頭的微弱硝煙味兒。

「眞是場無聊的戰爭。」

歲三像是對著阿雪低語著。

「不過，在大坂一定還會有一場決戰。」

「土方。」

歲三聽到背後有人喚他。

他嚇了一跳，回頭一看。

原來是剛剛的松本良順站在身後。歲三一直到很久以後都沒忘記當時良順臉上難以言喻的表情。

「你是不是還不知道，」

良順說：

「慶喜和會津中將都已經不在城裡了。」

「什麼？」

「他們跑了。」

「這、這，近藤和沖田他們知道嗎？」

「知道。他們大概是看你好不容易從戰場回來，說不出口。」

（我們被棄之不顧——）

不光是他，也不光是在鳥羽伏見之戰中浴血奮戰的武士，大概就連所有戰死者都會有這種感受。

「你能詳細跟我說說嗎？」

歲三的腦海裡已經全然沒有了阿雪的幻影。

慶喜從支持者身邊逃走了。

是的，慶喜支持者身邊逃走了。當鳥羽伏見之戰的不利戰報傳到大坂城內時，城內一片譁然。主戰派提出了理所當然的建議：他們懇請將軍親自出征。

「請將軍盡早出城，親赴戰場。從以往的經驗來看，自家康公以來，只要御馬印在隊伍前頭，旗本、譜代大名等家臣就會抱著必死決心衝鋒陷陣。我們有的是兵力，絕對能獲勝。而且我們的海軍軍艦已經在攝海待命，只等將軍一聲令下了。」

當時，慶喜身邊的人都贊成這個意見，慶喜也表示同意。他站起身，說：

「好吧。我們盡早出發。大家都去準備一下吧。」

大家都很興奮，尤其是會津藩士歡呼雀躍。大家分別回到各自的駐地做出征的準備，磨拳擦掌，躍躍欲試。

然而，慶喜乘隙逃走了。時間是正月六日夜裡十點前後。他只帶了寥寥幾個人。這幾個人中，爲首是曾經擔任京都守護職、在京城威風一時的會津中將松平容保。於是，會津藩士也被藩主拋棄了。關於容保的爲人，人們常常以沉靜剛毅這個詞來形容他。但是正如同「貴人薄情」這句話，生來就是殿下大人的人物，一旦遇到一籌莫展的態勢時，感覺總是和常人不一樣。現實就是，歲三等人的新選組同時被兩個主人——會津藩主和慶喜——給拋棄了。

桑名藩兵在鳥羽方面雖然也經歷了激烈的戰鬥，遺憾的是，他們藩主松平越中守（容保的親弟）也加入那幾個逃亡貴族的行列裡。他們就這樣偷偷跑了。慶喜暫且不提，連這兩個大名都沒有告訴自己身邊的人要「逃走」。

這天晚上，他們從大坂城的後門悄悄溜出去的。他們通過後門時，衛兵看見這一行人還進行盤查。

「什麼人？」

跟隨慶喜的老中板倉伊賀守謊稱：

「換班的侍從。」

於是一行人毫不費勁地出了城。他們走過夜裡的大坂，到八軒家坐上小船，順著河出了海。他們知道在天保山港灣應該停靠著四艘幕府的軍艦。

海面很暗。

有不少外國軍艦在此停泊。慶喜等人不得不在這些軍艦中來來回回地尋找幕府軍艦，最後只好登上距離最近的美國軍艦，請求留宿一個晚上。美軍艦長把一行人迎進了艦長室。天一破曉，可以看清港內的船隻時，他們告別美軍軍艦，上了幕府軍艦開陽丸。

當城裡的人們得知慶喜等人不見的時候，已經是第二天了。全城一片茫然。

明治時代的記者福地源一郎（櫻痴）作爲幕府的外國奉行支配翻譯方，此時正在大坂城內。他是位很有名望的旗本，關於慶喜出逃一事，留下了一段記錄（下爲大意）：

六日夜裡，我在城內的翻譯室裡，和同事們優閒抽著煙，一起說上司的壞話。最後聊得累了，就像往常一樣拿出毛毯睡了。到了半夜，友人松平太郎全副武裝地進來。

「你們怎麼還這樣悠哉！」

他豎起拇指表示：

「『他們』已經離開了。」

我還怪他：

「太郎大人，在這種地方就算開玩笑也不能說這麼不吉利的話。」

「你要是不相信，自己去御座之間看。」

太郎走了。

松平太郎在將軍離開大坂城後，被任命爲步兵頭走馬上任。所以從太郎那裡聽到這個消息的「我」福地源一郎，應該是城裡知道這個消息最早的人之一。

歲三還是不敢相信這件事。他牽著馬從大手門進來，見到貌似重要官員的人就詢問。

「是眞的。」

大家都這樣說。

銷毀機密文書的煙開始升起，也證實了此一事實。

「大人，」

一位有資歷的旗本說：

「我們也不清楚是怎麼回事。不過，在天保山海面上停著許多由榎本和泉守（武揚）率領的幕府軍艦。」

「那就是說，還要打仗囉？」

「不是的。應該是要把我們順利送出去吧。」

「胡說。」

歲三一拳把那位武士打倒在地。不知道是不是因爲歲三下手太重，竟倒地不起。

歲三上了馬。對慶喜和容保的一肚子怨氣終於忍不住發洩在那人身上。他大概覺得對方有點可憐。

「我是新選組的土方歲三。你要報仇隨時可以來找我。」

說著調轉馬頭向大手門外跑去。

（我一定要堅持到底。）

不管慶喜逃了也好，容保跑了也罷，就算只有土方歲三也要戰鬥到底。

慶喜、容保逃跑有各自的理由。

而歲三只因爲好鬥本能。

松林

歲三又回到了近藤療養暫居的御城代別邸，在近藤的枕邊說道：

「看來不像是假的。將軍和會津中將從城裡消失了。」

「是啊。聽說逃得還挺順利。」

近藤聲音很小。歲三一臉不快，心想：我們還沒有戰敗呢。

「我們盡早出發。大家都去準備吧。」

將軍表面上堂而皇之地下了命令，一轉，卻又偷偷地換好裝束，連家臣都沒有通知就溜走了。他們甚至沒有想過要等待爲他們正在戰場浴血奮戰的戰士們從前線回來，他們更沒有想過要向這些戰士說幾句慰問的話，當然也沒有想過要探望傷患。就這樣逃走了。

（從古到今，前所未聞。）

歲三抱著腦袋。

近藤在京城的最後階段，曾經作爲一名「政客」周旋於諸藩之間。所以他此刻的心情和歲三大不一樣。雖然不是很清楚，但是他知道時勢是怎麼回事。

他理解時局的方法非常特別。

「阿歲，這次戰爭可不是普通的戰爭，完全不同的。」

「哪裡不一樣？」

「你不會明白的。」

「難道你就能明白嗎？」

「我當然明白。」

近藤仰著顴骨突出的大臉望著天花板。

（看他這表情也不像是明白的樣子呀。）

歲三覺得很奇怪。就現代的眼光來看，近藤的政治敏銳度最多也就是鄉鎮議員的水準。

成為一位政治家的必要條件之一是要有哲學思想，之二是對於世界動向具備準確的判斷能力。在幕府末期，真正具備這兩者的大概只有薩長志士的首領。

近藤沒有。

近藤雖然不具備這兩項條件，但只要他想起在京都時經常接觸的土佐藩參政後藤象二郎等人的談話，他就覺得自己明白，儘管不夠清晰明確。

如果近藤有辦法統整一下自己腦中模模糊糊的思想，應該會說：

「阿歲，這場戰爭其實是場思想戰。」

所謂的思想戰，是指薩長二藩奪得天子這件事。如此就能在戰事中要求授予錦旗，將自己的軍隊立為「官軍」，政府軍。

當薩長在京都舉起政府軍錦旗的時候，最害怕的莫過於將軍慶喜。因為他出身於尊王攘夷主義思想的大本營水戶德川家，先是繼承了一橋家，隨後又繼承了將軍家。

他害怕「自己成為賊軍」。

他甚至聯想到足利尊氏在歷史上的定位。在幕末，不論是倒幕派還是佐幕派，南北朝史對所有知識分子而言可說是常識。

驅逐後醍醐天皇並與其開設的南朝對抗、創建足利幕府的尊氏，在水戶史學中被定位爲史上最大叛賊。也因爲水戶的德川光圀之故，在此之前籍籍無名的尊氏政敵楠正成被挖掘出來，搖身一變成爲史上最大忠臣。幕末志士的精神典範「楠正成」，或許是爲後世灌注革命能量的空前絕後人物。

當京都飄揚著錦旗時，慶喜想到若再持續作戰，自己留給後世的究竟會是什麼樣的名聲。

「第二位尊氏」。

意識到這點，使得慶喜果斷採取「從自己陣營逃脫」這種舉世少有的態度。而以上述思想來決定政治上的進退或軍事行動正是幕末的奇妙現象。

「阿歲，現在不是戰國時代了。如果我們生在元龜天正時代，那麼像你我這樣的人或許都能成爲一國一城之主。然而現在的情形完全不同了。相信將軍乘著夜色逃出城也是出於這種想法。」

雖然近藤嘴裡這麼說，但是他的想法其實沒那麼細膩。

他只是總覺得可以理解罷了。

「好吧，就算將軍是這樣，那麼和他一起溜走的會津藩主又是怎麼回事？」

「阿歲，注意你的用詞。」

「又沒有人聽見。——我已經歷無數戰鬥，在伏見、淀川沿岸、八幡，我親眼目睹了會津人奮勇作戰的場面。老人、少壯、年輕人，還有身分低微的武士、步卒，不分身分高低貴賤，會津藩士都像眞正的武士那樣奮勇作戰。那些場面實在感人，即使現在提起這些我仍有流淚的衝動呢。武士就應該那樣。」

「這個我知道。」

近藤很沉重地說：

「可是，阿歲，你要知道，再繼續戰鬥下去，眼下的局勢只會讓我們更加步上足利尊氏的後塵。」

（他想說什麼呀。）

歲三瞪了近藤一眼，說：

「尊氏還是什麼我不清楚，可是身爲人就應該擁有一種永不變易的事物。男人在這世上就該爲追求這種永恆不變的事物而活。」

「阿歲，尊氏這個人呢，」

「你別老是提尊氏、尊氏的。如果將軍不想成爲尊氏，就應該進軍京都從薩長人手中奪回錦旗，自己當政府軍不就什麼事都沒了嗎？」

「尊氏也是這樣做的，但是數百年以後的今天，他的頭上依舊扣著叛賊的帽子。因爲知道這種結果，所以將軍才出逃的。阿歲，你不知道，這樣的事在遙遠的六百年前就已經發生過了。」

「遙遠的六百年前啊。」

歲三嘲諷地說：

「也就是說，什麼事情都必須參照古時候故事來決定行動囉。」

「是的。」

近藤很沉重地點頭。

歲三輕輕笑了。心想：

「我好像是在跟個妖怪說話似的。」

不過這話他沒有說出口，沉默地站了起來。

歲三雖然沒有所謂的素養或者中心思想，但基礎其實是勝過近藤的。近藤說的那些道理他都知道。他只是想說：

（不論是慶喜或幕府高官也好，因爲學問都只是不上不下的半桶水，所以他們的意識中才會有成敗的想法。」

不過，要把這想法表達得清楚易懂，對歲三而言還做不到。

（走著瞧。等我從薩長那班人手中奪回錦旗的時候，讓慶喜之流的妖怪哭喪著臉。）

歲三回到位於京橋的代官宅邸，代理隊長職務的二番隊隊長永倉新八迎了上來，臉上掛著他特有的無畏笑容。

「土方，你知道了嗎？」

「是這事兒吧？」

歲三豎起拇指代表將軍。

「啊，你已經知道啦。」

「永倉君，隊士們怎麼樣？」

「目前還沒出現特別明顯的騷動。只是原先在伏見招募的五、六個人突然外出後就不見了。」

「就當他們是長州的奸細吧。畢竟這關係到其他隊士的士氣。」

過沒多久，留在大坂城裡的最高長官陸軍奉行・若年寄並淺野美作守氏裕送來通知，請歲三至大坂城。

歲三進入城內的大廣間。他的身分是大御番組頭。在城內的幕臣中，屬於上席。

「今天有什麼重要的事情要討論嗎？」

歲三詢問新任的步兵頭松平太郎。太郎後來奉命遠征函館。

「我也不知道。」

松平太郎微笑著，不停地問歲三有關伏見之戰的情形。

他對歲三很有好感。

松平太郎圓臉，膚色白，還是個年輕人，很適合穿西式戎裝。他出身於旗本家，很早就對蘭學表現出濃厚的興趣，也接受過幕府的西式訓練。後來在函館，有外國人形容他：

「有如法國貴族出身的陸軍士官一般。」

但在守舊的旗本家，簡直可說是從未見過的年輕人。

「土方先生的名字如雷貫耳，我早就聽人家說過了。」

「過獎了。」

歲三轉移了話題，詳細說明鳥羽伏見戰爭中，薩摩軍的火砲和他們的射擊戰術。隨後又補充道：

「松平，新選組以後也要改成那樣。」

「那好啊。我絕對贊成。別說刀跟長槍，現在連火繩槍跟鳥槍也已經算不上是槍枝了。這時代連外國都已經出現連發子彈的後膛槍了。戰爭勝負將由武器來決定。」

「的確如此。」

「土方先生，希望有這個機會和你當朋友」

「求之不得。對了，你有關於西式戰術簡單易懂的書本嗎？要是有機會讀的話，多少也能有大致的了解。」

「你看這本怎麼樣？」

松平太郎說著從口袋裡掏出一本和式裝訂的木版印刷小冊子。

《步兵心得》。

這是幕府陸軍所刊行的正規步兵手冊。上面寫著的「千八百六十年式」是指西曆年份。內容是從荷蘭陸軍一八六〇年度的步兵手冊翻譯而來。

歲三隨手翻了幾頁，發現小冊子中對事物的稱呼都使用了荷蘭語音譯。不過還是可以猜出大概內容。

「索路達特（Soldaat的片假名拼音）是指普通士兵吧？」

「喔，土方先生懂荷蘭語？」

「不會，我是猜的。還有考姆派克尼（Company的片假名拼音）好像是隊的意思，昂道魯奧菲修露（Under Officer的片假名拼音）是副官，考魯普拉魯（Corporal的片假名拼音）是下士的意思，對嗎？」

「您真是太令人驚訝了。」

「這些詞都是日語假名，所以大概可以猜出它們的意思。不過這些內容都是舊式鳥槍的操練法。」

「是啊。」

「這樣的書會津也有，我們都練過。你有關於新式槍的書嗎？」

「現在沒有。不過雖然槍的操作不一樣，部隊組織卻是一樣的。所以這本書多少還是有點用的。」

「當然比沒有來得好。」

歲三埋頭讀起了小冊子。過了一會兒，淺野美作守出現了。他向大家說明留在大坂的兵員如何輸運至江戶。開會期間，

「土方大人，」

美作守叫道。

歲三正聚精會神地讀《步兵心得》，覺得非常有意思。這是有關打仗的書。歲三在此之前從來沒有看過這麼有意思的書。

「土方大人，」

美作守又喊了一聲。

松平太郎拍拍歲三的膝蓋。

（啊？）

歲三抬起頭，吃驚地應了一聲。

「你們新選組乘坐十二日出港的軍艦富士山丸，集合地點是天保山深水碼頭，時間是十二日拂曉四點整。」

「了解。」

歲三輕輕點了點頭，視線又落在《步兵心得》上。

（有意思。）

在那瞬間，這座城裡應該沒有其他人像他這樣充滿朝氣吧。

（十二日？還有時間。）

歲三騎馬沿護城河向北走去。護城河的右側是現在的大阪府廳。當時是一片松林，再往前一點是御定番（警備職）屋敷等大大小小的武士宅邸密密麻麻地連成一排。

歲三策馬繼續向北。

北方的天空晴朗萬分，陽光刺得人眼睛生疼，讓人覺得幾天前戰事敗北的經歷十分遙遠了。

歲三突然感受到少年的感傷。這是他偶爾會出現的一種習性。

當他想到自己比起兄長實在上不了枱面的俳句時，往往會有這種感傷。

忽然，他聞到河面吹來的風之氣息。這裡離新選組營地的大坂代官宅邸（現在的京阪天滿站附近）已經不遠了。

再往前偏右的地方，可以看到京橋口的城門。

這處京橋口前方是一條南北向的長堤，河堤下面是一片松林，密密麻麻地長滿了老松，把城北的風景裝扮得異常美麗。

海鷗在松林對面飛翔。

河面似乎正在漲潮。

歲三走到松林邊的時候，情不自禁地發出「啊」的一聲。他連忙從馬上跳了下來。

他見到阿雪站在松林裡。

有點遠。

（怎麼可能？）

歲三牽馬走了過去。

女人也走了過來。

看到她走路的樣子，就知道是阿雪。

「我聽說你也來大坂了。」

歲三想微笑。可是他內心有股強烈的悸動，使他無法微笑。

此時歲三臉上表情大概像一名少年吧。

「我以爲你會斥責我呢。」

阿雪努力振作，盡可能裝出沒有陰霾的神色。她露出開朗的微笑。

可是，歲三感覺彷彿用手戳一戳她的臉頰，她的微笑就會垮下來。

「阿雪，你在這裡等著。我去去就回來。」

歲三騎上馬疾馳前去徒步只要五分鐘的代官宅邸。回到駐地，歲三一躍下馬，一邊走上走廊一邊說：

「奧菲修露（士官）馬上集合。」

大家都很吃驚，不知道他在說誰。這話歲三是無意識地脫口而出的，反應過來後自己也吃了一驚。原來剛看過的《步兵心得》中的詞彙已經深深印在他腦海裡了。

「隊長、監察和伍長馬上集合。」

他趕緊改口。大家很快集合起來了。

「我們將在十二日乘坐富士山丸東歸，從營地出發的時間就定在那天的丑時（凌晨三點）。至於重整旗鼓之事，就等回到關東以後再議。另外，」

歲三紅著臉接著說。

「這兩天我請假，不在營地。」

「你要去哪裡？」

永倉新八問道。原田左之助也表情嚴肅地說：

「你要請假可眞稀奇呀。」

「我有女人。」

歲三的回答出乎大家的意料。他們驚訝的不是歲三有或沒有女人的問題，而是從來不願意別人知道自己私情的這名男子，今天竟毫不避諱公開說出來。

「我有一個女人，我把她當成是妻子，不，我認爲她比妻子還重要。」

「知道了。」

原田阻止他繼續說。

「你去吧。你不在的時候隊務有我和永倉，還有在座的各位會照管，你就放心去吧。你把我們叫過來的目的不是告訴我們富士山丸的事情，而是這事吧？」

「非常感謝。」

「應該的。可是聽到你有這樣的女人，我眞的很高興。」

這不是諷刺歲三，而是原田左之助的肺腑之言。他說這話時，眼眶裡含著熱淚。

因爲大家曾經議論，說歲三身上流的血不是鬼血就是蛇血。

「連我也忍不住激動了。」

永倉的臉也垮下。原田和永倉都有妻室。但是因爲這場戰亂，兩人都不知道自己的妻子現在在哪裡。

歲三讓大家解散後，換了一身衣服，穿上了紋服和仙台平的袴。

然後急急忙忙出了營地。
趕去松林。
暮色已經開始降臨。
「阿雪。」
一個影子晃了一下。
歲三一把抱住阿雪，他已經顧不得會不會被人看見。
「阿雪，我們去一個水色與松林優美的地方吧。我請了兩天假。就我們兩個人在那裡待兩天。」
「我太高興啦。」
阿雪以小得幾乎聽不見的聲音細語著。

西昭庵

阿雪搭轎子。

歲三像在護衛似的走在轎子旁邊。不久他們就從下寺町來到往夕陽丘斜坡道了。

坡道兩側，寺院的圍牆連綿不絕。

坡道上沒有行人。這裡雖然還是市內，但是這處大大小小數百家寺院林立著的台地上，非常幽寂。

「這坡道是什麼地方？」

「蛇坂。附近的人都這樣稱呼。」

其中一名轎夫回答。

「眞奇怪的名字。」

「一點也不奇怪。您上了坡往下看一眼就明白了。」

的確，爬上坡道往下一看，這條路眞的像一條細細的蛇蜿蜒盤旋。

「所以才叫蛇坂的。」

歲三覺得這地方即物式的命名法很怪。

爬上坡道後，到處是寺院林立。

上面有一座叫月江寺的著名尼寺。轎夫抬著轎子繞到尼姑庵的後門，那裡不再有寺院，有的是一片蓊鬱的樹林。

樹林裡有一座木門，上面掛著一盞高雅的燈籠。西昭庵。

原來這是一家料亭。

「到了。」

轎夫放下轎子，其中的一名轎夫沿著門前的小路跑去，通報裡面有客人來了。

「辛苦了。」

歲三很大方地付了費用。

浪華當地的轎子確實方便。當時歲三只問了一句：

——哪邊有悠閒談話的地方？

對方看到孤男寡女二人，早已經心知肚明。於是就帶著他們來這裡了。這裡眞的很符合他們此時的需求。轎夫甚至還幫忙和店家溝通。

「阿雪，請。」

「好的。」

阿雪下了轎。步上的小徑地面有樹根蔓延。

⋯⋯⋯⋯⋯⋯⋯⋯⋯⋯⋯⋯⋯⋯⋯⋯⋯⋯⋯⋯⋯⋯⋯⋯⋯⋯⋯⋯⋯⋯

進了西昭庵，兩人被帶到西側的房間裡。

（這房間不錯。）

歲三坐下了。

因爲伏見方面發生戰事，客人似乎也不來這裡了，屋裡非常安靜。

酒菜端上來的時候，夕陽正照在拉門上。

隨著太陽的西下，遠近寺院裡傳來了木魚的聲音。隱約聽到此刻吟誦的日沒偈的聲音。

「眞安靜啊。」

阿雪說。

「是啊。」

「感覺我們像在深山裡生活一樣。」

阿雪站起身，跪在拉門邊上看著歲三。

眼神好像在問「我可以打開門嗎」？

表情可愛極了。

「當然。不過可能會有點冷。」

「我想看看庭院。」

「喀啦」一聲，阿雪拉開拉門。

「呀。」

眼前的雖說是庭院，但只有苔地、踏腳石還有圍籬。圍籬外面就是斷崖。

遠遠看去，下方是浪華的市區。

再往遠看就看見大海了。

從這裡還能看見北攝、兵庫的群山。此刻夕陽已落下，只殘留火紅的雲朵。

「夕陽眞壯觀。」

歲三也站了起來。

「所以這個地方才叫夕陽丘的吧。」

阿雪精通和歌。

聽到這裡的地名，看著眼前的夕陽，她似乎想起了什麼自言自語著。

「沒錯，就是這裡。」

在久遠以前的王朝，有一位歌人藤原家隆，因編撰《新古今集》而留下了千古不朽之名。晚年，他在浪華的夕陽丘上建了一座庵，每天眺望著落日，進行「日想觀」的瞑想修行。

宿緣泊居難波之里
波間夕日終能敬拜

「就是這座夕陽丘。」

「聽你這麼一說，我想起來了。剛才老闆娘也說他的墳塚就在這一帶。」

歲三穿上木屐，走下庭院。阿雪也跟著來了。

從庭院向西走去，有一扇木門。從這扇門出去，在老樟樹的樹蔭下，旁邊的小草長得很高。

那裡有一座五輪塔。塔的旁邊有一座碑，看得出來上面寫的是「家隆塚」。

「我這人學識短淺，所以不清楚。這個家隆是什麼人啊？」

「他是古代的一位和歌歌人，非常喜歡這裡的夕陽。我只知道他住在這裡的時候，總是看夕陽。」

「這麼說來他喜歡華麗事物囉。」

「夕陽很華麗嗎？」

阿雪覺得歲三很奇怪。

首先，家隆在這裡看著從大坂灣落下的夕陽，感覺那股莊嚴，於是開始相信彌陀本願淨土是眞實存在的。他的辭世歌也歌詠，「遙望難波天上雲，極目遠方彌陀國」。從這首和歌中，很難看出喜歡這個山崗夕陽景緻的家隆會認爲落日華麗。

「華麗嗎？」

「是的。」

歲三說。

「夕陽大概是這個世上最華麗的了。就算它本身並不華麗，那它也應該是帶著華麗外表的東西。」

歲三簡直像是在談論其他的事。

「啊。」

阿雪想離開墓地，不料滑了一跤差點摔倒。這時已經四下暮色了。

「小心。」

歲三一把拉住阿雪的右臂，扶住了她。

自然地，非常自然地，阿雪靠在歲三的身上。歲三緊緊抱住阿雪。

「這嘴唇，」

歲三一手托著阿雪的下巴，靠到她面前說：

「我想親吻。」

（眞是個傻瓜。）

阿雪心想。

這種時候有哪個人會傻到拒絕這種要求呢。

歲三第一次知道了阿雪嘴唇是多麼的甜美。

「你的嘴裡放了什麼啊？」

「什麼也沒有啊。」

「噢，原來阿雪的嘴唇天生就是甜的。」

歲三很認眞地說。天色昏暗所以看不清他的表情，但他的聲音卻有如一名少年。

阿雪非常驚訝。一說到新選組的土方歲三，天底下大概不會有其他人知道他在這種時候會有這樣的聲音。

「土方大人應該很瞭解女人，是吧？」

「過去我以爲是。但是自從認識阿雪以後，我覺得以前自己對女人的瞭解完全是一種錯覺。」

「你眞會說話。」

「我才沒有。」

說話間，語氣又變成了平時冷冷的聲音。

隨著夜越來越深，房間裡冷得愈發讓人難以忍受。開始時兩人把被窩並在一起睡覺，後來終於忍不住寒冷，兩人鑽進同個被窩，蓋了兩條被子，總算感覺暖和些了。

「這樣子很難爲情。」

阿雪一開始不太情願光著身子躺著。

「阿雪，我呢，」

歲三認眞地說。

「一直很敬重你。我是家裡的老么，連母親長相都沒有印象的老么，是姊姊阿信把我帶大的。我從你身上看到她的影子，這是你吸引我的理由，但同時也是因爲這樣讓我無法跟你親密。可是隨著和你的交往越來越深，我開始知道阿雪是這世上獨一無二的人，和誰都不一樣。對我來說你就是唯一的女人。——我，」

歲三又開始變得能說善道了。

「我，怎麼說呢，是個討厭的傢伙。不對，怎麼說才好呢？對了，我想我是個非常不願意讓人知道自己眞實想法的人。過去我也有過女人，但是從來不知道男女之間的癡狂是什麼樣的。」

「這、這個……」

阿雪在武家長大，並曾經是武士之妻。她睜大了眼睛說：

「你是說要我這樣嗎？」

「求求你。」
歲三依舊是一樣的語調。
「我就要三十四歲了。可是我都這個歲數了，卻還不知道男女之間的癡狂是什麼樣的。」
「我也不知道啊。」
「這——」
歲三一時語塞。
「雖然是這樣，——可是阿雪，我不是這個意思。我也不認爲男女之間愛的極致是癡戲狂態。只是我希望能和阿雪忘記一切，做一回赤裸眞實的男人和女人。」
「我做不到。」
「我們有兩個晚上。」
「是啊，有兩個晚上。」
「不管兩人可以廝守五十年，還是只有兩個晚上，我想緣分的深淺是一樣的。這兩個夜晚中一定——」
歲三沒有再說下去。他沉默了一會兒又開口道：

「我是不是說了不該說的話。不說了。」
「不。」
這次阿雪搖頭了。她說：
「現在開始我想要狂亂一下。」
「狂亂？」
「是。」
「怎麼？」
歲三輕輕笑了。
看來武士家長大的人還是不擅長辯論。
「讓你見笑了。」
阿雪也偷偷地笑了。
「爲難嗎？」
「當然爲難。雖然我有了心理準備說要狂亂一下，但我畢竟還是我啊。」
阿雪話雖這麼說，但由於她自己忍不住偷笑，感覺心裡有處地方彷彿砰然打開了。
「我可以做到。只是燈籠必須熄滅。」

「我要點著。」

「爲什麼？」

「因爲這樣才能變得更瘋狂。」

「我說了在黑暗中我可以爲你改變，但是點著燈籠我就什麼也做不了。」

「我就要點著。」

「我不要。」

兩人交談間，不，兩人正樂在這樣的對話時，阿雪的腰帶被解開，長襯衣被脫掉，腰卷被取下。

「我叫你老婆吧。」

歲三在阿雪的耳朵邊輕輕地說。

阿雪點點頭。

阿雪嘴唇輕輕地動了一下。

「你說什麼？」

「老公。」

阿雪又說了一遍。她說：

「我只想這樣叫你。」

「再叫一遍。」

「你想聽？」

阿雪調皮地笑了。

「我一直獨自一個人生活，」

歲三說。

「但是從小我就夢想有人這樣叫我。阿雪以前也許這樣叫過別人。但是，」

「你是在取笑我嗎？」

歲三從來沒有像今晚這樣，對阿雪亡夫的嫉妒如此強烈。

「我是眞心的。」

「老公。」

「你叫誰？」

「除了歲三，這裡還有誰？」

「在這個身體裡。」

歲三碰了碰阿雪的身體。

阿雪慌忙用手捂住嘴。她差一點叫出聲來。

「……」

「今晚我要把他身影逐出去。」

半個時辰過去了。

外面起風了，雨窗激烈地在晃動。

很冷。

但是，阿雪沒有發覺。

又半個時辰過去了，終於阿雪擔心起來。她說：

「好像颳風了。」

「早就開始了。」

歲三有很有趣似的含笑看著阿雪，說：

「阿雪沒注意到嗎？」

「沒有。」

阿雪撅起嘴假裝生氣。

「剛才就知道了。那又怎樣？」

「沒怎樣。」

歲三又一臉被斥責的表情。

夜很快過去了。

歲三睜開眼睛的時候，阿雪已經整理好被褥，人不見了蹤影。

歲三急忙起床整理好床鋪，來到井邊。

（今天天氣也不錯。）

一會兒，阿雪做好早餐端來了。歲三心想，果然是阿雪的作風。

阿雪大概是借用了店裡的廚房，自己做的早餐。

阿雪放下長袖。

「早安。」

「好像少了什麼。」

「什麼？」

「稱呼。——」

「哎呀。」

阿雪紅著臉叫了一聲：

「老公。」

「哎。」

阿雪睜大了微笑的眼睛，表情卻像在責備歲三要自己玩。

（天底下的丈夫是不是都這樣？）

歲三的臉上帶著這樣的疑惑，端端正正地盤腿坐在地上。

（幕府也好，新選組也好，今天我要把它們統統拋在腦後。）

「請用。」

阿雪把飯遞給他。

歲三慌忙接過來。

「沒有筷子。」

「不是在你左手上嗎？」

「哦，是啊。」

歲三把筷子換到右手，心想人世間的丈夫是不是偶爾也會犯這種錯。

「阿雪，」

「啊？」

「一起吃吧。我們家兄弟姊妹、姪子姪女多，我是在這樣的大家庭裡長大的，覺得一個人吃飯不可口。」

「和兄弟姊妹之間可能會這樣，可是我們是夫婦關係。」

「噢，這樣啊。」

歲三還沒有習慣做人家丈夫。

前往江戶

「夫婦。」

一開始兩人只是鬧著玩的，但是如果心無旁騖，認眞投入到這種遊戲中，感覺好像眞的成了夫婦。

阿雪和歲三就是這樣的一對。

雖然兩人在一起只過了一個晚上，但是感覺好像已經有過無數個這樣的夜晚。

在西昭庵的第二天。——

阿雪和歲三老老實實地坐在榻榻米上，有一點點小動靜，兩人會同時發出會心的笑。

正因爲兩人的心越來越近，感覺越來越相通，所以才會有相視而笑的情形出現。否則不同的兩個人是無論如何也做不到的。

（今天也能看到夕陽嗎？）

下午，歲三打開朝西的拉門，看著浪華街那頭的北攝群山、街道。此時，語言已是多餘。可是阿雪還是開口了。她說：

「看天上的雲，今天會怎樣呢？」

的確，天際飄著幾朵雲彩。

「今天也能看到。」

「我聽說過賞月的名勝，但很少聽說有看日落的名勝。這家店的店名叫西昭庵，大概夕陽是他們的賣點吧。」

「可是店名中的『昭』不是『照』啊。」

「也許是因爲照字太亮，所以才用昭的。昭在亮的時候也有寂光般的寧靜，所以更像夕陽。」

「豐玉師範。——」

阿雪強忍著笑逗歲三。不過歲三的確不愧是常吟俳句的人，竟然對漢字的語感也有研究。

西昭庵裡有茶室。

阿雪去茶室生好爐子，叫來了歲三。歲三坐到爐子前。

「我不會茶道。」

「沒關係，你只管喝茶就是了。」

「這是什麼點心？」

「是京都龜屋陸奧的松風。」

（京都。……）

一聽這個地名，歲三心中情不自禁地湧上了一種隱隱的感懷。他並不喜歡京都那座城市。在京都渡過的那些歲月實在太過於晦澀了。

阿雪好像察覺到了他的不安，急忙轉移了話題。可是已經陷入沉默的歲三，此時要把他喚醒實屬不易。

歲三默默地端起茶杯，只喝了一小口。又沉思了好一會兒，才「咕咚」一聲一口喝乾了它。

「怎麼樣？」

「啊？」

好像突然從夢中驚醒了似的，歲三抬起頭，說了聲：

「很好。」

隨即用隨身帶著的懷紙擦掉了嘴邊的泡沫。

「阿雪以後會一直住在京都學畫嗎？」

「我是這樣打算的。因爲江戶已經沒有可以回的家。——當然，如果世道穩定下來的話，」

阿雪終於說到了兩人一直迴避的話題：

「如果世道穩定下來的話，我能不能和歲三一起生活呢？」

「以後的事情現在說不準。我想，我們除了努力增加我們之間的緣分，再也沒有別的幸福可言了。過了今天，我會繼續自己顛沛流離的戰鬥生涯，也許我們可以一舉奪得勝利，使日本重新回到以前的德川時代。總之將來的事情很難說。只是讓你與我這樣的男人結下緣分，我心裡覺得很虧欠你，很對不起你。」

「你不要這樣說。我覺得從來沒有像現在這樣幸福過。」

有過不幸婚姻的阿雪覺得，和亡夫在一起的生活即使持續幾年、幾十年、上百年，也比不上這兩天兩夜的幸福。

「只是。」

阿雪低下了頭，她的肩在抖動。她在想如果這兩天兩夜能持續萬年該多好啊。

「時間差不多了。」

歲三看了看懷錶。他們在等待夕陽，太陽西下的時間已經快到了。

「你先去西緣廊吧。我收拾完這裡就去。」

歲三站在西緣廊上。

這時，雲層越來越低，西邊的天際只露出微弱的一點紅色。

「阿雪，今天好像看不到夕陽了。」

歲三大聲朝裡面喊。

「是嗎？」

阿雪出來了。

「哎呀，眞的看不到了。不過好在昨天我們已經看過那麼漂亮的夕陽了。」

「是啊，這樣就好了。人不能天天有那麼好的運氣，見到昨天那樣的落日。」

太陽下山了，房間裡突然暗了起來，感覺也越來越冷。

「睡吧。」

歲三漫不經心地看著阿雪說了一聲。

阿雪的臉紅到了耳根。

隔天一早，歲三讓西昭庵的店員叫了一頂轎子，準備回營地。

很快店員前來告知轎子到了。

「阿雪，我出門了。」

歲三沒有多說。阿雪也像妻子一樣抱著歲三的和泉守兼定，送他到玄關。

歲三下了鋪板，穿上白色帶子的草鞋後，轉身看著阿雪。

阿雪遞上刀。

「我走了。——」

留下這樣一句話，歲三離開了阿雪。阿雪看著歲三漸行漸遠，最後消失在庭院外的樹叢中。她回到了和歲三共度兩天時光的房間裡。

「我可以在這裡多住幾天嗎？」

阿雪問西昭庵的老闆娘。

「可以，多少天都可以。」

老闆娘可能已經察覺到了阿雪和歲三的關係，語氣對阿雪充滿了同情。

隨後的幾天裡，阿雪把自己關在房間裡，使用礦物顏料，以筆在宣紙上塗塗抹抹。

她希望再次看到和那天一樣的落日。她想把西昭庵下方的浪華街町、遠處美不勝收的北攝群山、時不時閃著刺眼亮光的大坂灣、從大坂灣落下去的華麗夕陽畫在紙上。

阿雪並不擅長畫風景畫，但是她覺得自己必須把這一切畫下來。在經過了無數次在底稿上的塗畫後，終於有一天，在她展開絹布的時候，看到了那天和歲三一起看過的夕陽。

正月十二日，幕府軍艦富士山丸載著歲三等新選組倖存的四十四個隊士離開了大坂天保山港灣。

軍艦起錨的時間大概就是阿雪在西昭庵開始畫第一張草圖的時候。

第一天，軍艦到達紀淡海峽的時候，在戰爭中負傷的一名隊士——山崎烝嚥下了最後一口氣。他是大坂浪士。

他是新選組成立後第一批應徵入伍的隊士，在隊裡一直擔任監察。在池田屋之變中喬裝打扮成藥販子，蹲守在客棧一樓，大膽地開展偵察活動。

在淀堤的千本松殺入薩摩軍陣地時，他的身上中了三顆子彈卻沒有倒下，充分表現出了一個剛毅男人的氣概。然而，自從上船以後，傷口化膿越來越厲害，高燒持續不退，終於撒手人寰。

「死了？」

歲三感覺握在手裡的山崎的手突然變冷，他知道山崎已經走了。

葬禮是按照西式海軍的習慣，進行海葬。

首先用一塊布緊緊裹住山崎屍體，上錨，又在屍體上面蓋上國旗日之丸（自從嘉永六年培里來日後，幕府一直把它作爲日本總旗。在鳥羽伏見之戰中，幕府曾經高舉日章旗，幕府軍艦也把太陽旗作爲艦旗。明治三年一月，維新政府又把它作爲國旗沿用下來。）艦長以下的海軍士官、步砲兵在甲板上排成一列。

「是嗎？海軍要爲山崎舉行葬禮嗎？」

在士官室依然臥床不起的近藤也穿上了紋服、仙台平袴，出現在甲板上。

他臉色發青。

稍微動一動身體，肩上的骨頭還很疼。

和近藤同室躺著的沖田總司，已經衰弱到難以自己行走的程度。

「土方，我也去。」

他也下了床。土方想阻止他，但這個年輕人只是笑笑，自己穿上了羽織和袴，以劍當杖，扶著欄杆，準備上台階。

歲三抓住他的右手想扶他走。

「不需要。」

沖田一口拒絕了歲三的好意。這位漂亮的小夥子不願意被人看見自己是在別人的幫助下上樓的。他怕人家在背後說三道四，說自己——新選組的沖田總司的身體已經衰弱到必須依靠別人的幫助才能行走。

「我身體很好。是醫生非要讓我躺著，我才乖乖地躺著的。其實沒事兒。」

「是嗎？」

看到這個年輕人的笑容帶著透明的美，歲三似乎看到非常可怕的事物。

「軍艦的階梯眞高。」

爲了掩飾自己急促的喘息，他拿這藉口。

爬樓梯確實太難爲他了。因爲此時，沖田的肺部已經開始喪失機能。

新選組四十三個人中，除了三個不能動的重傷員外，全都到了甲板上。近藤就不用說了，四十幾個人中，大部分人多少都受了傷。

「站在這裡的人中，唯一沒受傷的可能只有土方吧。」

沖田輕輕笑道。

「別說話，說多了會累的。」

「不累。我就是佩服你。看一看在場的各位，只有土方一個人像鬼神似的，全身沒有一處不適。」

「你就不能安靜一會兒嗎？」

不久，指揮槍隊的海軍士官抽出劍。

一聲令下。

「噠噠噠噠」，弔唁的槍聲在紀淡海峽響起，監察、副長助勤山崎烝的遺體從船舷的一側緩緩地滑入大海。

喇叭不停地在吹奏。

葬禮結束了。近藤對海軍舉行的這個葬禮非常滿意。他抓住艦長肥田濱五郎（此人爲蒸氣發動機專家，維新後在新政府的懇請下，出任海軍機關總監，相當於海軍少將。明治二十二年四月二十七日，因公出差時，在靜岡縣的藤枝車站從列車摔落月台，傷重死亡。）連聲說：

「不勝感激，不勝感激。」

近藤怎麼說都是一軍之將，但是不知道是不是因爲帶著傷，看上去非常憔悴。他一個勁兒地向肥田艦長躬身表示感謝的樣子，有如鄉下老翁。

回到士官室後，他還在不停地感慨。

「阿歲，自從新選組結黨以來，死去的人已經數不勝數，但是還沒有人像山崎那麼幸運，舉辦這樣的葬禮。他是個好人，死後總算有所回報。」

近藤很是感動。

「近藤兄，現在不是對葬禮發感慨的時候。有一句話說得好：志士不懼塡溝壑，勇士不懼拋頭顱。我們時刻不能忘記，有一天我們的屍體可能會被扔在溝壑中，腦袋落到敵人手裡。我認爲男人不是爲死後被安葬而活的。」

「阿歲，你的脾氣太乖僻，這樣不好。山崎是個勇士，得到了葬禮。我只是因爲這個高興。」

然而，近藤、土方和沖田死後也會被安葬嗎？

軍艦開足馬力，在太平洋沿岸向東航行。

富士山丸是一艘木造三桅的千噸大軍艦。

艦載砲有十二門。

一百八十匹馬力。

這是幕府向美國訂製的一艘軍艦，於慶應元年開始啓用，在征討長州的時候，參加了下關戰役中的砲擊。

按理，上千噸的木造軍艦已經夠大了。但是由於艦上乘坐了上千名幕府軍，使得艦內的生活苦不堪言。

單靠艦上廚房根本供應不了全員一日三餐。於是只好拿出幾個大鍋在甲板上煮湯。艦艇內到處都是人，如果有人想躺下，那簡直比登天還難。大家只能抱著膝蓋，盡量讓自己舒服一些。

正月裡的海面風高浪大，船上的人幾乎都因暈船而變得極度虛弱，他們連飯也吃不下。幾乎沒有人可以一點不剩地吃下東西。

米的品質也很差。在大坂補給上船的米中有很多是大坂城內的陳米，一煮就散發出一股惡臭。

近藤在江戶的時候，對飲食和生活方式從不挑剔。但是到了京都以後，他已經習慣了山珍海味，所以此時根本忍受不了這樣的生活。他對歲三抱怨道：

「阿歲，你說這東西，哪兒是人吃的。」

歲三也同樣沒怎麼吃。他覺得與其吃這麼難吃的東西還不如去死。

只有沖田總司粒米不進，讓近藤和歲三感到非常為難。

「總司，你必須吃。」

他們曾經強迫沖田多少吃一些，但他只是虛弱地笑笑。不進食無疑對病情的康復非常不利。近藤向他發火了。他說：

「總司，武士是不應該對軍糧的味道挑三揀四的。」

「我，感覺……很暈。」

總司臉色蒼白。

「勉勉強強吃進去，也會吐出來。嘔吐很消耗體力，對身體更不好。」

於是，歲三特意在隊士中找到了不暈船的隊士野村利三郎，讓他負責照顧沖田。野村是個很細心的男人，他讓廚房用魚湯熬粥，給沖田喝。沖田這才勉強吃下去一些。

在海上的第四天。

十五日，天還未亮，軍艦到達品川海面。歲三來到甲板上，看到船舷外側到處都是嘔吐物，髒得不行。抬頭又看到陸地上有燈光，他於是問船員：

「那是什麼地方？」

「是品川宿。」

船員說話帶著伊予鹽飽口音。

（已經到品川了，我們就在這裡下船吧。）

他找艦長肥田濱五郎商量，濱五郎很痛快地答應了，還笑著說了句話，速度有點快所以聽不清楚。歲三後來回想起來，他說的好像是：

「看來新選組也不敵暈船啊。」

天色未明之時，軍艦就下了錨，放下三艘小艇。小艇只帶著新選組的四十三人到岸邊登陸。

在品川，他們找了一家叫「釜屋」的旅籠投宿。近藤和沖田沒有和大家住在一起。歲三在港口雇了一艘漁船，把他們直接送去江戶，前往位於神田和泉橋的幕府醫學所接受治療。

歲三讓客棧在釜屋門口掛上了「新選組宿」的木牌。

可以說，這家品川釜屋就是離開京坂後的新選組最早的駐營地。

「各位，戰鬥很快就要開始。我們就在這裡逗留幾天。大家因為暈船身體都很虛弱，這幾天就在這裡好好休養休養，等身體恢復後我們再做下一步打算。」

歲三囑咐完大家，自己要了一間面向大海的房間，隨便蓋了一件薄棉睡衣，一頭躺了下去。

（這會兒阿雪在做什麼呢？）

奇妙的是，他總覺得這時阿雪還在西昭庵。

大概是因為分別的那天，阿雪像從家裡送他出門，然後靜靜坐到鋪板上的緣故吧。

他昏昏沉沉地一覺到傍晚才起來。

這時，阿雪就在西昭庵的那個房間裡展開絹布，正思考著用什麼顏色畫下剛剛在北攝的群山間落下火紅夕陽。

北征

歲三與新選組等人回到了關東。筆者於是把此後的部分叫作「北征篇」。

對於歲三來說，他一生以來最淋漓盡致地發揮本領的，大概就是這個時期。

歷史在幕末時期達到沸點，造就了近藤勇、土方歲三這樣的傳奇人物。他們究竟對歷史發生了什麼樣的作用，我不知道。

然而，他們曾經強烈地抗拒過時代的潮流。

在鳥羽伏見之戰以後，之前保持中立的天下諸藩都爭先恐後地追隨起以薩長爲代表的「時勢」，搖身一變都成了新政府軍。

暫不提紀州、尾州和水戶這德川御三家，就連親藩、甚至譜代大名之首的井伊家都搖身成爲新政府軍，加入了討伐德川的行列之中。

如此看來，追逐時代潮流的諸藩是多麼的功利，又是多麼的滑稽。但是另一方面，幾乎所有人都清楚地看到，建立以京都朝廷爲核心的統一國家的必要性。

他們是加入了「日本」。

自從戰國割據時代以來，諸藩第一次有了國家意識。
但是，還有一群人認爲這不是「日本」，而是薩長。所以他們要抵制。
他們要透過抵制日本的統一，表現自己的「俠義之氣」。
歷史演變成這樣，反倒好像喪失了眞實感。
沒辦法，只好用小說的手法來描述歷史了。
在品川駐紮下的新選組，於那年正月二十日進入位於江戶丸之內大名小路的鳥居丹後守住居。
隊士共四十三名。其中傷患被送進了橫濱的外國人開設的醫院裡。
倖存的幹部中，除了永倉新八、原田左之助和齋藤一等結成以來的戰友外，還有被認爲是隊裡最有教養的尾形俊太郎和第一殺人高手大石鍬次郎。
沖田總司還在療養中。

近藤的傷在回到江戶後有了明顯的好轉，已經可以搭轎子登城了。
「阿歲，還是江戶的水土更適合我們啊。」
「這是好事。」
談話間，在千代田城裡近藤遇到了一個意想不到的人。
此人位居江戶城本丸的芙蓉之間，家祿四千石，再加上俸祿、在職支給，是位一萬石的大旗本。
他就是甲府勤番支配佐藤駿河守。
意想不到的不是這個人，而是他在近藤耳邊小聲說的話。
「近藤大人，我有個秘密要告訴你。」
原來，隨著幕府的瓦解（但是德川家還擁有城池與直屬領地），佐藤作爲在甲府勤番管理者，爲了與閣老商討甲府的今後走向問題而回到了江戶。
但是老中們根本顧不上這些，他們沒有給佐藤任何意見，只是搪塞他，說：

「你看著辦吧。」
這讓佐藤感到爲難。
甲府是一百萬石，是戰國時期武田家的遺留領地，後來成了德川家的私領地（天領地）。佐藤駿河守則是管理這一百萬石的「知事」。
「現在，土佐的板垣退助正率領大軍沿東山道東下。這支東山道軍的主要目的是爭奪甲府百萬石，把它控制在新政府軍的手裡。」
「哦。」
這是明擺著的事情。所謂的政府軍，表面上是朝廷官軍，實際上不過是各藩聯合起來的一個集團，而京都政府手上從來都沒有領地。
他們只有向幕府領地伸手。
「原來是甲府啊。」
「照這樣下去，甲府會被新政府軍奪走了。」
甲府城內，有來自江戶的警備勤務人員二百人。現在大部分人都回到了江戶，留在那裡的只有幕府體制中屬於非軍事人員的文官二十名和同心上百人，他們都屬於公務人員，讓他們與新政府軍作戰顯然行不通。
「那裡現在形同空城。」
「喔。」
近藤抱著胳臂聽佐藤說。這是他思考問題時的習慣。
「你說，這種情形下，我怎麼能保住甲府城呀。」
佐藤駿河守希望依靠新選組的力量來守住甲府。
（有點意思。）
近藤和佐藤一起去了老中的辦公間。
「就這樣吧。」
老中河津伊豆守祐邦說。
實際上，幕府雖然已經奉還大政，但是並沒有失去德川領地四百萬石和包括旗本領地的七百萬石。
新政府逼幕府奉還領地，是鳥羽伏見之戰開戰最重要的原因。

按理，幕府拒絕奉還領地是很自然的事。儘管政權已經奉還朝廷，但是幕府畢竟還是大名。所以在其他大名沒有奉還一坪領地的情況下，沒有理由只讓德川一家奉還。

一旦幕府奉還了領地，那麼旗本八萬騎的生活靠什麼？

但是新政府不放過幕府，他們分別向各路派遣「新政府軍」，開始了討伐德川慶喜的戰爭。而他們最主要的目的就是奪取「領地」。

但是。

最關鍵的人物德川慶喜始終在居住謹愼恭順。他離開江戶城，跑到了上野寬永寺的大慈院裡。

他從來沒有想過要用軍事力量來保衛德川領地。

（所以，甲府百萬石現在是懸在空中的一個領地。新政府軍只是想來拿走它。但是如果我們在新政府軍到來之前，把它先拿到手，那麼這領地不就是我們的了嗎？）

近藤心裡打著如意算盤。

老中的意見也是這樣。

「只靠新選組的力量能守得住嗎？」

河津伊豆守問近藤。

「可以。」

「那麼，就請你們來守住它。軍資金、武器我們會盡可能提供。」

這時，不知道是老中河津還是同爲老中的服部筑前守開玩笑地說了一句：

「如果你們能確保甲府的安全，就分給你們新選組五十萬石。」

弄不清楚他這是開玩笑，還是確實此事關係重大，値得分拿出一半領地來保護。總之，不管是哪種意思，在近藤聽來都是一樣的，那就是：

「分給你們。」

其實說這話的人當時已經沒有那麼大的權力了。老中在幕府瓦解後已經不再是政府大臣，他們充其量不過是將軍家執事而已。雖然老中曾經是從地位顯赫的譜代大名中選出來的，但是現在已經降格從旗本中選，而且選出來的人也儘是些無能之輩。即便是有才之人，當時局變成了現在這個樣子，他們也不知道如何才能處理好德川家的事了。

眞的已經不知如何是好了。

（五十萬石。——）

近藤興奮得幾乎失去理智。

「阿歲，是五十萬石呢。」

近藤一回到位於大名小路的新選組駐地，就悄悄地把事情的經過告訴了歲三。

「先別說這個。你的傷怎麼樣了？」

「不疼了。」

近藤已經顧不上身體的傷痛了。

「阿歲，咱們馬上建立一支軍隊，直搗甲州城。」

近藤在京都的時候，常常與各藩的公用方交際，又深受土佐的後藤象二郎等人的影響，本已經變成了一個不同的國士。然而在眼前的這種誘惑面前，他還是顯露出了他的本性。

對於時局，雖然近藤認爲應該順應潮流的大勢，但是面對甲府五十萬石的誘惑，他卻搖身一變成爲三百年前的戰國武士，在他眼裡，這次戊辰戰亂就好比是戰國時代。

「近藤兄，你沒有不正常吧？」

歲三看著他的臉說。

「在京都的時候，你就是一直周旋於各藩之間，支持公武合體論的，還說勤王就是勤王，但是政治應該由朝廷委託幕府來處理。我記得我還向你提出過忠告，叫你少說這些。怎麼現在你變了？你這變化也太大了吧？」

「阿歲，時局變了。哎呀，跟你說你也不懂。」

「你也別整天時局、時局的了。」

對於進軍甲州，以好戰著稱的歲三當然也興趣很大，很有誘惑力，甚至還讓他蠢蠢欲動。只是奪取一百萬石的這樣一場大戰，對於他來說，目的和意義與近藤完全不同。

（這次我們就用西式戰法讓他們嘗嘗我們的厲害。）

歲三懷裡還揣著那本《步兵心得》。

「阿歲，馬上著手招募士兵。」

「好。就這麼辦。」

歲三馬上開始奔波起來。

近藤又開始了他每天的課程。每天，他都要去城內拜見老中，商討建立一支大軍的有關事宜。

建立一支大軍需要招募大量的士兵。但是首先必須確定一位指揮官。

幕府閣僚早已授予近藤「若年寄」、歲三「寄合席」的身分，而且是得到了正在閉門謹慎的慶喜批准的。

「我可是大名。」

近藤說。

的確如此。所謂若年寄，一直以來都是由十萬石以下的譜代大名擔任，而授予歲三的寄合席也是三千石以上的大旗本。

但是，幕府已經滅亡，所以作爲德川家，向二人濫發資格似乎也沒有什麼可在乎的。

「只要捧著他們就有幫助。」

老中們的心思一定是這樣想的。的確在順境中，只要捧一捧他，近藤必能成就比他的實際能力高得多的大事。

近藤每天登城時，也開始坐一種叫長棒引戶的大名轎子了。

相比之下，歲三卻穿上了西式軍裝。

「阿歲，你看你這是什麼樣子。你是寄合席，怎麼穿得像個撿破爛的似的。」

近藤看到歲三的裝束，皺起了眉頭。

「打仗的時候，這種衣服最方便了。」

在鳥羽伏見之戰的戰場上，看到薩長兵輕快的動作，歲三非常羨慕。

軍裝是向幕府陸軍要來的，面料是呢絨的，款式是仿照法國陸軍士官服。

募兵工作開展得並不順利。

給近藤、沖田治病的德川家御醫松本良順建議說：

「如果找來淺草彈左衛門呢？」

按照幕府的身分制度，彈左衛門是受歧視賤民「穢多」的統領。

近藤和老中交涉，要求撤銷這種階級歧視，提拔彈左衛門爲旗本，並辦好了相關的手續。

彈左衛門非常高興，他連連承諾，說：

「我來出所有人和軍資金。」

當即就有軍資金萬兩和二百人交與近藤麾下。

土方讓這些新入伍的士兵穿上西式軍裝，並立即著手進行速成西式訓練。

說是訓練，其實就是練習米尼步槍（後膛槍）的操作方法。

近藤看到後非常吃驚，還問歲三是什麼時候學會的。

德川家提供了兩門大砲和五百支步槍。就這樣部隊的基本裝備算是完成了。接下來是部隊的名稱，經過商議，最後確定爲「甲陽鎮撫隊」。

所有的幹部均由新選組舊隊士擔任。

除了入院接受治療的人以外，又有十幾個人出逃。此時隊士人數已經減少到不足二十人了。

但是近藤依然每天情緒高漲。

一天，歲三結束訓練後回來，近藤看到他，馬上打開一張圖給他看，並解釋說：

「這是甲府城（舞鶴城）的平面圖。」

「嗯。」

歲三只看了一眼就知道了。年輕的時候，爲了賣藥，從江戶到甲府的路（甲州街道）他來回不知道走過多少趟了。

作爲預想中的戰場，再也沒有比這更理想的地方了。

「等我們拿下甲州後，每人的俸祿我都想好了。」

「哦。」

歲三看著近藤。

只見他滿臉笑容，興致勃勃地說：

「給我十萬石。這應該沒有問題。阿歲你的俸祿，我會幫你爭取，怎麼也要給你五萬石吧。」

「……」

「總司（沖田）這小子雖然有病，那也得要三萬石。永倉新八、原田左之助和齋藤一等副長助勤一律三萬石。大石鍬次郎等監察一萬石，島田魁等伍長各五千石，普通隊士均爲一千石。」

「呵。」

「怎麼樣？我已經跟老中說過了，他基本上同意。」

「你眞是個好人。」

歲三發自眞心地說。

在幕府已經瓦解的此時，還在想著當大名的人也許就只剩下近藤勇一個人了吧。

「你要是生在戰國時代，早就是一國一城之主了。」

「是吧。」

「可現在不是戰國時代。就算我們打敗薩長，重新回到德川時代，大名制度也不可能恢復。在大政奉還之前我就聽說幕府閣僚中有人提出了要和法國一樣建立郡縣制度呢。」

「這些都是愚蠢的想法，是受了洋夷的壞影響。我們有家康大人以來的祖法。」

「無所謂，這種事情怎樣都好。」

歲三全心投入研究作戰計畫。他所面臨的最致命問題是兵源嚴重不足。按照他的設想，部隊至少要有兩千人。

（就憑這區區兩百多人，我們能拿下甲州嗎？）

所以他計畫進入甲府城以後，立即號召當地農民踴躍參加鎮撫隊，以補充部隊兵力的嚴重不足。只是他沒把握能否順利實現這一計畫。

「什麼，沒問題。只要拿下城池，我們就相當於百萬石領主了。到那時，我們就可以命令鄉士、村長，讓他們到各村選拔壯丁。怎麼也能招來上萬人吧。」

近藤對此很樂觀。

歲三心想，也許眞的會那樣。在局勢如此混亂的時候，任何事情只有在實施後才能知道結果，否則永遠無法知道下一步會如何。

部隊臨出發前，歲三帶著幾個隊士去看望了正躺在神田和泉橋醫學所一隅的沖田總司。

說是醫學所，實際上跟關閉了沒兩樣，見不到一個醫生。所以他打算把沖田送到其他地方。

總司唯一的親人姊姊阿光和阿光的丈夫沖田林太郎（庄內藩新征組隊士）與歲三也一起前去。

新的療養地是林太郎住在千駄谷池橋尾的好友，花木匠平五郎家的一處獨棟小屋。

沖田身體異常虛弱，只有聲音還出人意料地響亮。他笑著說：

「土方，聽說要分給我三萬石。」

「什麼，是近藤說的嗎？」

「不是，是前幾天來看我的相馬主計君告訴我的。」

（這麼說來，近藤已經向全體隊士宣佈了。）

近藤大概是想借此鼓舞隊士士氣，才告訴大家的。

但是，事實證明近藤的此舉收效甚微。而且相馬等人乘著看望沖田的機會溜走，沒有再回到隊裡。這就充分證明了萬石、千石的夢想已經不能吸引住隊士了。

「總司，你要快點好起來。」

「是啊，爲了三萬石我也要快點好起來。」

沖田撲哧一聲笑了。

歲三把沖田送到千駄谷的花木匠家後，就回了駐地。

第二天就要向甲州出發了。

（這回就用西式武器和他們進行一次平等的較量，以報伏見之戰的恥辱。）

歲三厚厚的雙眼皮下，眼睛炯炯發光。

進擊甲州

近藤和歲三要應對的敵人是「新政府軍」的東山道軍團。他們是以西式裝備的土佐、薩摩、長州三藩的藩兵爲主力，加入了舊式裝備的因州藩兵等。參謀（指揮官）是土佐藩士乾退助（板垣退助，後來的伯爵）。

二月十三日，準備出征的土佐藩兵在京都藩邸受賜踐別酒時，老公（對年長大人物的敬稱）山內容堂當時說了一句話非常有名。

「天尚寒，請珍重。」

意思是：

「雖然已是二月，但野地作戰天氣依然偏冷，注意千萬不要感冒。」聞言，「全軍歡呼雀躍」。在一本《鯨海醉侯》的書中有這樣的描述。

第二天的十四日一早，政府軍拜別京都御所，拉著砲車離開了京城。

第三天進入大垣，總指揮官乾退助在這裡改名叫板垣退助。

他之所以改名，是因爲臨出發前，岩倉具視提醒過他。

「甲州人性情粗暴，天下皆知。但是他們非常崇尚

武田信玄的遺風，這種感情很強烈。所以你要考慮這些因素，好好安撫民情。」

非常巧合的是，乾家的家系中據說有一個祖先曾經是信玄麾下的名將叫板垣駿河守信形。

所以退助在進軍的途中果斷改名板垣，並派出間諜散佈言論：

「這支新政府軍的大將雖是土佐人，祖先卻是甲州出身。而且還是信玄的猛將板垣駿河守的子孫，對信玄公尊敬有加，視他如神。」

這樣的宣傳帶給甲州人的影響非常巨大，效果顯著。原先擁護德川的人紛紛倒戈，成爲「天朝」的擁護者。

新府軍主力進入甲州鄰國信州，到達上諏訪、下諏訪的時間是三月一日。

同一天，以近藤、歲三等新選組爲核心的「甲陽鎮撫隊」二百人通過江戶四谷的關門向甲州出發了。

第一天行軍只前進了三公里。

說是行軍，隊伍卻拖拖拉拉。

而且隊士們早早就鑽進了新宿的花街柳巷，甚至把新宿的妓女屋包了下來。

「阿歲，你別老是板著臉。」

近藤說：

「這也是一種戰術。」

正如近藤所說的，除了二十幾個新選組的隊士以外，所有士兵都是連刀都不知道怎麼斬下的淺草彈左衛門的手下。突然要讓這樣一群人上戰場，確實需要一些相應的手段。

「你看著吧，在一個屋簷下抱過女人的人，第二天一定會像一年只吃了這一頓飯一樣，二百人的行軍步調就會一致的。」

歲三不願意留在花街柳巷，部隊就他一個人住到一家叫高松喜六的客棧裡，沒有接觸任何女人。

隊士們注意到了，但近藤說不用管他。

「那小子年輕時就像貓一樣，在人前絕對不會碰女人。」

第二天上午，部隊出發。

近藤坐著長棒引戶的大名轎子，歲三穿著西式服裝，外披一件羽織騎在馬上，走在隊伍的前頭。

齋藤、原田、尾形和永倉等幹部，像個旗本一樣頭戴表面爲藍色錦塗、裡面貼金箔的陣笠，披著無袖陣羽織。隊士穿的則是舖棉筒袖服，加上擊劍的胴護具，腰部繫著白棉的帶子，插上大小刀，下半身是褲子，腳穿草鞋。

新招募的隊士則是統一的幕府步兵服裝，每人身上背著柳條包，肩上扛著米尼步槍。

怎麼看，都像是一支雜牌軍。

在這支戰鬥隊伍中，近藤的大名轎子顯得非常搶眼。

歲三對他說過：

「我們是去打仗，你不該坐這種轎子的。」

近藤可聽不進去這種話。他說：

「阿歲呀，你沒有學問所以不懂。唐朝人有一句話，叫：出人頭地後不回故里就好比夜裡穿著錦衣行走。」

行軍途中，要經過近藤和歲三的故鄉南多摩地區。

近藤是想炫耀一番，讓故鄉人看到自己「當上大名」了。

這實在有點滑稽。但是，仔細想想，有近藤這樣的「男人氣」的人在現實中還眞不少呢。在這裡，所謂的男人氣實際上是孩子氣的同義詞，他們像孩子一樣崇尙權勢，一旦得到就會毫不掩飾地表現，做法非常單純。有時候還可能表現出專注的行動力。

（他還是跳脫不出戰國豪傑的圈圈。）

歲三不得不這樣看待近藤。

行軍的第二天，在府中停留了一個晚上。在府中逗留期間，老家來了許多人，爲他們舉行了盛大的酒宴。

第三天中午到達日野宿。

「阿歲，我們到日野了。」

近藤打開轎子門，滿懷感情地叫道。

（到日野了。）

歲三也是感慨萬千。

這裡的名主佐藤彦五郎是歲三姊姊的夫君，同時也是天然理心流的熱心支持者。新選組成立當初，他也給予了大力金援。說他這裡是新選組的發祥地一點也不爲過。

「阿歲，今天就在日野住下吧。」

就要進入宿場的時候，近藤心情異常激動，喜形於色。

「可現在才中午呀。」

歲三苦笑著說。

佐藤彦五郎的宅邸在甲州街道沿線的日野宿的正中間。因爲他是日野本鄉三千石的管理者，所以他家非常氣派。

他的孫子佐藤仁翁寫過《籬蔭史話》，這篇文章的手稿現在還保存在他家裡。裡面有這樣一句話：

「全體隊士在前院及門前街道上休息。」

下面，我們就摘錄文章中的若干內容。

從轎中下來的近藤頭髮向後束成髮髻，身披羽織，腳穿一雙白帶子草鞋，從前院向玄關走來。

近藤滿面笑容地看著和彦五郎一起出去迎他的老父親源之助的臉，老遠就喊：

「呀，看起來身體不錯呀。」

在他的身上全然不見就要上戰場的神情。

土方歲三頭髮在頭頂梳成一個髻，身上穿著西式服裝。

彦五郎滿懷久別重逢後的喜悅，把一行人招到屋裡，並準備了美味佳餚招待他們。

近藤受傷的右手沒有完全恢復，只能把酒杯舉到胸前。端起酒杯的時候，好像還很疼的樣子，會皺一皺眉。他說：

「在這裡喝酒就要這個樣子。」

說著，左手拿著酒杯咕咚一口喝乾了酒。

近藤酒量不大。說是咕咚咕咚地喝，最多也就兩、三杯的樣子。不過從他喝酒的豪情來看，此時的他十分意氣風發。

「這期間，歲三——」

手稿中還有這樣的內容。

離開酒席去了另一個房間見他的姊姊阿信。她是姊代母職把家中么弟撫養長大的姊姊。（也是文章作者仁氏的祖母）。

「好久不見。」

歲三慎重地和姊姊寒暄後，解開了背在身上的包袱巾。

「這是什麼？」

阿信伸著腦袋看去，裡面是一個通紅的縐綢質地的物品。

這東西阿信在古代繪卷上見過，是騎馬的武士背在身上的母衣（古代騎兵使用的布製護具）。風灌進去膨起後大概有兩、三間（三至五公尺左右）大。

「是武士的母衣呀。」

阿信說。

「你懂得真多」

「這個嘛。」

阿信解釋說：

「我在武士的畫上見過。可是你怎麼會有這種東西呢？」

「書院番頭把我叫去的時候，從將軍家拜領的。」

「你真的出人頭地了。」

「是嗎？」

歲三好像自問自答似的，側著頭說：

「說起來很有意思。多摩一個農民家的么兒親眼目睹了時局的變化，還成了一個大旗本。不過這都算不上是出息。」

「你以後打算怎麼辦？」

「以後嗎？」

歲三壓低聲音說。但很快又發出了少有的爽朗的笑聲，把這個問題糊弄過去了。

他說這件母衣就留在家裡。

「你要把將軍家賜的東西留下來？」

阿信感到很爲難。

「不行嗎？拿去給孩子們做和服不是挺好嗎？好啦。」

說著，把母衣捲成一團硬塞給了阿信。

歲三和姊姊在另一個房間說話的時候，廚房外面土間突然傳來了鬧哄哄的聲音。有隊士出去一看，原來是日野宿附近一些血氣方剛的年輕人正跪拜在地上，大約有六十人。他們之中的代表磕著頭說：

「請無論如何讓我們見見近藤先生。」

爲首的一個人說，他們想拜謁近藤，請他講幾句話。可能的話希望加入他們的隊伍。

「哦，可以可以，當然可以。」

近藤聽說後非常高興。他放下手中的酒杯，臉上自然是滿面笑容。這大概是近藤一生中最爲得意的瞬間吧。

六十個年輕人都是同鄉的後輩，對天然理心流也都有一些瞭解。從宗家近藤看來，就算互相不認識，他們也是自己的「師弟」。

「我去一下。」

近藤起身離開了酒席。

身上的羽織是黑色絲綢的。

羽織上的紋飾是從將軍家拜領的葵紋。身後跟著一個持太刀的隨從，簡直是大名的派頭。（順便提一句，這個持太刀的隨從名叫井上泰助，當時十三歲。他是最早的戰友之一、本地出身的井上源三郎的姪子。前面已經提到，井上源三郎在伏見奉行所的戰鬥中不幸戰死。泰助是作爲近藤的隨從去京都，後來就在佐藤家留下了。後來泰助的妹妹嫁給了沖田總司的外甥芳次郎，所以沖田家的家系現在還留在立川。）一會兒，拉門開了，近藤慢條斯理地走了出來。

所有人齊跪拜下去。

近藤坐到前廳的中央，微笑著說：

「各位鄉親，看到大家都很好，真是太好了。」

一種異樣的感動霎時傳遍了整個土間。

大家都流著淚請求加入隊伍。

「不行不行，這個我不能同意。」

近藤極力拒絕大家的要求，臉上依然是笑容滿面。站在近藤的角度來說，他不能允許自己讓同鄉的後代去流血犧牲。

在這塊土地上，近藤總算還保留了一點正氣。

但是在場的六十個人態度非常堅決，他們哭嚷著要求入伍。於是近藤不得已挑了三十個單身的、非家中長子的人，取名「春日隊」，日後一同出發。

「時間不早了，趕緊出發吧。」

歲三一個勁兒地催促近藤動身。可是近藤還在滔滔不絕地對聚在土間裡的這群人高談闊論在京都時的功績，毫無起身的意思。

歲三面對同鄉，一絲笑容也沒有。這是他的性格所致，沒有辦法。所以在這個地方，一直到很久以後，關於他的評語還是：

——土方這個人總是擺出位高權重的樣子，是個令人討厭的傢伙。

這天是慶應四年（明治元年）三月三日，關東、甲信越地方很罕見地下起了春雪。

「阿歲，下雪了。」

近藤好像早就打算留在日野宿了。

就在這一天，板垣退助率領官兵三千人離開上諏訪，冒雪向甲府行進。

騎在馬上的板垣退助指示各隊，讓大家反復詠唱老公山內容堂的話：

「天尚寒，請珍重。」

老公說此話的本意是讓大家當心不要感冒。可是唱著唱著，官兵們的胸中湧上了世襲士卒特有的感情，士氣越來越高漲。

這時，偵察的隊士跑回日野宿的佐藤家，報告了甲信方面的消息。

他說新政府軍已經到了上諏訪、下諏訪。

聽到這個消息，近藤臉上露出了極度驚訝的神色，一句話也沒說。

他退到另一個房間，急匆匆地脫下羽織，換上盔甲和擊劍服，披上陣羽織，說了一聲：

「阿歲，走吧。」

轎子也棄之不用了。

穿上草鞋，在土間地上踩了兩、三腳，下令：

「牽馬來。」

於是帶領部隊出了門。此時的近藤臉色通紅，風雪紛紛揚揚地撲打在這張臉上。

「好大的雪。」

一躍騎上了馬，往昔的近藤又回來了。

部隊開始出發。

但是太陽很快下山，當晚部隊就住在了與瀨。

新政府軍的先鋒部隊卻在繼續著夜行軍，第二天一早就到了甲府城下。

新政府軍代表馬上向城裡派出使者，讓城代佐藤駿河守和地方代官中山精一郎到本營走一趟。

雖然佐藤和中山都抱著決一死戰的決心，只可惜最關鍵的近藤勇卻還沒有到。

「新選組在幹什麼呢？」

兩人臉色鐵青。

如果新選組先於新政府軍到達甲州，說不定此時早就定下了籠城決戰的計畫了。

「沒辦法。在近藤到達之前，我們只能盡可能拖延時間了。」

佐藤駿河守暫時擺出一副恭順的態度，去了新政府軍先遣部隊的營地。

新政府軍要求他把城裡的所有武器拿到城外，並打開城門讓他們進去。

「我知道了。只是這事兒來得太急，城裡還沒有準備。我回去後馬上佈置，等我安排好武器交接工作後，馬上通知你們開城的時間。」

佐藤駿河守暫時算是穩住了新政府軍。回到城裡後，他就一心一意地等待新選組的到來。

但是新政府軍並沒有因此而輕敵。

他們不斷向甲州街道沿線派出偵察人員打探情況。不久接到了這樣一個情報：

「幕府大久保大和（近藤）以甲府鎮撫之名正向此地急行軍而來，估計今晚進入城裡。」

「很好。現在我們要分秒必爭。」

新政府軍先遣部隊迅速作出判斷。儘管部隊人數不多，但是爲了一舉接收城池，決定不再坐等佐藤駿河守的通知，即刻攻城。

佐藤大驚失色，最後不得不打開城門，向新政府軍交出了城池。

這一天，近藤的部隊越過笹子峠，終於進入了駒飼的山村。

當晚就在駒飼宿營。從這個山村向前是下山路，離甲府盆地只有二里的路程。下了盆地，一場激戰將在那兒發生。

隊士們分別住進了居民的家裡。

村民中間已經傳開新政府軍進入甲府城的消息，以及新政府軍的詳細情況。

新入伍的隊士聽到這些消息後，開始動搖，當晚人就溜走了一半。

對此，近藤不知所措。他不斷地向隊裡承諾：

「會津援兵很快就會來的。」

但是他的話並沒有安撫住內心動搖的隊士。

「阿歲，怎麼辦？」

他只好找歲三商量。臉上再也不是坐在長棒引戶的大名轎子裡時的得意樣了。

「我去一趟神奈川。」

歲三立刻動身前往神奈川。他知道在神奈川駐紮著一支一千六百人的幕府軍菜葉隊，他打算去請他們緊急援助。

「晚上去？」

「沒辦法。」

歲三從宿營地拉出一匹馬，騎上就走，連燈籠都沒點。

然而太遲了。新政府軍已經清楚地掌握了甲陽鎮撫隊的動向。以土州的谷守部（後來的谷干城、中將）等人爲隊長的進攻部隊已經做好充分的準備。

只是他們沒有探聽到，當前的敵人正是幾年前在京都砍殺了無數土州藩士的新選組。

勝沼之戰

歲三單槍匹馬騎馬穿過山路，越過山谷河川，疾風似的跑過一座座村莊，向著神奈川的菜葉隊大本營趕去。

「請求援軍」。

除此之外，沒有其他希望可以在甲州取得勝利。

（在援軍到達之前，近藤能控制住局面嗎？）

歲三想，這事用不著擔心，近藤應該沒有問題。

歲三有一種強烈的信念，認爲只要是打仗，在當代不可能有人比得上自己和近藤。京都時的新選組歷史已經證明了這一點。

夜深了，早晨漸漸臨近。

歲三不敢有絲毫地懈怠，一個勁兒地趕路。

多虧了這天下雪。地上的雪花照得周圍一片白，沒有燈火也不至於迷路。

越過小佛峠的時候，天色突然亮了。太陽升起來了。

就在此刻，在駒飼的名主家中睡了一晚的近藤悠然走在清晨的陽光下。

他在庭院裡散步。

供借住的主人看到近藤自得的樣子，非常感慨。心想：

（雖然《武鑑》中找不到大久保大和這位旗本的名字，但是看他的樣子眞不愧是一派大將風範。）

近藤繞著屋子轉了一圈，叫來十幾個隊士，交給他們每人一疊紙。吩咐說：

「你們立刻動身去附近各村，緊急招募士兵。」

紙上的字是近藤親筆寫的，內容是：

願爲德川家盡心盡力者，事成後必有重賞。

大久保大和昌宜

此時的近藤依然堅信自己可以挽救德川家，當然他也沒有放棄甲州百萬石的幻想。

在甲州農村，和近藤有著一樣夢想的血氣方剛者眾多，到了傍晚一看，竟也招來了近二十個身強力壯的小夥子。

其中有一個年輕人看上去很特別，眼睛很亮，其他人對他好像很客氣。

「你是什麼人？」

近藤一眼就看出了此人的與眾不同。

「我是雨宮敬次郎。」

他態度很傲慢。

「你姓雨宮？」

「當然。」

原來此人是甲州東山梨郡一個小村村長的兒子。

近藤接著問他：

「看你衣服上的紋飾，圓圈中一個上字，我還從來沒有見過。有什麼由來嗎？」

「我家祖先是武田信玄的部將雨宮山城守正重。武田家滅亡後，我們家族隱居在山野已經三百年，一直擔任里正（名主、村長）。現在遇上天下紛爭，我要建功立業，重振我家，發揚祖先的武名。」

他說話帶著極重的甲州口音。
「志向可嘉。」
近藤於是重新審視了自己的心境，感覺自己已是戰國時期的一員武將。
「我們甲陽鎮撫隊受前將軍家（慶喜）之托將接收甲州百萬石。只要我們趕走西軍，奪回甲州城，我們將論功行賞，所有人都能得到滿意的恩賞。」
「這太好了。」
「我想請你擔任甲州組的組長，其他人有異議嗎？」
「沒有。」
回答聲此起彼落。
此時的雨宮敬次郎還眞的認眞思考起如何奪取甲州呢。
許久以後，雨宮的人生出現了巨大的轉折。明治十三年，他看好麵包市場，認爲國民對麵包的需求一定會增加，於是在東京深川開了一家麵粉廠，賺到極大財富。之後又從事了多種投機事業，幾乎沒有不成功的。雖然曾經受東京市水道鐵管事件的牽連而受刑，但是出獄後，他又奔走在市內電車電線的舖設工程上，曾涉足川越鐵道、甲武鐵道和北海道煤礦等事業，獲得了巨大財富。最後於明治四十四年去世。
「那好，雨宮君，你來看。」
近藤指著地圖上的勝沼說：
「你就帶領你的隊伍到這個位置上設置一個關卡，阻止西軍。」
從駒飼的山上往下走，不足三里的地方就是勝沼，這是位於甲府盆地的一個宿場。
近藤的設想是把這裡作爲第一道防線，阻止新政府軍進攻駒飼。等歲三的援軍一到，部隊就從勝沼向三里開外的甲府城殺過去。
雨宮等人拉著裝滿了建關卡所需的木材，扛著近藤提供的米尼步槍，威風凜凜地下山去了。

「嘖。」

原田左之助看著威風凜凜的雨宮的背影，很不以爲然。

他心裡大概在想這個人是來趁火打劫的。

隨後，近藤指揮餘下的隊伍在柏尾（現在屬於勝沼町）設置陣地。他認爲柏尾是個軍事要衝，決定把這裡進行野戰築城。

柏尾是一個小山村，沿著街道往下就是甲府盆地，說它是軍事要衝並不爲過。

陣地就設在村子東端的丘陵（柏尾山）上，以神願澤爲護城河，拆除了連接沼澤兩端的街道橋。

又把兩門大砲拉上丘陵安置在上面。這樣就可以瞄準底下的街道射擊。在街道上還設置了大量的障礙物。

另一方面，已進入甲府城的新政府軍指揮官板垣退助不斷接到最新情報。有情報說：

「東軍頻繁地在柏尾出沒。」

「是那個叫大久保大和的人嗎？」

板垣在《武鑑》上查過這個名字，但是沒有查到。在進入甲州以後，他也問過舊幕府的幕士，但是最終也沒有弄清楚大久保大和究竟是什麼來歷。

板垣退助等土佐人對新選組恨之入骨。如果他們知道這位大久保大和就是新選組的局長近藤，絕不會坐等他的到來。因爲新選組在京都的時候曾經殺人無數。按藩別來統計，土佐人比長州人還多，而新選組從來沒有殺過薩摩人。

關於近藤的情況，板垣並不清楚，在探子們送來的一件情報中，他聽到這位敵將的名字叫「近藤勇平」。但是他做夢也想不到近藤勇平就是近藤勇。

原來，近藤有兩個化名。近藤勇平是他的兩個化名之一。

總之不管怎樣，板垣從土佐藩士中挑選了五個指揮官，下令攻打近藤的隊伍。

谷守部

片岡健吉（後來的自由民權運動家、眾議院議長）

小笠原謙吉

長谷重喜

北村長兵衛

作爲新政府軍，自鳥羽伏見之戰以來，谷守部將是第一個面對敵人的指揮官。所以他非常謹愼，派出大量偵察兵查探敵情。偵察兵回來後，有說敵人人數上千的，也有說敵人還有數萬後續部隊的等等。總之情況很不明確。

其實這些都是近藤要求隊士向村莊散佈的假情報。

「不管怎樣，我們必須出擊。」

砲隊隊長北村長兵衛表示。

於是，隊伍以北村的砲兵爲先鋒開始向勝沼方向前進。那個年代，由於大砲射程較短，所以正常情況下都是由砲兵走在隊伍的最前面。

天已經放晴，山野上的雪也開始融化。

快到勝沼宿場的時候，北村長兵衛帶著五、六個砲兵，拉著兩門大砲大膽而快速地向前走去，很快就進了街町中心。

街道的中央，甲陽鎭撫隊已經緊急設置了關門。守關人是由雨宮敬次郎等十來個人組成的甲州組。

北村長兵衛走近柵欄。

「什麼人讓你們在天下的街道上設柵欄的？快打開。」

他慢悠悠地說，好像在和一個什麼人寒暄似的。

柵欄內，雨宮上前一步，冷冷地拒絕道：

「我們不會開。」

「喔，爲什麼呀？」

「我們是遵隊長的命令把守此地的。沒有隊長的命令，不能開。」

「你們的隊長是誰呀？叫什麼名字？」
「不知道。」
「是嗎。那就別怪我們不客氣了。」
北村扭頭對著後面的砲兵，下令：
「準備射擊。」
北村跑進左側旅籠的屋簷下，發出了射擊的命令。
「轟！」
四斤山砲噴出了火舌。
等到大砲的煙霧散盡時，柵欄內已經不見了人影。雨宮敬次郎等十來個人連滾帶爬早就逃到了遠處。砲彈從他們的頭頂上飛過，在更遠的地方炸裂。（雨宮就這樣跑了，似乎還一路跑到了橫濱。）
北村打開柵欄，帶領眾人進入勝沼宿場搜了一遍，沒有找到一個敵人。
他問宿場上的人，說是：
「這裡只有這些守軍。」
就這樣，在勝沼宿場的這一砲成了東征軍的第一擊。
谷守部隨後也進入了勝沼宿場。他分析說：
「敵人就在柏尾山上。他們一定是把勝沼作爲前哨才設了柵欄的。從守軍只有十個人的情形來看，柏尾山上的主力人數最多不會超過二百人。」
他的判斷異常準確。
當即下令，隊伍向柏尾山上出發。
近藤就在柏尾山上。
「他們來了。」
原田左之助墊著腳往山下看：
「近藤先生，他們戴的是紅毛頭盔，應該是土州人。」
因爲薩州人是黑色的、長州人是白色的，只有土州人才是紅色的。
這三個藩的裝備都是西式的，但又各有不同的戰術特色。即使同樣使用步槍射擊，長州人是臥倒射擊，薩州人是站立射擊，而土州卻是剛開始會射擊，但很快就停下改拔刀砍殺。

「是土佐啊。」

近藤對此時的敵人瞭解不多，他腦子裡能想到的只有在京都時的情況。他說：

「在池田屋，土佐可被我們打慘了。野老山五吉郎、石川潤次郎、北添佶摩、望月龜彌太……」

「是啊。」

原田左之助也在想著往事，臉上卻一片茫然。

「還有，我們是最先闖進天王山的。」

永倉新八在一旁插話。

元治元年的蛤御門之變中，長州軍潰敗。在長州浪士隊困守天王山時，幕府軍包圍了該地，是新選組最先衝上去的。

但是，在那裡他們看到的只有眞木和泉等十七名志士的自刃屍首，其中土州浪士有松山深藏、千屋菊次郎、能勢達太郎和安藤眞之助。

「時局眞是說變就變啊。」

近藤非常不情願地從往事中醒過來。

「永倉君，在池田屋，一開始我們是五個人殺進去的。那也沒覺得怎樣啊。」

可現在不同了。

當時的新選組有京都守護職的大力支持，會津動員各藩前來增援的藩兵多達三千人。在他們的包圍戒備下，新選組可以向敵人盡情地大開殺戒。

當時他們是順應時代潮流的隊伍，所以他們才有那麼大的威力。但是現在順應時代潮流的卻是對方。以近藤的天然理心流的術語來說，雙方在「氣勢」上相距太遠。

（會不會打起來呢？）

臨時招募的隊士中有一大半人跑了，留下來的也都好像貼在山地似的，一動也不動。

「尾形君，」

近藤叫了一聲正探頭觀察下方街道上的情形的尾

形俊太郎。

「敵人還在向我們靠近。我們是不是該到橋對面點火了？」

「是。」

尾形帶上十個農民兵手持火把，跑到橋的對面。

不一會兒工夫，有幾家民居著起火來了。

劈裡啪啦，幾條火舌突然噴了出來，轉眼功夫，大火熊熊燃起。彌漫開來的白色煙霧籠罩了近藤陣地的前面。這是古代戰術中的一種，既具有煙幕的作用，又能防止民宅被敵人的步兵隊利用。

谷守部看到這股白色煙霧，大致判斷出敵人陣地的位置。

「我們兵分三路吧。」

谷守部眺望著敵陣的地形說道。各隊長一致表示同意。

谷守部本人率領五十人外加兩門大砲，從主街道進攻。

片岡健吉、小笠原謙吉各率領五百人，橫渡敵陣前面的日川，從右側登山進攻。

長谷重喜從左側上山，邊向山上、街道掃射邊前進。

「就這麼決定了。」

谷守部一點頭，各隊隊長立刻回到自己的隊裡，帶領人馬出發了。動作之快捷正是組織化的藩兵的優勢。

很快，隊伍到達日川東岸，雙方開始了激烈的槍戰。

近藤站在山頂上。

(阿歲怎麼還不回來呀。)

他不停地回頭看，可是心裡也很清楚，除非是鬼神，這麼短的時間是不可能來回神奈川的。

「開槍，快開槍。」

近藤指揮著他並不熟悉的槍戰。可是臨時召集起來的步槍手幾乎是每發一槍就往後逃十步，怎麼看都不像是在作戰的樣子。

「沒辦法，我們殺進去。」

近藤馬上決定改變戰術，他大聲呼叫。然而以前的新選組首領都成了步兵隊的指揮，分散在不同的位置上。這支隊伍不再是以前強大的近身戰隊伍了。

近藤的旁邊只有從京都一起來的侍衛、普通隊士三品一郎、松原新太郎和佐久間健助等幾個人。

他們同時拔刀。

敵人已經爬上了前面的山脊，連五官都看得很清楚了。

「殺！」

近藤衝了上去。因爲右手還舉不太起來，所以以左手持刀。

正面衝突的土州部隊是小笠原謙吉的隊伍。因爲是先遣部隊，所以只有十幾個人。

山上一片混戰。

近藤雖然左手舞刀，但依然很厲害。眼看他手起刀落，一連殺死了三個土州兵。架勢越來越凌厲。

（這是個什麼人？）

小笠原謙吉在猜想。小笠原是公認的長槍能手，但此時他沒有把長槍帶到戰場上來。

他趕緊拔刀應戰。

他想和近藤展開近身戰，卻被一個隊士（松原新太郎）擋住了。

小笠原縱身一躍，手起劍落，砍到了松原的肩。松原一個踉蹌，接著小笠原隊的副隊長今村和助從他背後又是致命一擊，戰鬥結束後，再看松原（？）的劍，發現刀刃痕跡都集中在離刀鍔五寸以內的範圍內。由此可見這一場競鍔交戰短兵相接有多麼激烈了。

看到敵人的人數在不斷增加，近藤大驚失色，急忙下令：

「撤退。」

於是他帶著眾人逃進了背後的松林裡，接著又繼續向笹子峠退去。

在笹子峠，近藤集合了殘兵敗將，準備給繼續追來的敵人迎頭痛擊。可是原田左之助沒有心思再打了。他說：

「算了吧。」

「是嗎，那我們就退到八王子吧。」

到了八王子，部隊只剩下五十來個人了。

「不行，我們還是回江戶吧。」

於是，近藤就此解散了甲陽鎮撫隊。新選組隊士各自換上便服，三三兩兩地分頭回江戶。

此時歲三沿著東海道也在往江戶疾馳。

在神奈川請求援兵遭到拒絕後，他想回江戶找前將軍慶喜商量，直接向幕府借兵。

當然，歲三做夢也沒想到近藤在甲州已經被徹底擊潰了。

流山屯集

「慘敗。是做夢，一定是做夢。」

近藤躺在神田和泉橋醫學所的一張病床上，大聲地笑道。

聲音聽起來非常空洞。

老家南多摩的人挑著蔬菜來看他。

三月的陽光透過玻璃窗，室內非常暖和，讓人感覺全身懶洋洋的。

「大老遠跑到甲州，所得到的就是舊傷復發。我實在想不明白新政府軍怎麼會那麼快就進入甲府城了。」

「我聽說新政府軍的先遣部隊已經到了武州深谷。」

有一個人說。

這是實情。在新政府軍總督府，已經定下了攻打江戶城的時間——三月十五日。

這一天是三月七日。看來江戶也時日不長了。歲三回到這座城市的時候滿臉憔悴。回來後他一直在尋找已經敗退至江戶的近藤，並終於查到了他的下落。現在就站在近藤面前。

「對不起。」

歲三低下了頭。

他到神奈川、江戶城四處奔走，請求援軍。可是最後連一兵一卒都沒有請到。

「這次失敗責任在我。」

「別這樣說，阿歲。」

近藤已經開始對時局灰心了。

「就算當時援軍到了也來不及。西部來的新政府軍動作很快。在進軍速度的比拼方面，我們確實比不上他們。」

不久，在八王子分手的原田左之助、永倉新八、林信太郎、前野五郎和中条常八郎等新選組的同志也來了。

「我們一直在找機會。」

永倉說。

在永倉和原田身上絲毫也看不出戰敗後的疲憊。

他們說想商量一下重整旗鼓的事。

「今晚天黑後，你們能去一趟深川森下的大久保主膳正大人的宅邸嗎？」

永倉新八說。

（喔？永倉和原田什麼時候掌握了隊裡的領導權了？）

歲三心裡有些不快。但是仔細一想，隊伍已經名存實亡。現在大家都不再是一個集團裡的人，而是個人了。不過即使是個人，永倉和原田也還都是大御番組的身分，是德川家名正言順的家臣。

「一定要來哦。」

永倉臨走又囑咐了一句。近藤好像也沒介意，點了點頭說去。

傍晚，近藤和歲三兩人去了大久保家。主人主膳正以前是京都的町奉行，和近藤、歲三都很熟。

會議就借用了他家的書院。

已經有五、六個人在房間裡了。近藤不客氣地坐到了上座。

酒菜端上來了。

這個時期，前將軍慶喜正蟄居在上野寬永寺。他也不剃月代頭，只是一味地保持著他謹慎謙恭的態度。

每當聽到幕府主戰派有不安分的舉動，慶喜就會下諭阻止。海軍榎本武揚和陸軍松平太郎是江戶幕府主戰派的代表人物，於是慶喜特意召見二人，明確告訴他們說：

「你們的一舉一動如同刀刃加在我的脖子上。」

試圖以此打消他們主戰的念頭。

但是，舊幕臣中的有志之士不會因爲將軍的說教而放棄信念。他們於上月十二日、十七日和二十一日分別舉行了三次幕臣有志之士會議，會議的結果是成立了一支彰義隊。

前將軍慶喜用了一個詞來形容這支德川家臣團。這個詞就是：

「無賴壯士」。（和高橋泥舟的談話）

另一方面，爲了讓新政府軍停止攻打江戶，慶喜也採取了一系列的措施。

勝海舟和山岡鐵舟根據慶喜的意願，開始了對新政府軍的談和工作。

但是，關於勝海舟，當時還有另一個說法。說幕府從金庫裡撥了五千兩軍資金給近藤勇，還借給他兩門大砲、五百支步槍，指示他組織成立「甲陽鎮撫隊」，並給出甲州百萬石的誘餌，讓他幹勁十足地離開江戶也是勝海舟所爲。

當時勝海舟的意見是：

「薩長土對新選組恨之入骨。而新選組又口口聲聲喊著要留在江戶府內忠於前將軍。但是如果他們留在江戶，官軍從感情上很難接受我們。所以最好把他們趕出江戶。」

事情的經過好像是這樣的。

不過，仔細一想，這話也不太可信。舊幕府本來就已經捉襟見肘，讓他一下子拿出五千兩的大額銀兩不僅不可能，反而很離譜。而且慶喜和勝都十分清楚，只要向近藤許諾「甲州百萬石」如此這般，已經足夠讓他高興得跳起來了。

然而，對於舊幕府來說，新選組的名稱正在成爲沉重的負擔，也是不爭的事實。可以說，只是把近藤和土方收在麾下，那麼誰也不敢說德川家、江戶城以及江戶府民將會變成怎樣。

以下是餘談。

明治九年，歲三的哥哥粕谷良循、侄子土方隼人和近藤的養子勇五郎等人爲了在高幡不動境內（日野市）給這二人立碑，求大槻磐溪撰寫碑文，又拜託軍醫總監松本順來書寫。沒幾日，撰文和書寫都完成了。

他們還想請德川慶喜來寫碑上的篆額。於是舊幕府的御醫松本順前去問安，通過管家小栗尚三試探慶喜的口風。當慶喜聽到兩人的名字時，吃驚地抬起了頭。臉上的表情告訴來人他陷入了對往事的回憶。

「……」

慶喜嘴裡反覆念著兩人的名字，既不說寫也不說不寫。

管家小栗再問他的時候，他哽咽著再次念起兩人的名字：

「近藤、土方。——」

眼眶裡溢滿了淚水。

管家小栗尚三在給松本的信中這樣寫道：

「就這樣他拿著碑文草稿，看了一遍又一遍，只是無聲地落淚。問是否揮毫書寫，卻只言不語。再問，依然不語。」

也就是說，當時不管小栗怎麼催促，他只是一味落淚，最後也沒有任何回應。

從慶喜落淚的這一情況來推測，大概是因爲他想到這兩個並非世襲幕臣出身的人卻爲了自己而戰鬥到最後，胸中不免湧上憐惜之情而不能自制。同時，可能還想到了爲了主和外交的需要把他們趕往甲州的事實吧。

最後慶喜還是拒絕了寫篆額的請求。這不能怪他，因爲這是慶喜在維新後的生活信條。因爲慶喜終其一生都與外界隔絕。

不得已，寫篆額的事情就落在了舊京都守護職會津藩主松平容保的身上。碑於明治二十一年七月完成，立在不動堂境內的一株老松下，正面朝南。

再回到深川森下，大久保主膳正宅邸的書院裡。

近藤在這裡表現出來的態度，在永倉、原田等舊幹部看來非常妄自尊大。

當時，永倉和原田的心裡已經有了一個很具體的方案。

「近藤兄，我認識一位直參芳賀宜通。他在深川冬木弁天的境內有一座神道無念流的道場，門人很多。芳賀氏說了要和我們合作成立一支隊伍共同對抗政府軍。」

永倉說。

一回到江戶，永倉新八的交際就多了起來。

回想一下，在文久二年的年底，最早得知幕府招募浪士的消息是這個永倉，還有已死的山南敬助和藤堂平助。

永倉和御書院番芳賀宜通不僅流派相同，而且還是舊交。永倉新八原是松前藩藩士，後來脫離了藩籍，而這位芳賀原本也是松前藩藩士，後來進旗本芳賀家做養子。

「怎麼樣，土方？」

「喔。」

這種時候，歲三往往不會明確說出自己的意見。這是他的一貫作風，所以人們說他陰險。

「近藤，你看怎麼樣？」

永倉兩眼盯著近藤，目光犀利。因爲新選組既然已經解散，近藤也就什麼都不是，更別說是局長了。從這裡也可以看出永倉對近藤是心懷不滿的，他不能接受近藤對待同志像對待家臣一樣的態度。

的確，回到江戶後，近藤曾經失言說：

——你們如同我的家臣。

因爲這一句話，幾個從京都開始一直在一起的同志離開了。

（這次新黨成立時，我們一定要請芳賀來主持新黨，近藤和土方只能做新黨的成員。）

永倉和原田心裡打著這樣的算盤。

「芳賀是個什麼人？」

「他可是個人物。」

永倉加強了語氣說。

近藤心裡覺得倦怠。到了現在這種時候，和一個從沒見過面的人一起共事，怎樣都覺得心情很沉重。

在後來的討論中，他也透露了自己的這種心情，最後甚至吐出了主和的意見。

「近藤，很遺憾你讓我看不起你。」

原田認爲這是分道揚鑣的機會，於是站了起來。

「好啦好啦。」

近藤叫住他，說：

「阿歲還沒開過口呢。阿歲，你看怎麼樣？」

歲三抬起頭，手在膝蓋上擺弄著酒杯。他說：

「我要去會津。」

「啊？」

所有人的眼睛齊看著歲三。去會津。這是誰也沒有想到的結果。此時的會津仍然是薩長的強有力的對手。

「在江戶要打贏這場戰爭很困難。」

「有什麼困難的。」

原田怒吼。

歲三瞥了一眼原田，說：

「你願意在江戶打你就留在江戶好了。我已經看出來了，在這裡打絕對沒有贏的可能。」

就在幾天前，爲了請求援軍而四處奔波的實際感受讓他得出了這個結論。

世襲旗本完全沒有鬥志，有鬥志的人也被前將軍的「絕對恭順」困住，無法行動。

「江戶眼睜睜地看著我們敗走甲州。在這種地方怎麼可能爭取到我們的支持者呢？」

「那麼土方，你準備怎麼做？」

「去流山。」

「流山？」

「流山在下總（千葉縣），屬於富庶之地。對那兒的情況我多少還是瞭解一些的。值得慶幸的是那裡現在還是幕府的領地。我們可以在那裡駐紮，只要從周圍募集到二百人的士兵，就轉去奧州。奧州地方雖說很窮，但是那裡民風慓悍，又對西國各藩的專橫跋扈非常不滿。即使有一天薩長攻陷了江戶，在奧州同仇敵愾的氣勢面前也只有咬牙切齒。」

「阿歲。」

近藤很吃驚：

「你未免口氣太大了吧。」

「是嗎？」

歲三突然捏緊了酒杯。

「不過阿歲，」

「什麼？」

「我們能贏嗎？」

「能贏不能贏不試一下怎麼知道。我們不能首先考慮輸贏。我們首先想到的應該是只要我們還有一口氣就要戰鬥到底。看來我一生中最有意義的時刻就要開始了。」

「你眞是個天性好鬥之人。在多摩川邊的時候就是這樣。」

「是啊。」

歲三輕輕放下小酒杯，整理一下袴站了起來。

「原田君、永倉君，時局已經變了。到了現在這一步，我們不可能再回到從前的新選組了。大家都有自己的想法，在京都的時候，是我壓制大家的思想，一心一意地想讓新選組強大起來。現在新選組已經不存在了，我們就此分手吧。」

說著拍了拍原田的肩。

原田突然覺得沮喪。

「以後大家就各走各的路吧。」

歲三說完，快步走出玄關。近藤緊隨其後。

走在夜間的街道上，近藤說：

「我們還有沖田總司呢。」

「總司？是啊。現在，我們天然理心流就剩三個人了。如果在伏見陣亡的井上源三郎還活著的話，是四個人。」

「可是總司是病人，而井上已經死了。」

「所以就只有我和你囉。」

星星高高地掛在天上。

近藤對著星星張大嘴笑了。近藤和土方又回到了從前的友誼。

「不過，阿歲，我們眞的要去流山嗎？」

「當然要去。你是隊長，我是副隊長。」

「士兵能招募到嗎？」

近藤好像不甚積極。他沒有參加鳥羽伏見之戰，所以在甲州是他第一次接觸到現代戰爭的經歷。對近藤來說也是第一次失敗的經歷。自甲州之戰以來，他的情緒一直很低落。

（說來說去，這個傢伙只能順風時才能成爲英雄。）

歲三帶著譏諷的眼神看著近藤。

「大家都說我天性好鬥。所以我決定去的地方始終是要去的。不過，你要是不願意，不去也可以。」

「不，我去。」

近藤知道除了和歲三在一起，現在哪裡還有什麼可以安身立命的地方。兵分三路，勢如怒濤，不斷逼近的政府軍所有參謀的腦海裡大概都有一個念頭，就是向過往的新選組報仇。

「我們就去天涯盡頭。」

歲三爽朗地笑了。

既然江戶不願意和自己一起奮勇作戰，那麼尋找一個願意和自己一起作戰的地方，不就是自己和近藤今後的人生嗎？

「阿歲，你會寫俳句嗎？」

近藤突然提到了這個話題。

歲三沉默了好一會兒，突然踢飛了一塊石頭。

「在京都的時候，我還是寫了一些的。不過都是些出去辦事的路上呀、春天的月光呀之類的東西。」

「哈哈哈，我想起來了。京都的大路小路，曾經都為我和你的劍而顫慄。」

「以後還是會的。」

「希望如此。」

近藤也踢了一腳石頭。就這樣，兩人並肩走在夜晚的路上，感覺好像又回到了兒時。

………

之後的幾天，近藤一直待在江戶。歲三獨自去了流山，去做一些駐營的準備工作。

近藤把幕府倉庫裡的槍支武器盡可能集中到一起，通過淺草彈左衛門，招了一些搬運工，組成一支運輸隊，不斷送往流山。

這次幕府還拿出了兩千兩銀錢給近藤做經費。

對此近藤非常感激。他深深感到德川家對自己有著強烈的期待和感謝。

（必須堅持。）

他想。

舊隊士中有人聽說近藤還在醫學所，於是來了幾個人。其中有曾經的三番隊隊長、新選組劍術最好的齋藤一。

還有過去的隊士大坂浪士野村利三郎。

再有近藤和歲三的同鄉、又是土方家遠房親戚的松本捨助。

他們聽到要去流山的消息，兩眼發亮：

「眞的要在流山重整旗鼓嗎？」

隊旗也有了。是紅色呢絨布上一個白色的「誠」字。只是經過鳥羽伏見之戰的硝煙，隊旗已經非常髒了。

「把這面旗裝進行囊中。」

近藤指示。他很清楚往後再向新政府軍挑明新選組是不明智的。

「不，還是舉起來吧。」

齋藤說。他認爲只要飄揚著隊旗，隊伍的士氣就會不一樣，隊伍的氣勢也會不一樣。在江戶府外的一個地方飄揚起新選組的旗幟不是正好可以激發起關東男兒的鬥志嗎？

「不不，還是收起來。」

第三天，近藤帶著幾個人出發了。近藤騎在馬上，牽馬的是在京都時就在一起的忠助。他是在墨染死去的久吉之後的第二任馬夫。

只要一過千住大橋，他們就出了武州境內，前面是一望無際的下總原野。

一行人很快到了松戶宿。

幕府自開創以來，這裡就是水戶街道上的最後要衝，所以設有値守人。宿場靠近江戶，是江戶人經常來消費的一個近郊聚落。人口有五千，非常繁華。

近藤一行就要到宿場了。也不知道當地人是什麼時候、從什麼地方得知的，遠遠地近藤看見宿場前有近五十人在等候迎接近藤一行人，其中還有松戶宿場的官員。

在客棧用餐的時候，又不斷有從流山前來迎接的人，眼看著來了近二百人，站滿了土間、屋簷下，甚至街道上。

當然這一切都是先到達流山的歲三安排的，而好熱鬧的近藤也爲此徹底振作起來。

「流山快到了嗎？」

他問流山來的人。來人回答說：

「是啊，就在前面不遠了。內藤先生（歲三的化名）正在駐地等著呢。」

來人是流山當地的居民，他們情緒高漲。大概是受到了歲三的鼓動吧。

訣別

從江戶看去，下總流山位於鬼門方位。

「阿歲也眞是的，幹麼一定要把營地設在江戶的鬼門呢？」

近藤不是一個講迷信的人，但是從松戶騎馬一路前往流山的路上，他不自覺地對這件事介意起來。

街道很窄，只有一匹馬勉強可以通過的寬度。道路的兩邊，蒲公英已經開放。

「你幫我去採一枝蒲公英。」

他吩咐馬夫忠助。

忠助過去，採了蒲公英交給近藤。

黃色的蒲公英，顏色豔得人眼睛生疼。

「……」

近藤把它含在嘴裡，隨著馬的跑動一上一下地跳動著。

「忠助，你覺得這地方怎麼樣？」

「很大。」

忠助牽著馬，聳了聳肩走在下總原野的中央。這裡沒有山巒、沒有丘陵，只有一望無際的原野，這讓他有一種莫名的感受。

原野上到處種著赤揚，要說有變化，這勉強可以算是變化吧。

流山街町上有低矮的丘陵，地名大概因此丘陵而得。

街町西側有江戶川流過。河邊有一座碼頭，從這裡可以去行德、關宿和上下利根川方向。

「這裡蚊子怎麼這麼多呀。」

蚊子成群結隊地圍繞著騎在馬上的近藤。

流山是一個水鄉，但這不是蚊子多的原因。蚊子多的主要的原因是酒。這地方是酒、味醂的產地，街上到處都是大酒倉。蚊子一定是因爲受到酒倉裡散發出來的甜味誘惑，才聚集到這裡的。

近藤在一個稱爲「長岡酒屋」的大房子（現在屬於千葉縣流山市酒類批發商秋元鶴雄氏）前下了馬。

房子門口掛著一塊木牌，上面寫著：

「大久保大和宿」。

大概是歲三掛上去的。

近藤進了屋裡。

歲三出來迎接他，爲他介紹每棟建築。

當地協助的人前來問候近藤。等他們都走了以後，近藤看著打開的拉門外面：

「阿歲，這屋子眞大呀。」

整個宅邸面積大約有三千坪。院子裡有好幾座木板搭建的倉庫。

「這裡有幾座倉庫？」

「有三座。每個倉庫的面積在一百五十到三百坪之間，正好可以用來安置士兵。對面那個裡面有兩層，我請他們騰出來借給我們用。」

作爲兵營，確實沒有比這更理想的建築了。

「不過，阿歲。」

近藤「啪」地一聲打死停在手背上的蚊子，沮喪地說：

「這兒蚊子太多了。」

「是啊。這裡的人晚上睡覺都要掛蚊帳。因爲都是喝酒長大的蚊子，所以比江戶的蚊子要大上兩倍呢。」

歲三突然使勁拍了一下右臉。

「啪」，一滴血留在了臉上。近藤楞楞地看著血，苦笑著說：

「我們眞的是落魄了。」

連滿地是草的沿河街町上的蚊子現在也敢欺負新選組了。

很奇怪是吧。

招募到的士兵多於預料中的人數。

沒多久時間就招募到三百來人。他們都是附近農村的年輕人。歲三讓他們一個個報上姓名，發給他們槍支，讓他們配上了大小刀。

歲三向全體新兵教授米尼步槍的射擊方法，近藤則教授他們劍法。

三百年來，這塊靜悄悄沉睡著的土地突然熱鬧了起來。

每天，都可以聽到從「長岡酒屋」傳出來的射擊訓練槍聲和近藤嚴厲的吆喝聲。當地人嚇得不敢靠近這裡。

「阿歲，政府軍已經包圍了江戶。」

這是戊辰三月十五日。

新政府軍大總督府已經收復了東海道沿線的各宿場，此時已經到了駿府。

把近藤等人從甲州趕走的東山道先遣部隊在土州藩士板垣退助的率領下，於三月十三日到達板橋，等候進攻江戶的命令。

攻擊江戶的時間，早就訂在三月十五日的破曉。

但是新政府軍中的薩摩藩西鄉吉之助和幕府代表勝海舟之間還在就和平交接江戶城的問題進行談判，進攻無限延期。

談判的結果是由勝海舟負責江戶的治安，新政府軍駐紮在江戶的周邊。

新政府軍中，最大的兵團之一是以板橋爲本營的東山道先遣部隊。

「流山有幕府的軍隊。」

得知這個消息的時候，已經過了三月二十日。板橋馬上派出偵察兵探聽情況。得知在流山的幕府軍隊兵力近三百名，全數爲農民兵。只是從指揮官的著裝來看，身分好像是旗本。名字叫大久保大和。

「那不就是甲州敗在我們手下的傢伙嗎？」

參謀頭領板垣退助說。他知道在《武鑑》中沒有這個幕臣的名字。

「是近藤吧。」

這個推測獲得大家一致認可。

這支東山道部隊在甲州勝沼打敗大久保大和後，又沿著甲州街道繼續進軍，於十一日進入武州八王子宿。在武州八王子，板垣退助把橫山町上的旅籠「柳瀨屋」作爲本營，在周圍對潰敗的敵人進行地毯式的搜捕。

在新政府軍官兵的意識中，「這裡是新選組的發祥地」。

他們對天然理心流的支持者、歲三的姊夫日野宿名主佐藤彥五郎家進行了尤其嚴格的搜查。

這一家人在新政府軍到來之前已經逃走。他們四散投奔了在多摩的眾多親戚家。所以找起來頗費了一番功夫。

彥五郎的兒子佐藤源之助（昭和四年去世，享年八十歲）當時十九歲，因爲接觸了他人的擊劍道具，感染上了疥癬，此時身體非常虛弱，已經到了步履艱難的程度。

他暫時躲到了粟須的親戚家，接著又翻山越嶺逃到鄰村宇津木，最後在一個農家壁櫃裡被新政府軍發現。

他被帶到八王子的本營，接受了審訊。

父親佐藤彥五郎的去向是這次審訊的焦點，源之助回答說不知道。

審訊官有三人。其中兩人帶著非常濃重的薩摩口音，不太容易聽懂，只有一個人說話可以聽懂，他是土佐藩的谷守部。

谷守部的審訊非常執著。不管是谷，還是參謀首領板垣，總之土佐藩士對新選組都恨之入骨。在京都，該藩有太多人因爲新選組而命喪黃泉。尤其他們堅信暗殺坂本龍馬的就是新選組。

「你爹彥五郎現在在哪裡？」

這是審訊的第一項內容。他們的目的是找到彥五郎，並透過彥五郎瞭解近藤和歲三的下落。

審問的第二項內容是「彥五郎和近藤勇、土方歲三是什麼關係。」第三項內容是「日野宿是否有武器。」第四項內容是「日野宿及附近居民有誰向近藤勇學過劍術，有多少人。」

問來問去就是這四個問題。審訊結束後，源之助被監禁在一間倉庫裡，第二天下午又被帶到了後院，坐在草席上。

源之助遺話中有這段描述：面前的拉門朝左右打開，進來一個非常威嚴的人。藩兵輕輕喝斥我：低頭。還非常恭敬地向此人行禮。這人就是板垣退助。

板垣看到源之助生著病，就沒有過多地進行審問。他只問了一個問題：

「大久保大和和內藤隼人在出征前據說在你家吃了午飯，還接見了鄉里人士。這是眞的嗎？」

昨天也問過同樣的問題，只是昨天問話中的人名是「近藤和土方」。

板垣很狡猾，他裝作漫不經心的樣子提到「大久保和內藤」，輕易讓源之助上了他的圈套。源之助回答說是。

於是，新政府軍知道了這個化名的主人是誰了。

而現在，他們就在流山設置陣地。

在板橋的官軍本營群情激動，士兵們躍躍欲試。如果這支東山道先遣部隊的主力不是土佐兵的話，整支部隊的情緒也不致於這麼激憤吧。

「我們要報京都之仇。」

激憤的情緒在軍營中瀰漫開來。

相當於新政府軍副參謀級別的御旗扱中有位叫香川敬三的人。他本是水戶藩士，後來被派到京都相國寺，常接觸長州、土州的激進志士。不久後他脫離藩籍，參加了土佐藩浪士隊中的陸援隊。

陸援隊的隊長，就是和海援隊隊長坂本龍馬一同死於非命的中岡愼太郎。

中岡死後，隊裡的指揮權落在了脫離土佐脫藩藩士田中顯助（後來的光顯，被封爲伯爵）手上。香川是副隊長，在鳥羽伏見之戰中作爲討幕軍的別働隊，曾經設陣地於高野山，負責控制紀州藩。

香川在維新後一直在宮廷擔任各種職位，最後當上了皇太后宮大夫、伯爵，在大正四年七十七歲時謝世。

他有一個外號叫「狐狸香川」。此人性格陰險，連從幕末起就一直與他共事的搭檔田中光顯，維新後和他的關係也鬧得很僵。直到香川去世，田中沒有和他說過一句話。

就是這位香川，他向板橋的本營提出請求：

「請允許我參加討伐新選組的行動，爲中岡報仇。」

他的理由非常充分。

但是他在這支討伐小隊裡沒有任何指揮權。

薩摩人有馬藤太（副參謀，後來的純雄）率領三百人馬組成了討伐小隊前去討伐近藤的隊伍，香川在這支小隊裡擔任副手。

有馬的部隊從宿營地千住出發的時間是四月二日一早。

有馬知道流山方面不斷有密探出入千住附近。所以他沒有直接向目標地出發，而是瞞著所有人，下令：

「去古河。」

當天晚上，部隊住在千住，第二天在粕壁（現在的春日部市）過夜。

第三天，部隊突然調頭南下，很快便到了利根川的西岸。

士兵們很奇怪，問其原因，有馬指著河對岸的流山，說：

「我們要打那兒。」

他下令徵用了附近農家、漁家的所有船隻，神速地渡過了利根川河，並在河堤下方集合。

時間是早上九點左右。

最早發現有馬小隊的是正在街町的西側警戒的一組士兵。

他們立即開槍射擊。

但是槍的射程太短，根本打不到新政府軍隊伍。

而新政府軍一直保持著鎮定，沒有開槍回擊。

「阿歲，有槍聲。」

近藤說這話的時候，一名警戒的士兵跑來說有敵人來襲。

「知道了，我去看看。」

歲三跑向馬廄，一躍騎上馬，沿著聚落狹窄的路上跑到西側盡頭。

「果然來了。」

遠遠地，在河堤附近的民居後面，不斷有新政府軍的影子出沒。

人影晃來晃去的，大約有五百人。他決定主動出擊，突襲他們。於是急急忙忙趕回了大本營。

「全體隊士在本陣院子裡集合。」

他大聲吩咐道。

歲三人在緣廊的邊，一伸手就拉開了近藤房間的

門，

「怎麼回事？」

歲三大吃一驚。

近藤已經換上了便服。

「阿歲，我去一趟新政府軍的大本營。我要向他們解釋我們不反對官軍。」

「你是認眞的？」

「當然是認眞的。這幾天我一直在想，怎麼說現在也是個危險時期。」

「什麼危險時期？」

近藤沒有回答。他知道只要一回答，就必定引起一番爭論。

近藤穿上白色鞋帶的草鞋。

「我去跟他們解釋清楚，相信他們一定會理解的。」

近藤想得太簡單了。他沒想到新選組局長近藤勇的眞實身分早已經暴露。

他以爲只要自己堅持說駐紮在流山的部隊是爲了維護利根川河東岸的治安就可以萬事大吉。

他以爲如果新政府軍說沒必要，最多也就是要求解散這支隊伍，而不會採取更加激烈的動作。

他之所以會這樣認爲，是因爲在維護江戶府內的治安問題上，新政府軍就對彰義隊睜隻眼閉隻眼，任由對方處置。

（駐紮在流山的部隊不也是這樣嗎？）

所以近藤才會這麼天眞。

「別去。」

歲三說。

「你這是自投羅網。」

「沒事的。而且，阿歲，」

近藤說。

「我一直都很尊重你的意見。但是這次你一定要讓我照自己的心意去做。」

近藤微微笑著。笑容裡有一種歲三從沒見過的平靜。

「我很快就會回來。」

近藤帶著兩個部下走了。

要到新政府軍臨時營地的農家，得通過一條田埂。

近藤讓兩個部下在前面帶路，三人踩著草地一路慢慢走去。

很快三人來到了木籬笆圍起來的農家門前。新政府軍中的士兵舉起槍，喝止他們。近藤通報：

「我們是使者。」

他說想見隊長。

他們被帶到了房間裡。

「我是大久保大和。」

近藤首先做了自我介紹。

有馬以薩摩人特有的溫和態度，問他有什麼事。

香川就在他的旁邊。

有馬和香川都不認識近藤，但是他們聽說過近藤有著不同常人的風采。

（沒錯，就是這個人。——）

香川兩眼放光。

「今天早上，」

近藤說：

「我們不知道是新政府軍來了，部下不小心開了槍。我是特意前來道歉的。」

「此事確實不該，念你不知暫不追究。但得勞煩你親自去粕壁的本陣誠意致歉。眼下，望速交出槍砲。」

「明白了。」

近藤點頭答應。近藤此時的心情，想必歲三是無論如何也無法理解的。

「回營後我馬上安排。」

近藤回來了。

歲三和近藤激動爭論。

到最後歲三忍不住落淚。算了，算了，反正還有奧州。歲三不知道吼叫了多少次。最後歲三甚至批評近藤：你在我們走上坡路的時候表現那麼出色；現在我們走下坡路了，你就變了，就不要自己的理想了。

「沒錯。」

近藤點頭說：

「我就是不願意留叛賊的名聲。我和你不一樣，我懂什麼是大義。」

「成王敗寇都只是一時的。可是作爲一個男子漢，投降難道不是一件很可恥的事嗎？快給我恢復去甲州爭奪百萬石時的雄心壯志的你！」

「時局已經變了。我近藤勇也好，你土方歲三也好，都已經成了時代的棄兒了。」

「不是。」

歲三直盯著近藤說。「時局之類的不是問題。勝敗也是身外之物。只要是男人，就應該堅守自己的信念，甘願爲堅守自己心中的理想去死。」

但是近藤顯得異常平靜。他說：「我認爲服從大義就是我的理想。阿歲，長期以來，我們雖然一直都是戰友，但是每逢重要關頭，我們的意見總是相佐，又何來談共同的理想呢？」

「所以，阿歲，」

近藤又說：

「你走你的路，我走我的路。今天，我們就在這裡分道揚鑣吧。」

「我不會讓你走的，我一定要帶著你。」

歲三一把抓住近藤的右手。這手像松樹枝幹一樣健壯。

歲三以爲他會甩開。出乎意料的是近藤竟撫摸他的手說：

「一直以來謝謝你的關照。」

「喂。」

「阿歲，你就放我自由吧。你創立了新選組，也扶持我成了那個組織的局長。現在回想起來，我總覺得在京都時的近藤勇好像不是我自己。你鬆開手，就還我自由吧。」

「……」

歲三看著近藤。

一臉的茫然。

「我走了。」

近藤走出房間，下了庭院，直奔酒庫，下令就此解散部隊，只留下幾個自京都以來的幾個隊士。說道：

「各位，還是放你們自由了的好。我也要還自己自由。各位，謝謝你們的關照了。」

近藤再次離開了大門。

歲三沒有追出去。

（我一定要堅持下去。）

「啪」，手打在自己的臉上。一隻長腳黑蚊貼在了上面。

大鳥圭介

請容我岔開話題。

在慶應四年（明治元年）的四月十日。

因爲是丑時的後半了，所以準確地說是十一日凌晨。

從駿河台的旗本宅邸裡忽然閃出幾個人影。

總共三個人。

其中一位扛著行李的僕人，一位是穿棉服的壯士。

還有一個是這家旗本宅邸的主人，年紀大約三十六、七歲，穿著黑色絲綢紋服、仙台平的袴，戴著韮山笠，高舉著傘。

上半夜就下的雨還未停息。

「木村（隆吉）君，我們怎麼會選了這種天氣出陣呢。」

旗本苦笑著說。

三人中就他說了這一句話，之後誰也沒有再開口。過了昌平橋，到了淺草茸屋町，過了大川橋，不久來到了向島小梅村的小倉庵。

「集合地點就在這附近。木村君，你去那兒的豆腐店問一下。」

這個時間，豆腐店的人應該已經起來了。

看似門人的木村跑去，又很快跑了回來。

「他們說不知道。」

「奇怪。有四、五百個穿西式服裝的人聚集在這裡，附近的人不應該不知道呀。你去把警備所的人叫起來吧。」

旗本在雨中等候。

這是一個皮膚白皙、額頭寬、鼻子筆挺的標準美男子。

警備所內有四、五個穿著幕府步兵制服的人正在睡覺。

他們被木村叫醒後，跳了起來。

「哎呀，我們正等著呢。沒想到居然睡著了。」

「先生在外面等著呢。」

「是嗎。」

幾個人趕緊跑出去，向那個被喚作「先生」的人行了一個法式軍禮。

「好。」

先生點頭回應。

「我們帶您去那邊的報恩寺。」

雨中，一行人向目的地走去。

被喚作先生的是幕軍步兵頭大鳥圭介（後來爲新政府工作，歷任工部大學校長、學習院院長、駐中國清朝特命全權公使、樞密顧問官、受封男爵，於明治四十四年去世，享年八十歲）。

他和維新時參加過反政府戰爭的眾多幕臣一樣，不是世襲的譜代旗本。

他是播州赤穗的一名村醫之子。

他曾經在大坂緒方洪私庵的私塾學習過蘭學，對西洋陸軍尤其感興趣。翻譯過軍制、戰術、訓練、築城術等著作，頗受幕府看重，於兩年前的慶應二年被提拔爲幕府直參。後來支持幕府的法國皇帝拿破崙三世對日本派遣由步兵、騎兵、砲兵和工程兵將校組成的二十餘名軍事教師團，大鳥接受了他們的訓練。
很快的，大鳥被提拔爲幕府軍步兵頭，負責指揮法式步兵隊。
沒多久，幕府瓦解。
「不可理喻。」
大鳥等法式幕府軍將領們怎麼也不明白。他們比誰都清楚，幕府軍的新式陸海軍在裝備上完全可以和薩長相抗衡。
陸軍松平太郎和海軍榎本武揚自始至終都堅持反對江戶開城。
他們秘密召集陸海軍將領討論江戶籠城計畫，被正在上野閉門謹愼的前將軍慶喜知道了。他把松平等人叫去訓斥了一番。他說：
——你們的任何武力行動都如同把刀刃加在我的脖子上。」
不得已，他們只有放棄籠城的計畫。
但是他們決定在江戶開城之前逃出江戶，並立即付諸行動。
大鳥圭介離開駿河台的宅邸，來到向島這個秘密集合地就是基於這個緣由。
再重覆提一下時間，這一天是四月十一日。
太陽還沒有升起來。
就在這一天，最晚到正午，江戶城門就要打開，江戶城就要交給新政府軍代表接收。而就在這之前，幕府軍的步兵隊伍大規模地逃出江戶。
報恩寺裡已經聚集了將校（指揮者）三、四十人，步兵四、五百人。
步兵頭大鳥很自然地成了這支隊伍的司令官。相信在隊伍前往集合地的路上，人數還會不斷增加。
一大早，大鳥帶領隊伍離開了向島。
部隊行進在泥濘的路上，向著市川（現今的千葉縣市川市）前進。他們事先約好在市川匯合，所以此時，在市川應該已經聚集了許多其他舊幕士、會津藩士和桑名藩士。

來到市川渡口的時候，舊幕士小笠原新太郎已經準備好船隻等在那裡了。

在船上，小笠原興致勃勃地附在大鳥的耳邊說：

「新選組的土方歲三大人也來了。」

「哦？」

大鳥很吃驚，卻努力裝出面無表情的樣子。

小笠原沒有注意到。還繼續說：

「我只在遠處看過他一眼。果然是曾經在京都之亂、鳥羽伏見之戰等刀光彈雨中出生入死的人。他的眼神和氣度看起來跟常人就是不一樣，」

「……」

大鳥對歲三沒有什麼好感。

因爲歲三的性格乖僻，一點小事情他都會變得很彆扭。事實上，當歲三從流山回到江戶的時候，城內一些舊幕臣都在心裡嘀咕：

——怎麼又回來啦。

舊幕臣中，勝海舟、大久保一翁等人是堅決的主和開城派，他們最害怕新選組出現在江戶城裡，成爲和新政府軍和平談判的障礙。所以，他們才拿出大量的資金讓他們前去保衛甲州，後來又去流山屯集。

而主戰派也因爲大部分是西式幕府軍的將校，所以與這個劍客團體性情不合。新選組在京都殺了太多人，好像嗜殺爲樂似的，令人感覺非常不舒服。

歲三回到城裡的時候，大鳥只是禮貌性地對歲三說：

——聽說近藤被捕了，眞是可憐。

歲三當時就狠狠地瞪了大鳥一眼，沒有說話。

大鳥很生氣，但同時也感受到了一種莫名的壓迫感。

歲三回到城裡之後，一直不願意提到近藤。一想到長期以來一起走過無數次腥風血雨歷程的盟友最後竟然落得如此不幸的下場，心情就非常沉重，所以很介意有人拿近藤當話題。

大鳥當然不會理解這種心情。

他只是覺得歲三「實在是個令人討厭的傢伙」。

現在，坐在船上，——

小笠原新太郎也不可能瞭解大鳥的這個心結，他還一個勁地說。

「步兵隊的那群得知他就是新選組的魔鬼土方，都非常高興。因爲他的參加，現在士氣都很高漲。到底是個當代英雄啊。」

「那只不過是個劍客。」

大鳥這句話脫口而出。聽到他說話的語氣，小笠原新太郎非常吃驚看著大鳥，然後沉默了。

實際上，在先行到達市川的幕士中間，已經在議論是立大鳥還是土方爲將的問題。小笠原心想，如果大鳥對土方有偏見的話，將來很可能會有麻煩。

部隊進入市川宿場以後，發現從江戶逃出的幕士、各藩藩士、步兵等千餘人已經占滿了這裡的旅籠、寺院等，熱鬧非凡。

大鳥圭介下令部隊就地解決午餐，自己則離開隊伍，在小笠原新太郎的引導下，走進了一座寺院。

「這裡是大本營。」

小笠原說。

進入本堂，裡面已經坐滿了人，空氣顯得非常沉悶。一大排將領個個背對須彌壇，按身分高低入座。

在這一排人當中，身分最高的是大御番組頭土方歲三。

只見他身著紋服，悶聲不響地坐在上座，和其他人格格不入。而且他也沒有加入眾人談笑之中。

再看一眼在場的各位，他們分別是：

幕臣　土方歲三、吉澤勇四郎、小菅辰之助、山瀨司馬、天野電四郎、鈴木蕃之助

會津藩士　垣澤勇記、天澤精之進、秋月登之助、松井某、工藤某

桑名藩士　立見鑑三郎、杉浦秀人、馬場三九郎

幕臣天野電四郎是大鳥的舊識，他看到大鳥進來，趕緊招呼道：

「呀，我們正等你呢。請。」

他讓大鳥坐在土方歲三的上座。因爲他的級別稍高一些，所以這是應該的。但是大鳥出於禮節，假裝很猶豫。

歲三看著大鳥，低低地說了一聲：

「請。」

大鳥好像被人推著似的坐到上座。坐下後，他又感覺自己好像是受了歲三的指揮，心裡隱隱又多了些不快。

一屋子的人開始討論軍事行動。

進攻宇都宮是既定方針，早就已經定下了。

「大鳥，」

天野電四郎說：

「現在聚集在市川的有大手前大隊七百人、第七連隊三百五十人、桑名藩士二百人、工程兵二百人，再加上你帶來的兵，一共有兩千多人，還有大砲兩門。」

「有砲？」

大鳥對此表現出了特別的興趣。這是因爲他的主修就是法式砲兵科。

「總之，與政府軍東山道總督旗下相比，我們在兵力和人數方面與他們不相上下。現在我們的問題是還沒有統帥這支部隊的統帥。」

「土方氏不是在這裡嗎？」

大鳥口是心非地說。但是坐在一旁的當事人歲三面無表情，一句話也不說。

「已經有人提過請土方指揮這支部隊。因爲在我們所有人當中，只有土方氏一人有過實戰經驗。可是土方氏堅辭不受。」

「爲什麼？」

「我，」

土方看上去很痛苦的樣子，說：

「在伏見打了敗仗。」

「不。那是全體幕府軍打了敗仗，不是你一個人打了敗仗。」

「我說過我們是輸給了西式槍砲。我不懂西式武器，所以只有學過這些知識的大鳥才適合統率這支隊伍。」

「謝謝你的推薦。」

大鳥看了一眼在座的各位，說：

「不過我也不適合擔任這支隊伍的統帥。一來我沒有上過戰場，沒有資格；二來我只瞭解我所訓練的大手前大隊，而對其他各隊、各藩士的情況我全然不知。所以統帥的重任我不能接受。」

「你就別推辭了。在你到來之前，我們已經一致同意推薦你做統帥。你已經錯過了說這話的時間和機會，你就痛痛快快答應了吧。」

天野電四郎說。

好像很不情願似的，大鳥圭介接受了。

歲三爲副統帥，統率西式軍隊以外的刀槍隊。當然，步槍人手一支。

定下了行軍計畫，部隊馬上開始向宇都宮進軍。

歲三穿著法國士官服，騎在馬上。

他和同樣身著法國士官服的大鳥圭介並肩走在隊伍的最前面。

十二日在松戶，一位身披盔甲的武士率領約五十個鄉士、農民加入隊伍。

十五日，在諸川宿，幕臣加藤平內、三宅大學、牧野主計和天野加賀等人，率領幕府領地的農民組織起來的御料兵加入這支隊伍。隊伍不斷擴大。

十六日，先遣隊第一大隊（兩門大砲附屬）在小山（現在的栃木縣小山市）與新政府軍的小隊遭遇，把他們打敗後擄獲了一門大砲。

十七日，同樣在小山方面，部隊又遭遇了新政府軍約二百人。一番激戰過後，擄獲了兩門大砲、兩匹馬與若干舊式步槍以及其他戰利品。

這兩天所遭遇的敵軍不是新式裝備的薩長土三藩的士兵。他們是彥根藩、笠間藩等藩兵。雖然同爲新政府軍，這些藩的裝備卻十分陳舊，藩兵的鬥志也低落。

總之，幕府軍方面可以用勢如破竹來形容這兩場戰鬥。

這一天的午餐就在小山宿解決了。

這是一個人口達三千、在下野的宿場。

大鳥、歲三等士官剛要在大本營休息，突然門前響起了一片嘈雜聲。出門一看，原來是村民們紛紛拿著酒樽、端著紅豆飯前來祝賀勝利的。

大鳥非常高興，馬上下令吹響集合號，讓分散在四處的各隊到大本營附近集合。他打開酒樽蓋，說：

「今天非常湊巧是東照宮的祭日，今天我們取得了勝利。這大概是德川氏再興的神明指示。」

大鳥乘機鼓舞大家士氣。小山宿的旅擠滿了勝利後的戰士，客棧女侍全體出動，整座宿場從中午開始就弦歌不斷，熱鬧非凡。

（難道這就是法式軍風嗎？）

歲三聽著從外面傳到本陣裡頭的弦歌聲，忍不住這麼想。

「大鳥，你打算今晚就住在這個宿場嗎？」

「是的。」

大鳥很得意。大鳥還沒有親身經歷過槍林彈雨，以爲戰爭原來這麼簡單。他說：

「我想讓部隊在這裡休息，好好鼓舞鼓舞大家的士氣，然後再逼近宇都宮。」

「這樣不好。」

歲三笑了。

「我們在這裡玩得這麼高興，想必很快就會傳到新政府軍各路部隊的耳朵裡。如果今晚他們來夜襲該怎麼辦？難道我們要抱著三味線逃跑嗎？」

「……」

「而且，這個宿場周圍都是田地，不利於防守。從這裡沿壬生街道向北二里的地方有一個叫飯塚的小村落。那裡有三拜川、姿川環繞，是兩條天然的護城河。所以我認爲部隊去那裡宿營才是上策。」

「這……」

因爲大鳥出生在播州，對關東地區的軍事地理不太熟悉。而且他雖身爲統帥，像偵察地形之類的事情卻從來都是交給別人的，自己從來不親自察看。

「不錯，這的確是個好主意，如果到了飯塚一帶敵人已經來了的話……」

「如果他們已經到了那裡，那麼這個小山宿也就危險了。算了，這樣吧，你在這裡安排宿營，我去偵察那邊的情形。」

歲三來到大本營的庭院裡，集合了西式裝備的傳習隊二百人，帶著一門大砲在前面開路，離開了本營。因爲周圍最後都視同敵人的地盤，所以偵察自然也變成了威力偵察。

然而，歲三的偵察部隊剛要出小山宿的時候，東方突然響起了砲聲。約三百人的新政府軍（彥根兵）從結城方向攻過來了。

歲三趕緊掉轉馬頭，大喊一聲：

「跟我來。」

他從小鎮的中央路跑去。傳習隊隊士緊緊跟上。幾枚砲彈落在宿場中心。

不出歲三所料，此時的宿場已是一片混亂。有位女侍身穿一件長內衣在路上跑，四處亂鑽；喝醉酒的士兵忘了拿槍，一頭鑽進桑田逃跑。這不禁讓人聯想到軍記讀物上平家所遭遇到的狼狽光景。

歲三在離宿場較遠處，從馬上一躍而下。根據從西式兵書上學到的知識，他命令步槍手散開，對著沿街道直撲而來的彥根舊式部隊猛烈射擊。

一會兒，大砲拉到了。

大砲每發出一彈，歲三就讓分散的步槍手前進幾步。沒過多久，歲三來到了由一佐久間悌二的人所指揮的小隊旁邊，指著東南方約一丁距離外的一片樹林下令：

「迅速繞到那片樹林後面，從那兒對敵人形成包圍圈。」

說完，自己帶著新選組的老隊士齋藤一等六人，衝進左側桑田，穿過桑樹林，出現在敵人的側翼。

齋藤等人手上也拿著槍。

他們邊衝鋒邊射擊，來到距離敵人約十間距離的時候，歲三拔出刀來喊道：

「衝啊。」

一躍跳進了路上的敵群中間。

他斜向砍中了第一個人右肩，然後稍稍舉起刀尖刺向其身後的另一個傢伙，收回刀時同時掃到了旁邊一人的身體。

歲三連殺三個敵人，齋藤也殺了三個，野村利三郎殺了兩個。

傳習隊及時趕到後也發動了突襲，彥根兵頓時四處敗逃。

敵人留下了二十四、五具屍體跑了。他們還留下了法式山砲三門、水戶製和砲九門。

攻城

在下野的小山，歲三聽到了一個讓他精神爲之一振的偵察報告。

（呵，不是冤家不聚頭啊。）

在宿場東郊結束戰鬥後，歲三在宿場的中央道路上慢慢走著，往總帥大鳥圭介所在的本陣前去。

從這裡向北七里就是宇都宮城。這時部下報告說駐紮在宇都宮裡的新政府軍部隊就是在流山逮捕近藤的那支部隊。

指揮官是薩摩人有馬藤太、水戶人香川敬三。

這兩人就是歲三此時的仇敵。

他們部隊的兵力是三百人。

（我要好好料理他們。）

他想透過野戰攻城的方式，堂堂正正復仇。

最重要的是，這位好鬥的男人還沒有率領軍隊攻打城池的經歷。

踩在小山宿烏黑的土壤上，歲三難以平息心頭的那份激動。

到了大本營，歲三穿著草鞋就進了房間。

大鳥也穿著草鞋盤腿坐在裡頭的一室內。

只見他臉色蒼白，正全神貫注看著地圖，完全沒有注意歲三進來。

大鳥是舊幕臣中第一的西洋通，西洋的軍事學知識非常豐富。

只是他掌握的知識都是翻譯過來的知識，實戰能力方面還是未知數。

無疑他是一個秀才。正因爲他是秀才，又有極其豐富的知識，所以人們普遍認爲他具備做武將的能力，這才推他坐上了總帥的位置。然而，實際上他不是將才。歲三以他打架大王的直覺已經看出了這一點。

——下一步我們該怎麼辦？

大鳥有些走投無路。的確，之前遇到的都是小型戰鬥，又是連戰連勝。但是以後怎麼辦呢？

「大鳥，」

歲三站著大鳥的旁邊，眼睛朝下看了他一眼。

大鳥嚇了一跳，抬起頭來。

「是我。」

不是敵人。

大鳥臉紅了。但是很快轉爲對歲三擅自闖入顯露出不滿。

「什麼事？」

大鳥非常有禮貌地問。

「下一步我們最好直接攻打宇都宮城。」

歲三斬釘截鐵地說。他好像已經看出大鳥的迷惘。

「宇都宮城？」

大鳥一臉不以爲然的表情。宇都宮可是座大城。按西洋兵書上的說法，進攻城池就是進攻要塞。在日本人看來，西洋人進攻要塞的準備工作可是得十分充分的。

「不可能的。」

大鳥帶著憐憫的微笑。他心想，這個新選組的頭頭懂什麼呀。

歲三完全讀懂了這位蘭學家話語背後的含義。

但是歲三自有其出入槍林彈雨後鍛煉出來的自信。（作戰不需要學問。自古以來，有哪位名將是靠做學問做出來的？將領的才能不是學來的而是天生的。我就有這種才能。）

歲三雖然面對大鳥的學問時有種自卑感，但同時對自己的能力卻有強烈的自信。

「不可能？」

歲三說：

「那麼你認爲下一步我們應該打哪兒？」

「這裡。」

大鳥用手指著地圖上距離小山西北方向二里半的一個地點，

壬生。

壬生是鳥居丹後守三萬石的城下，有一座只有四方三町大小的小城堡，目前已有部分新政府軍進入此地。但是那裡畢竟只是座小城，所以要拿下它應該比較輕鬆。

「我們就從壬生前面通過。如果對方打過來，我們就應戰。如果他們不打，我們就一路直奔日光。」

日光是這支部隊的最終目標，這是在軍事會議上早就決定的。

歲三認爲佔領日光是上策。幕府軍以日光東照宮爲城郭，再利用日光山塊的天險蟠踞在北關東，新政府軍很難輕易攻下。而當新政府軍爲久攻不下此地而苦惱的時候，對薩長心懷不滿的各路大名一定會群起而攻之。這樣一來，建武中興時的楠正成的戰略思想就可以通過這支隊伍而得以實現。日光將成爲德川的千早城。

「是啊，我們可以打壬生。但是棄宇都宮於不顧會後患無窮。」

「……」

歲三又說：

「宇都宮是兵法上所說的衢地要衝。以奧羽街道、日光例幣使街道爲首，多條街道在這裡交匯，又向四方延伸。所以如果不搶先佔領這裡，將來新政府軍進攻日光時，就會把大軍駐紮在宇都宮，並從這裡出兵，對我們造成極大的威脅。所以這個城池必須拿下。」

「你說的倒簡單。」

大鳥用鉛筆敲著地圖說：

「假如，我是說假如，我們把城池奪到了手，要想守住它至少也要上千人的兵力。考慮到守城的難處，我想都不想碰宇都宮。」

「總之先拿下來再說嘛。如果我們拿下北關東的一處重鎮，對持觀望態度的天下各諸侯影響一定會很大。」

「我不同意。」

「是嗎。」

歲三苦笑了一下。這樣的回答一開始他就猜到了。

「那就借我三百士兵，兩門擄獲的大砲。」

歲三說。

「你的意思是你要憑這些攻下宇都宮？」

「是的。」

太陽已經快下山的時候，歲三帶著隊伍出發了。走在隊伍前面的是未經過太多西式訓練的桑名藩兵，後面跟著傳習隊和回天隊的一部分士兵。

副將是會津藩士秋月登之助。

當天晚上，部隊分別住進了街道沿線的民家，第二天宿營於距離宇都宮城下町四里處，也就是鬼怒川東岸的蓼沼。歲三把這裡定為進攻準備地。

「秋月君，你瞭解宇都宮城嗎？」

歲三問道。

秋月是會津藩士，他非常尊重以前的新選組副長。

「我去過宇都宮，不過因為當時不是為了去打戶田土佐守的七萬七千石城下町，所以印象不深。」

歲三很難得地笑了。他說：

「我也不瞭解宇都宮。我只聽說書人說過宇都宮城內有活動天花板（傳說中本多正純爲了殺害德川秀忠而設計的機關）。」

歲三吩咐部下找來當地人。他仔細詢問了護城河、周圍地形以及交通網分佈情況，準備繪製一份盡可能詳細的地圖。

「看來從城的東南方向發起進攻比較可行。」

他小聲地嘟噥道。

宇都宮城正門的護城河很深，而且城內高樓的武器射角也下過工夫，城門還相當堅固。以歲三的說法就是：

「完全沒有破綻。」

但是城池的東南角比較薄弱，這一帶雜木林、竹林很多，容易躲避來自城樓上的射擊。而且這個方向的護堤較低，護城河裡的水位不高，現在幾乎處於乾涸的狀態。

「進攻正門不需要太多的人，只要能吸引敵人的注意力即可。主力抄小路進入這片雜木林，從這裡進攻。」

第二天天色未明，部隊出發了。

（聽說近藤被帶到板橋的本營了。眞的會沒事嗎？）

騎在馬上，歲三的心裡總也放不下這個念頭。

不管怎樣，下總流山的敵人現在就盤踞在下野宇都宮城裡。

消滅他們，並抓到俘虜，無論如何也要從他們口中得到消息。

城內，薩摩人有馬藤太、水戶人香川敬三聽到各方回來的斥候與間諜的報告，一則以喜一則以憂。報告都是有關大鳥圭介所指揮的主力部隊，由小山到飯塚又往壬生前進的情況。

他們完全沒有注意到歲三率領的小部隊已經出現在宇都宮城西南的蓼沼了。

「江戶逃兵隊」

他們這樣稱呼大鳥軍。

「逃兵隊大概是要避開宇都宮城，抄近道到鹿沼，再從那裡去日光。」

有馬和香川都這樣以爲。

「這麼一來，我們就只有看著他們走了。」

有馬放棄了出戰的念頭。

因爲宇都宮城裡的政府軍，說是新政府軍，除了指揮官有馬藤太是薩摩人外，士兵都不是薩長土的精銳士兵，而是只配有舊式裝備、每戰必敗的彥根藩兵三百人。

有馬的這支部隊只是一支小分隊，他們的本隊是官軍東山道部隊，以板橋爲本營，目前仍沒有採取任何行動。

「逃兵隊的隊長好像是大鳥圭介。」

他已經聽到了這樣的風聞。大鳥是幕府西式陸軍中的最高權威，而逃兵隊的大部分又都是西式步兵。有馬手下的彥根藩兵完全沒有打贏他們的可能。

「時代變了。」

有馬藤太說。

彥根的井伊家在家康時期，被說成是「井伊的赤備」，號稱天下第一勁旅。家康的德川軍團以關原以後的譜代大名首位井伊和外樣大名的藤堂爲先鋒，而這兩支軍隊在大坂的冬、夏之陣的確也是勢如破竹的先鋒軍隊。

家康致力於把井伊家打造成最強大的兵團。他徵召了許多甲斐武田家的浪士，補充給井伊家。於是武田的赤備也就成了井伊家的赤備。

然而刀與長槍時代已經過去。

彥根藩現在成了各藩中可說是最弱的一支隊伍。

「不管怎麼說，舊幕府的軍隊中，應該是目前由大鳥率領的平民百姓出身的步兵隊和傳習隊、衝鋒隊實力最強吧。」

「時代的變遷不只是強弱問題。——」

香川思索著：

「被認爲是德川譜代首位的彥根也拋棄德川家，搖身變成新政府軍，成爲舊幕府軍的敵人了。」

說不清楚是爲了什麼，香川對彥根人沒有好感。薩摩人有馬也不喜歡香川這種喜歡在背後說三道四的性格。

按照他的說法，香川自己不也是德川御三家之一的水戶家臣嗎？

率領主力部隊的大鳥那裡，一位壬生藩的使者前來。

——城裡已經有新政府軍，如果貴軍通過城下必定遭遇一場戰鬥。我們作爲德川譜代的一家會夾在中間，左右爲難。而且一旦城下變成戰場，也會給壬生百姓帶來災難。所以既然你們要去日光，可不可以不通過壬生而走栃木？我們可以派人給你們帶路。

既然有使者這樣說，大鳥也就做個順水人情，痛快地答應了。於是，隊伍迂迴到栃木，在險峻的路上，向著鹿沼一路北上。從栃木到鹿沼五里半，再從鹿沼到日光六里多點。

在宇都宮城裡得知大鳥部隊的行動，香川高興得直拍手。

「毫無疑問，他們已經避開本城了了。」

那一天是四月十九日。

然而，這一天的下午，城東南角突然出現了拉著大砲的三百輕裝步兵，讓有馬和香川著實吃驚，感到不知所措。

有馬立刻向城東派出一小隊彥根兵。

歲三站在突擊隊的前頭。

只要城東田野上一出現彥根兵的身影，歲三就命令步兵立刻散開，邊開槍邊前進。

歲三神色坦然地騎在馬上。馬的一側，一面寫著「東照大權現」幾個大字的隊旗正迎風飄揚。

「快下來，快下來。」

秋月躲在田埂下，不停地衝著歲三大喊。

「……」

歲三微笑著搖搖頭。他非常自信，子彈是不會打到自己。

實際上，子彈也像長了眼睛似的繞過歲三。找掩護躲藏、射擊、跑步向前，士兵們逐漸接近。敵我雙方只剩下五十間的距離了。

歲三在馬上大聲喊道：

「停止射擊，衝啊。」

桑名兵、傳習隊和回天隊一齊衝了出去。

歲三跑在最前頭。突然一顆子彈射中了他的坐騎，馬匹應聲倒地。

歲三一個飛身跳下馬，衝進了正想後退的彥根兵中間。

殺！

殺得敵人抱頭鼠竄。這時，隊士們跟到了。

敵人四處逃竄。

隊士們邊追邊跑進城堡東南面雜木林與竹林地，架起大砲，對準城堡東門射出了第一枚砲彈。

「把門炸開。」

歲三說。

三發砲彈發射。第三發砲彈不偏不倚命中東門，門被炸開了。

同時間，歲三讓一部分桑名兵跑到城下各處放火，又讓傳習隊從正門向城內正面射擊，而自己則帶領主力，跳下護城河，在砲彈的掩護下一口氣跑到了東門口。

順便提一句，宇都宮城由於德川初期發生了一次有名的宇都宮騷動，幕府很避諱這裡，對城堡的建設沒有投入太多，所以城裡沒有像樣的建築。所以只要大門一開，城池內的戰鬥打起來就太容易了。

「衝進門去，衝進去。」

歲三高喊。

門旁有不少彥根兵，正在用舊式步槍向這邊射擊。歲三的突擊隊則用米尼步槍邊反擊邊接近東門。

終於，敵我雙方只剩下十步的距離了。這時雙方展開了激烈的射擊，長達好幾分鐘。

歲三非常著急。

在新選組顯赫一時的時候，敵我雙方近逼到了這種程度時，距離就不再是問題了。

歲三的身旁有前新選組副長助勤齋藤一等六名舊同志。

「停止砲火！停！」

他命令自己的隊士停止射擊。

「新選組，上！」

他大聲喊著，率先衝進了門內。

一名彥根兵揮舞著長槍從齋藤一和歲三身邊跑過，被從上往下劈成兩半倒在地下。

當敵人的屍體鮮血噴濺的時候，歲三的和泉守兼定畫過一條弧線，從頭頂往下又是一刀砍殺從背後跳出來的另一個人。

——新選組來啦！

彥根兵爲之顫慄，一個個向門內逃去。

這時，歲三的砲兵從後面樹林裡發射的一發砲彈正好擊中了城裡的火藥庫。

轉眼間大火熊熊燃燒起來。不一會兒，隨著一聲巨大的聲響，火藥庫爆炸。

歲三等人跑進了城裡。

「快找官軍的參謀，參謀！」

歲三渾身沾染著敵人的血，大聲地叫嚷著。他要活捉他們一報流山之仇，再調查近藤的現狀。對於歲三來說，攻打宇都宮的最主要目的不外乎就是這兩件事。

歲三在城裡來回地找。不時有來不及逃走的彥根兵飛身向他撲過來，但都下場悽慘。

對方做夢也想不到這位穿著西式戎裝的男人，就是以前的新選組副長土方歲三。

城內的戰鬥到了日暮時分還沒有結束。

敵人也頑強對抗。

歲三左手拿火把，右手提著刀，繼續尋找敵人。

過了晚上八點，敵人終於拋下同伴的屍體，撤出城內向北方退去。他們打算暫時退到位於城北明神山上的寺院重新整頓。

敵人開始撤退的時候，歲三率領新選組的舊同志，繼續勇猛衝向火把群集的敵方士兵。

二、三十聲槍聲後，敵方射出的子彈穿過夜空迎面飛來。

歲三他們躲開並繼續前進。

突然，一股強烈的氣息出現在歲三面前。

他一閃身躲開了。

同時，他的刀斬下去。

他的確砍到人了。但是敵人的影子並沒有倒下，跌跌撞撞地跑進了逃兵的隊伍中。

那個人好像就是有馬藤太。

歲三的劍似乎砍中了有馬的胸口。

但只是劃傷，有馬保住了一條命，被送到橫濱的醫院接受治療，不久就康復了。

第二天，大鳥的部隊來到宇都宮以西三里的鹿沼，看著遠處城裡熊熊燃起的大火，知道歲三已經攻下了宇都宮。

（那個傢伙——）

他暗暗咋舌。

沖田總司

說起花木店，現在在千駄谷只剩下兩三家祖上傳下來的老店，而在當時，這一帶花木店卻非常多。園林堪比小旗本宅邸，有五百坪、七百坪大小。

沖田總司療養的平五郎園林位於內藤駿河守家（現在新宿御苑）的南面，房子的北側有一台水車轉動著。

沖田住在一個小倉房裡。

他從來也沒想過會不會死去的問題。也許是因爲他天生樂觀吧。

醫生已經不再來診治他了。

只有舊幕府御醫松本良順偶爾還會派個年輕人或弟子來爲他送藥，但是次數也在逐漸減少。

目前，他主要服用歲三留下來的「虛勞散」，這也是土方家祖傳的治療疑難結核病的藥。

「這藥很有效。」

這是歲三特別推薦的藥。既然歲三一口咬定這藥有效，總司覺得這藥一定有效。所以即使偶爾會把良順開的西醫處方藥扔掉，這副藥是一定要吃的。

姊姊阿光經常來看他。每次來都會到肉店買一些豬肉，在院子裡煮給他吃。

「湯也要喝。」

阿光在總司的床邊看著他把東西吃掉。她知道如果自己不盯著，難免會被他扔掉的。

「眞難吃。」

沖田像吃藥似的把豬肉放進嘴裡。

他不喜歡吃獸肉。

「總司，你必須好起來。雖說沖田家有林太郎繼承，但是血脈只剩下你了。」

「你這話我可不愛聽。」

總司依然開朗地側著頭。

「什麼？」

阿光像是被感染了一樣也笑了。

「姊姊說話總是這樣。我覺得我的病其實沒什麼大不了的。」

「沒錯呀。」

「你呀。」

總司忍不住笑出了聲：

「姊姊總是在爲我操心，讓我覺得自己的病好像很嚴重，否則你也用不著這麼擔心。」

「會嗎？」

「我會好起來的。一定！」

他像是自言自語。只是不知道他是不是眞的這樣認爲，總之阿光弄不清楚這個年輕人心裡到底是怎麼想的。

現在已經沒有任何東西可以勾起他的食欲。即使勉強吃下一些東西，也不能在他體內充分消化。

「病情已經發展到腸道了。」

松本良順對林太郎和阿光說過。

病情發展到腸道，可以說是沒有治癒的機會了。

在大坂回江戶的「富士山丸」軍艦上，連外行近藤都對歲三說過這樣的話：

（看來總司時間不長了。）

即使如此，在富士山丸上，總司還是不停地開玩笑、說笑話，不停地笑。他不知道應該多顧及自己的身體，也不管笑多了以後會咳嗽。

回到江戶後，近藤對妻子阿常（江戶開城後，疏散到了江戶府外中野村本鄉成願寺）說過：

——像總司這樣徹底參透生死的人可不多見了。但那不是他靠修行領悟的，而是他的天性如此。

當時總司才二十五歲。

現在總司生活的千駄谷池橋尾的花木匠平五郎家的小倉庫嚴格地說不像是倉庫。這裡經過改造後，裡面有榻榻米、有門窗。

採光拉門朝南，光線明亮。

心情不錯的時候，總司會打開拉門，看著外面發呆。

外面的景色並不好。相距二十町的地方是百姓家的地，種著蘿蔔之類的作物。

他經常一動不動地坐上很長一段時間，連照顧他的老婆婆都忍不住問說：

「你不覺得累嗎？」

老婆婆不知道這個年輕人曾經是讓京都浪士爲之顫慄的新選組沖田總司。

他現在的名字是「井上宗次郎」。

如果他還用沖田這個名字，政府軍一定會來找麻煩。他們會認爲總司表面上是療養，實際上說不定是潛伏在這裡的。

老婆婆知道他的另一個身分，就是庄內藩士沖田林太郎的小舅子。

阿光對老婆婆說過：

——我們住在藩邸宿舍裡，我弟弟有這樣的病，住在藩邸宿舍裡會遭人討厭的。

這話在老婆婆聽來非常合理。

順便提一句，關於阿光的丈夫林太郎前面已經提到過幾次。他出生在八王子千人同心井上松五郎家，也是近藤的養父周齋的弟子，有天然理心流的免許資格，因爲入贅沖田家改繼承沖田家的姓。

因爲沖田家的兒子總司當時還很年幼。

林太郎在總司等人上京後，在江戶參加了新徵組。新徵組脫離幕府之後，現在屬於庄內藩，所以他們住在藩邸宿舍裡。他有一個男孩兒，名叫芳次郎。在這個家族中，這個孩子非常重要。這一家的後代現在還在立川市。以上都是題外話。

慶應四年二月下旬，庄內藩主酒井忠篤離開江戶回本藩去了。

留下家老處理江戶的宅邸以及遺留的一些事務。

沖田林太郎也留在了善後組，但早晚他會離開江戶去出羽庄內。

阿光心裡很害怕這一天的到來。她知道離開江戶的那天就是和總司離別的日子。

這一天終於來了。

四月，時間很巧合，是三日。這一天正是近藤主動前往流山的政府軍陣地，並親手奉上雙刀給政府軍的日子。

阿光不知道這些。這天一早，她急匆匆地跑到千駄谷池橋尾沖田的住處，告訴總司：

「總司，我們要去庄內了。」

總司的微笑突然從臉上消失了。

但很快他又回到往日的神情，只說了一句：

「這樣啊。」

說著，從被子裡伸出了手。手臂瘦得嚇人。

阿光看著他的手。

一時她不明白總司是什麼意思。

總司是想讓姊姊握自己的手。

但是阿光驚恐萬狀。她很害怕，留在江戶的弟弟以後會怎樣呢。

阿光專心地收拾起屋子來。看不見她的表情，只見她的手和身體在不停地動。

對於總司，她有擔不完的心，只有錢她很放心。

她把林太郎的收入幾乎都塞進了總司的被子下面。

「事情來得很突然，」

阿光邊哭邊把總司的身邊物品裝進一個大柳條筐

裡。其實把這些東西裝進筐裡也不會有什麼奇跡發生，但是她很專注於這個動作。她把總司在京都用過的菊一文字的佩刀也裝進了裡面。

總司頭枕著枕頭，兩眼緊盯著姊姊看。

（連刀都裝進去了，她這是要做什麼呀？）

姊姊慌慌張張的樣子讓總司感覺很奇怪。他看到姊姊臉上沒有一絲笑意。

阿光的時間很緊迫，不能在這裡久留。她必須馬上趕回藩邸長屋和丈夫一起出發。

「總司，我把新內衣和束帶放在這裡了。以後我不能再來給你洗衣服了，可是內衣你一定要保持乾淨。」

「好。」

總司像孩子似的點點頭。

「你姊夫說去了庄內，可能還要上戰場。」

「是嗎。聽說庄內藩的士風剛毅。在老家的藩士以下雨天不打傘爲榮，是眞的嗎？小時候我聽說過這事。如果是眞的，那一定是個強悍的團體。」

阿光沒有接話。

「我還聽說在鶴岡的城下，旭日會從羽黑山升上去，非常漂亮。只是那兒離江戶太遠了。一想到在北國那樣的地方也會有旭日升起來，總覺得難以置信。」

「唉，你這個人啊。」

阿光的心情終於平靜了。

「這個季節雪應該已經化了吧。不過山上可能還會有積雪。不管怎樣，姊姊走著去會很辛苦的。」

「你不用擔心我，只要擔心自己就行了。」

「等我好了就去庄內找你們。如果薩長兵從西面打來，我就一個人守住六十里越的尾國峠。到時候，我會帶近藤和土方一起去。」

「呵呵……」

和弟弟一說話，阿光覺得自己都變得怪怪的。

「近藤和土方現在在做什麼呢？聽說政府軍已經佔

領了江戶周圍。流山那邊不會有事兒吧？」
「他們不會有事的。」
阿光說。
總司笑了。
「是啊。在江戶的時候，近藤說人家送來的鯛魚吃完後，再把魚骨烤一烤嚼著吃很好吃。於是大家都嚼著吃烤魚骨。那個時候他可眞讓人吃驚。」
「因爲他嘴大嘛。」
阿光忍不住笑了。
「是啊是啊。嘴那麼大的人全日本恐怕找不出第二個了吧。在京都的酒席上，歲三還出人意料地唱過一曲小調。但是說到絕活，近藤就只會把拳頭塞進嘴裡。不過這也確實可以叫作絕活。」
「眞的？」
阿光終於開心起來了。
「那總司的絕活是什麼呢？」
「我沒有。」

「這麼說，你是繼承了父親的遺傳。」
「這話可扯遠了。」
總司突然換了話題。
「什麼？」
「父親的臉。那時候我只有五、六歲，只有模模糊糊一點印象。你說會怎麼樣呢？」
「啊？」
「死了以後我能在那兒見到他嗎？」
「別瞎說。」
阿光終於明白了總司把右手伸出被窩的意思。
「總司，會感冒的。」
說著，阿光悄悄握住總司的手，把它塞進了被窩裡。
「你要快點好起來。好起來後還要娶媳婦呢。」
總司沒有回答。
只是枕著枕頭微笑。在京都，他曾經對藝州藩邸旁邊一個町醫的女兒有過一絲淡淡的戀情，但沒有結果。

「眞奇怪。」

總司看著屋梁，思索著。這是件很無聊的事情。

——如果我死了，

總司在想：

（誰會給我燒香供花呢？）

這時的總司莫名其妙地想到了死。雖然覺得無聊，但是自己終究沒有留下可以爲自己燒香供花的人，他覺得自己的人生非常虛幻。

一個月以後的慶應四年五月三十日，就在這個庫房裡，沖田總司一個人悄悄地離開了人世。

他死得很突然。因爲他死在了緣廊上。

可以猜想，他是想爬到外面去的，沒想到在緣廊上突然倒下，懷裡還抱著那把菊一文字的佩刀。

根據沖田林太郎家流傳下來的說法，說他是想去殺一隻常來院子的黑貓的。

他沒有殺死那隻貓，自己卻倒下了。

墳墓就建在沖田家的菩提寺麻布櫻田町靜土宗專稱寺內，戒名爲賢光院仁譽明道居士，永代祠堂費用五兩，是阿光和林太郎後來回到江戶後付的。

後來，由於墓石毀壞，阿光的孫子沖田要氏於昭和十三年進行了重建。此時永代祠堂費爲二百日圓。在當時可以說是一筆大筆金額。

阿光的後代、沖田家現在的主人是東京都立川市羽衣町三之十六的沖田勝芳氏。在這個家裡現在還保存著一篇文章，是關於總司的短暫一生。作者不詳。

「沖田總司房良，幼年進入天然理心流近藤周助門下學習劍術，頗有天賦。十二歲那年，他與奧州白川阿部藩的指南番過招，獲勝。從此在藩中名聲鵲起。

總司，幼名宗次郎春政，後改名房良。文久三年，値新選組成立之際，年僅二十的他即被任命爲新選組副長助勤筆頭、一番隊隊長，十分活躍。
然而，上天不公，未與長壽。慶應四年五月三十日，病逝，甚爲惜。」
（原文是一篇漢文）
總司去世前一個月的二十五日，近藤在板橋被斬首。
當時，總司還躺在病床上。近藤被斬首的消息沒有傳到正在千駄谷東端養病的總司的耳裡，直到嚥氣，他還堅信近藤依然健在。
歲三風聞近藤死去的消息時，正值他的隊伍放棄宇都宮城、以日光東照宮爲據點威脅著江戶政府軍之時。
其後，他又征戰各地。隊伍越來越龐大，後來進入會津若松城下的時候，歲三手下的人數達到了一千餘人。
歲三給這支隊伍取名爲「新選隊」。

那個時候，給部隊取名已經流行把以前的「組」改稱「隊」了。
副隊長是新選組成立以來奇跡般地倖存下來的原副長助勤、三番隊隊長齋藤一。
齋藤劍術精湛，在京都的時候甚至被稱爲魔鬼齋藤，死在他劍下的人大約有三十多人。
但是，他自己卻從來也沒受過傷，連一點擦傷都沒有過。後來他在東京高等師範學校等學校教授劍術，在練習時，達三、四段水準的人群起而攻他，依然連他的手都碰不著。
老了以後他就在南多摩郡由木村中野的一所小學裡當了一名教員。
在京都的時候，他雖然非常厲害，但性格乖僻，很不合群。然而在征戰各地的過程中，不知爲什麼，他的性格漸漸變得活絡起來。有一天，他說：
「隊長，我給自己取了一個雅號。從今天起，你就用雅號叫我吧。」

問他雅號是什麼，他笑著說：

「是諾齋。」

他年紀不大，卻取了一個像隱居者似的雅號。

歲三忍不住笑了，問他爲什麼取這個名字。他回答說：

「因爲我什麼都聽你的，所以叫諾齋。」

從此這個雅號伴隨他一生，直到他去世。

除了齋藤，還拔擢了一個副隊長級別的人。他是歲三的遠房親戚、武州南多摩郡出生的舊隊士松本捨助。他跟佐藤彥五郎學過天然理心流，有目錄資格。雖然沒有多大才氣，但是在槍林彈雨中能做到面不改色，率先衝進敵群之中。而且一衝進官軍隊伍，就必自報姓名：

「新選組松本捨助來也。」

因此他在新政府軍中名氣甚大。

陸軍奉行並

從這個時期開始，土方歲三的名字再次浮上枱面，成爲戊辰戰役史上舉足輕重的一個重要人物。

他先去了庄內藩，說服庄內藩主加入自己的部隊，後來又在會津若松的籠城戰中奮勇作戰。還爲爭取奧州最大的雄藩仙台藩而做出了貢獻。當時仙台藩的歸屬被認爲是戰局的分水嶺，於是爲了促使他們早下決定，歲三進入仙台城下的國分町的「外人屋」，率領兩千士兵分頭駐紮在城下各個宿舍，以武力逼迫青葉城內的仙台藩早點決定。

東北的秋天來得很早。

仙台城下的寺院、武家屋敷町的落葉樹，已經開始泛黃。

期間，關於近藤在板橋被處死的情況，他詳細詢問了在會津若松的戰役中的新政府軍俘虜，之後在若松的愛宕山半山腰上爲近藤立了一塊墓碑，上面刻著近藤的戒名「貫天院殿純義誠忠大居士」。

進入仙台城下以後，在二十五日忌日的這天，歲三爲了替近藤祈禱冥福而迴避食用魚肉葷腥。

在這期間中，逃出江戶、轉戰關東各地的反薩長

之士不斷湧入仙台城下，投奔歲三的部隊。

歲三屢次前去青葉城，勸說藩主陸奧守慶邦以及家臣。他說：

「奧州佔日本六分之一，如果把奧州各藩的兵力統一起來就有五萬，可謂兵強馬壯，絕對勝於西國。我們可以此這裡爲據點來二分天下，之後再聲討薩長之過。如果他們不聽，我們可以用武力攻之。伊達家的勇武在藩祖貞山公（政宗）以來，聲震天下。所以我希望你能出面做奧州同盟的盟主，向天下昭示正義。」

歲三是作爲舊幕府代表前去與仙台藩談判的，他的背後有眾多逃離江戶的士兵，所以他的一句一言足以震撼仙台藩。

當時，仙台藩主伊達慶邦親手解下佩刀的下緒，交給了歲三。那是淺藍色組紐的下緒，現在爲日野市佐藤家所收藏。

與此同時，舊幕府海軍副總裁榎本和泉守武揚於八月十九日率領舊幕府艦隊，駛出了品川港，正在北上。

艦隊以「開陽丸」爲旗艦，率「回天丸」、「蟠龍丸」和「千代田形丸」等軍艦，加上運輸艦「神速丸」、「長鯨丸」、「美嘉保丸」和「咸臨丸」，組成了當時日本最大的艦隊，政府軍無論如何都難以與這支海軍艦隊相抗衡。

榎本艦隊滿載著逃離江戶的舊幕府士兵北上。同船還有舊幕府陸軍的法國軍事顧問團教官、砲兵士官布呂內、砲兵下士官福坦、步兵下士官布菲爾和卡澤納夫等人。

艦隊在北上的途中，遇上了大風浪，艦隊被沖散，失去美嘉保丸和咸臨丸兩艘運輸艦。幸好不影響艦隊的整體實力。

八月二十四日至九月十八日期間，艦艇陸續到達仙台藩領地內的寒風澤港和東名濱。

旗艦開陽丸於八月二十六日進港，同日榎本率領幕僚和陸戰隊威風凜凜登陸。

榎本聽說土方歲三和大鳥圭介等人把舊幕府軍的大本營設在了國分町，決定先去那裡完成海陸兩軍的協議。

「荒井君，」

途中，榎本問開陽丸上的指揮官荒井郁之助。

「大鳥這人我瞭解，但土方歲三是個什麼樣的人？」

「我在江戶見過此人。他是個沉著剛毅的人，在指揮大軍的才能方面可能在大鳥之上。」

荒井郁之助和榎本一樣都是舊旗本出身，在幕府的長崎海軍傳習所學習過，歷任江戶築地小田原町的海軍訓練所頭取、幕府船順動丸的船長等，經過紮實的海軍訓練。不過後來也擔任過步兵頭。

他後來改行學氣象學，維新後擔任了第一任中央氣象台台長，後半生經歷很有意思。總之，以曾經留學荷蘭的榎本為首，舊幕府軍中的荒井、大鳥等人是舊幕府最優秀的西洋學者。

然而，即將面對面的前新選組副長土方歲三究竟是個什麼樣的人物，他們毫不知情。總覺得此人和他們不太一樣。

到了國分町宿館後，發現歲三不在。據說他去拜訪仙台藩的主戰論者富小五郎，他的隊伍就駐紮在城南大年寺內。

在大本營，榎本向士兵們問起歲三，大家對他的評價很好，好像很受歡迎。相反地，大鳥的評價不是太高。

甚至有人說：「或許他是個學者，但他無疑是個膽小鬼。」

不久，歲三回來了。

「我是榎本釜次郎。」

武揚先做了自我介紹。

「我是土方歲三。」

土方微笑著回答。這個平時總是一副冷冰冰面孔的人，對初次見面的榎本笑臉相迎，十分難得一見。

仙台城下因爲舊幕府艦隊的進港而沸騰。嘉永六年，培里率領美國東洋艦隊進入日本，曾經給全日本帶來巨大的衝擊。現在，和那時實力相當的一支艦隊進入了仙台領地。

艦隊中，旗艦開陽丸的排水量是三千噸，四百匹馬力，爲荷蘭建造的最新艦艇。回天丸排水量是一千六百八十七噸，僅次於開陽丸。只要用這兩艘艦艇上的砲對仙台藩沿岸進行轟炸，大概不到一小時，仙台藩沿岸的砲就該沉寂無聲了。

不僅如此，艦隊還從江戶送來了一千數百人的陸軍部隊。

「榎本兄，仙台藩內，主戰派和主和派依然各執一詞，左右搖擺。你這一來可比我們費盡口舌，極力勸說有用多了。」

「土方，你是舊幕府中戰爭經歷最多的人。以後就拜託你了。」

榎本按西方人的習慣握了握歲三的手。

當晚，榎本召集各位將領舉行軍事會議，定下了每人的角色。

從這一天起，歲三正式擔任統率陸軍部隊的陸軍奉行並。會上同時定下了陣地的部署。

大本營就設在日和山。

位於現在的石卷市（仙台灣北岸）西南的一片低砂丘是南北朝時代奧州第一的豪族葛西氏的城池遺址。沙丘雖然不高，但是很適合向海面和陸地眺望。東面隔著一條北上川，正對著牧山。

歲三把位於日和山山腳下的鹿島明神作爲宿舍，從這裡到松島、鹽釜之間約十里的海岸上布下陣地。

榎本很詫異，他不理解歲三的作法，問道：

「土方，我看還是把兵力集中在仙台城下更好。你爲什麼要把兵力分散在那麼長的海岸線上呢？」

「這個我知道。」

對歲三頗有好感的舊步兵頭、現任陸軍奉行松平太郎說：

「他是要進行法式演習，挫一挫青葉城（仙台城）內那些軟弱派的氣勢。演習結束後，馬上就會把隊伍拉回城下的。」

仙台藩星恂太郎指揮的西式步兵隊也參加了這次演習，總人數達到三千餘人。演習完全按照法國方式進行，分成紅白兩隊，進行了大規模的模擬作戰。

當然有關演習計畫的立案、作戰計畫和戰術等都是在法國軍事顧問團的指導下進行的。

歲三和松平、大鳥是這次演習的總監。三人中只有歲三一人憑著自己獨有的直覺，通過這次大型演習完全瞭解了法式用兵方法。

砲兵教官布呂內很驚訝，他甚至還曾認真的對歲三說：

「土方，法國皇帝一定很想要你這樣的師團長。」

九月三日，仙台藩邀請舊幕府軍首領們到城內應接所舉行了軍事會議。會上大家設想了官軍來襲的場景，並討論了相關的作戰方案。

然而不到十天的時間，仙台藩主和派卻占了上風，並於九月十三日做出最終的決定——歸順新政府軍。隨之，主戰派重臣從藩的重要位置上被撤了下來。

在城下國分寺宿舍裡的榎本聽到這個消息後大爲吃驚。他說：

「土方，請你和我一同前去。」

兩人登城，與重新掌握了藩主導權的執政遠藤文七郎見面。

遠藤是仙台藩的名門，世世代代都以栗原郡川口一千八百石爲領地，曾經於安政元年升任藩的執政。但是由於其性格偏激，與藩中身居要職的其他人不合，於是被長期派駐京都。

期間，他和西國各藩人士交往密切。回來後，在藩內提出了強硬的勤王論，爲此又被佐幕派治罪，以後一直在自己的領地內隱居。

在仙台藩主張歸順政府軍的主和派占上風的時候，他突然受到了重用，並再次就任執政。

遠藤在京都與薩長的人交往密切，他也親眼見識過新選組的強勢，對新選組充滿了憎恨。

正是那時的新選組副長土方現在就在他的眼前。

而且歲三在這裡正歷數薩長的不是，力勸自己主戰。

遠藤覺得很荒唐。他心想：

（這個新選賊算老幾呀。）

歲三在見到遠藤的時候，覺得這位新執政很面熟，好像在哪裡見過。

（該不會是在京都市內巡察的時候見過他。）

歲三記憶力超強。一思及此，和這位新執政相遇時的情景馬上浮現眼前。

那是冬季裡的一天，歲三順著烏丸通南下，來到四条通時，遇到了這個人和其他四、五個人。

當時在京都，只要見到新選組在巡察，連大藩的藩士都會讓道，浪士等更是四處東躲西藏。那天的情形也是如此。

——土方來了。

和遠藤一夥的人中有人發現了。從髮髻上判斷應該是土州浪士。

大家立刻分頭躲避。

只有遠藤站著沒動。因爲他是大藩的重臣，所以他很傲慢，手插在懷中站在路中央。

對於歲三的詢問。

他回答：

「我是伊達陸奥守家臣遠藤文七郎。」

雙手依然揣在懷裡。

「我們是奉命查問，請把你的手拿出來。」

遠藤聽後，哼了一聲說：

「你要我把手拿出來，我還得問問我的主人陸奥守是否同意。在下雖不肖，但是伊達家的世臣從來沒有接受過陸奧守以外之人的命令。」

他的態度不卑不亢。

——這小子。

當時，永倉新八忍不住要拔刀，被歲三阻止了。

「你說得對。」

歲三讓隊士先走，自己一個人留下來對遠藤說：

「不過，我總覺得你是在故意找碴。我接受你的挑戰，拔刀吧。」

兩人之間的距離，只有五步。

遠藤也準備拔刀，抬起左手，推刀鍔離開刀鞘口。

就在這時，一隻麻雀突然落到了兩人中間。

（唯有市街麻雀，不知道害怕。）

歲三突然有了創作俳句的靈感。就在那時，熱中於創作不高明俳句的豐玉師範興緻來了。

遠藤向前邁出一步。

麻雀突然飛走了。

「笨蛋，麻雀逃走了。」

歲三說。

遠藤置若罔聞，一步跳起，從正面向歲三砍了過來。

歲三向下一蹲，右手上的刀劃了一道弧線，越過空中，打在遠藤的刀柄上，化解了遠藤並不凌厲的襲擊。

「劍術不精，最好別幹傻事兒。」

遠藤的刀落在了地上。

「還有，以後不要再這樣狂妄自大，踐踏仙台藩的名聲。這些在京都已經行不通了。我們是奉命維護市內治安的，既然你是伊達家的大人物，應該理解這一點。」

說完，歲三撇下遠藤一個人在路上，向南走了。

想一想，那時侯歲三的確很風光。

而現在，同一個歲三卻成了江戶逃兵隊、舊幕府軍的陸軍奉行並，穿著法式軍裝，與遠藤面對面坐在一起。

（就是那個土方。）

遠藤的眼睛裡含有輕蔑和憎恨。

榎本武揚開口了。

他是全日本少數到過歐洲大陸的人。

他從世界形勢說起，說到了眼下薩長擁立幼帝，任意濫用權力，正在把日本國引向歧途。

歲三又是另一番理論。

他不善言辭，不像榎本很有世界觀。在仙台有關戊辰的資料中，當時的他是這樣說的。

「對於仙台藩來說，先不說是歸順新政府軍有利還是作戰有利。我們暫時先不去考慮這種利害關係。」

他說：

「從現在的情形來看，就好比弟弟（大概是指紀州、尾州、越前這御三家家門）打哥哥（好像是指德川家），臣（薩摩、長州）打君（德川家）。這完全是顛倒是非，違反常綱的。」

他用革命時期完全行不通的舊秩序道德來彈劾薩長的不是：

「把天下大政交到他們這樣的人手裡絕對不是好事。只要是懂得武士道義、聖人教誨的人，是斷然不會成爲薩長的爪牙的。你說是不是？」

遺憾的是，歲三歸根究柢只是一個以戰鬥見長的人，並不善言辭。要想說服一個大藩的閣老，他的論點顯得過於粗糙。他的理論，與清水次郎長、國定忠治的理論沒有多大區別。

這個人還是適合在戰場上顯身手，而不適合這樣的舞臺。

只有從在京都起便一直追隨歲三的隊士齋藤一和松本捨助對歲三的表現佩服至極，他們一直追隨歲三登城攻陣，此時正在另一房間裡等候。後來拜訪日野佐藤家時，他們說到了當時的情形。他們說：

「眞是太了不起了。他舉止穩重、談吐大方得體，有大名家老天生具有的威儀風采，實在令人欽佩。」

從齋藤和松本等老部下的眼裡看來，這位出自武州南多摩郡石田村一個農家的兒子，憑著一把劍帶給他的榮耀，能夠在青葉城內大廣間裡與人論戰仙台六十二萬石的歸屬決定，這本身就已經是非常了不起的一件事情了。

但是那實在不是歲三展示自己的舞臺。

後來，仙台藩執政遠藤文七郎對同爲執政的大条孫三郎說：

「榎本是個眞正的男人。」

他對榎本的才學和政治敏感讚賞有加。但是對歲三的評語卻非常過分。他說：

「至於土方，斗筲之人，不足以論。」

遠藤是藩內勤王派的領袖，又跟歲三有仇，所以才會這樣說。但是不管怎樣，事已至此，已經無法挽回了。

回到宿舍後，歲三對松平太郎說：

「這個任務太艱巨了。」

他一邊擦汗一邊說：

「我不適合在大廳裡與人爭辯。還是槍林彈雨、刀光劍影更適合我。」

在一旁聽到此話的大鳥圭介嘲笑歲三說：

「你不知道對方有多厲害嗎？遠藤這人我可知道，在江戶遊學時，他在昌平黌也是個公認的秀才。」

昌平黌是幕府官設的最高學府，是今天東京大學的前身。

大鳥只是想借此奚落一番沒有學問的、來自平民家庭的劍客歲三。

不久仙台藩歸順新政府軍。

榎本艦隊離開仙台藩領地，在風浪中開始了去北海道的新航程。

歲三乘坐在旗艦開陽丸上。

艦隊北上

這天夜裡，風浪稍大。

艦隊正在北上。

歲三乘坐的幕府軍艦開陽丸右舷掛著綠色的燈，左舷掛著紅色的燈，主桅杆上掛著三盞將官燈。

這種燈只掛一盞時，表示該艦艇上的司令官爲少將，掛兩盞爲中將，掛三盞則是大將。

也就是說，榎本是大將。

住在艦上的將官室內。

歲三則被安排在略低一級的參謀長室裡。

該艦艇是達到了當時世界水準的大艦艇，艦上有二十六門十二釐米口徑的克式火砲，其戰鬥力可以與政府軍的十艘艦艇相抗衡。

太陽下山後，榎本來到甲板上巡視。

風浪很大，非常利於揚帆航行。

爲了節約用煤，艦長關閉了鍋爐，煙囪沒有吐煙。

榎本走過歲三房間前，只見窗戶上還有燈光透出來。

（難道這人還沒睡？）

榎本是個徹頭徹尾西化了的武士，但是卻不那麼

信任同樣西化了的法式武士大鳥圭介。

但是榎本對近藤勇也很感興趣，雖然兩人從來也沒有見過面。

後來在函館的攻防戰中，榎本把防守城市的指揮權交給了一個叫永井玄蕃頭尚志的舊幕府文官（若年寄）。此事他一直耿耿於懷，直到晚年還在說：

——如果當時把函館交給已故的近藤勇或者陸軍奉行並土方歲三來守的話，也許就不會落到那個下場了。

榎本很喜歡新選組。在後來成爲維新政府高官的舊幕臣中，最熱愛新選組的是第一任軍醫總監松本順（原名良順），第二人就是榎本武揚。

榎本在歲三房間的門前停下了腳步。他有一種衝動。

（想跟他聊聊。）

他是在仙台的城下，第一次見到這位大名鼎鼎的新選組副長土方歲三的。

後來兩人一起去青葉城，勸說仙台藩主加入到反新政府軍的行列中來。但是兩人還沒有坐下來好好說過話。

（的確，這個人沒有口才。）

但是，他又不像那些住在城堡裡，整天穿著禮服，悶聲不響的男人。

看上去他好像生來就是爲了打仗的。

因爲榎本是幕臣出身，所以他非常清楚所謂的旗本是多麼的軟弱。在見到歲三以前，他還從來沒有看到過像土方這種氣質的男人。

（陸軍最好交給這個人來指揮。）

榎本作出了這樣的決定。

他從土方手下的一名旗本出身的士官那裡聽說有關土方歲三的一些事情。他自覺對土方歲三已經瞭解很多。這個人自從出走江戶以來，在奪取宇都宮城、日光籠城、轉戰會津、在會津若松城外的戰役中，他是怎樣出生入死、勇敢戰鬥的。現在又親眼目睹了這位前新選組副長充分吸收西式戰法，研究出了自己獨到的戰術。

這種獨到的戰術從若松城外的戰役中可見一斑。

榎本聽到的說法是當時歲三親自率領一支小隊，前去偵察敵情。

在離聚落遠處，有一片雜樹林。路就從雜樹林中穿過。

此時天色已黑。他們進入雜樹林時，突然從林中傳來了米尼步槍的射擊聲。

一隊人以爲遭遇了新政府軍大部隊。有人四散逃竄想找地方躲避，有人想開槍反擊。總之非常狼狽。但是歲三很快穩住了隊士，下令：

「大家在各自的位置上大聲喊話，要一齊喊。」

「哇！」

所有人齊聲喊起來，感染了雜樹林中的敵人，他們也跟著「哇」地喊了起來。

歲三笑了，他說：

「人數不多，是前哨兵。」

根據對方發出的聲音，他判斷敵人約五十人左右。

「別理他們，繼續前進。」

於是他帶領隊伍繼續向前。因爲這支敵人只是前哨兵，他們沒有戀戰就跑了。

歲三偵察結束回來後，平時被歲三責備是膽小鬼的大鳥圭介故意責難：

「你爲什麼不打？」

「理由就在你手上的法式步兵操典上。偵察的目的始終是偵察而不是戰鬥。」

但大鳥不願服輸。

「敵人只是前哨兵。你只要與他們交戰，活捉幾個俘虜，不就可以從他們口中得知他們主力的情況了嗎？」

「你說得沒錯。但是與其從俘虜口中套取情報，不如在下親眼看一看敵人的情況更可信。」

的確，在這次偵察中，他大膽地接近敵人的主力陣地，在一個連敵人的眼睛鼻子都可以看得一清二楚的位置上，偵察瞭解敵人的動向。
身爲軍官卻充當偵察兵，可以說他的這次偵察行動絕對完美。
歲三偵察結束回來後，馬上帶領三十名劍客，二百人的步兵。沒有點燈，摸黑向敵人的主陣營地急行軍，對敵人營地實施了突然襲擊，一舉擊潰敵人，把他們遠遠趕跑了。
「這種事情，大鳥是無論如何也不可能做到的。」
聽了事情的經過，他覺得歲三的指揮已經是一門藝術。他認爲歲三的戰術精巧細緻，判斷迅速準確，行動大膽敏捷，這些是世襲的旗本所遙不可及的，他們三百年來已經習慣了依賴祖先留下來的俸祿生活，眼睛只盯著撈取一官半職。
海面開始籠罩起濃重的霧。
跟在開陽丸後面距船尾約十町，甲賀源吾艦長指揮的回天丸船舷上的燈看不見了。

開陽丸發出了霧中警笛。
過了一會兒，傳來「回天丸」在黑暗中從遠處發出的霧笛聲回應。
（一切都很順利。）
榎本敲響了歲三的房間。
「……？」
歲三還不太習慣西方的禮節。他一把抓起刀走到門旁，壓低嗓音問：
「誰？」
他很警惕，這是他在京都新選組時的謹慎作法，已經成爲他的習慣了。
「是我，榎本。」
「哦。」
歲三打開了門。
伴著漆黑中的海風，身著艦隊將服的榎本走進了房間。
「我沒打擾你吧？」

榎本微笑著說。這個男人臉上輪廓分明，在荷蘭首都阿姆斯特丹的市官廳，有人說他不像遠東人，而是像西班牙人。他的長相確實不像江戶人，因爲江戶男人中長臉形居多。

榎本家是三河以來的幕臣，但是這位武揚身上沒有這個血統。

他父親圓兵衛是備後國深安郡湯田村箱田的一個村長的兒子，很有才學，深受郡奉行的賞識。後來郡奉行把他送到江戶，師從幕府天文學家高橋作左衛門、伊能忠敬二人，成了江戶數一數二的數學家。在江戶期間又巧遇幕臣榎本家以千兩的價格出售身分，於是就買了下來，並改名榎本圓兵衛武規，被賜五人扶持五十五俵。

榎本武揚就是此人的兒子。

他的血液裡還流淌著鄉下人的野性。但是武揚是在三味線堀的出生的，是道地江戶人。他學問很好，堪稱學問狂。不僅狂歌做得好，還很有幽默感。鄉下人的血液和城裡的生長環境很好地融入到了他的身上，創造出他這樣一個傑作。

歲三於文久三年三月十五日和近藤勇、芹澤鴨聯手在京都成立新選組的一個月後，即四月十八日，榎本作爲十五個幕府留學生中的一員踏上了荷蘭的鹿特丹港口。

當時的鹿特丹市民爲了一睹傳說中的遠東「武士」，多達數萬人聚集在河岸迎接他們，場面異常混亂。官府甚至出動了巡查維持交通秩序，但還是有人被擠傷或被踩傷。

在歲三於京都砍殺流浪浪士的三年半裡，榎本在荷蘭學習了化學、物理、船舶術、砲術和國際法，他甚至還學了當時極爲罕見的發報機，熟練掌握了摩斯密碼的收發技術。

在荷蘭期間，正好趕上丹奧戰爭（一八六四年丹麥和奧地利之間的戰爭）爆發，作爲觀戰武官，榎本上了前線。

最後，弱小國家丹麥在這場戰爭中受到當時的大國奧地利和俾斯麥領導的新興國家普魯士的聯盟攻擊，很快以失敗告終。就是這樣一次小小的戰爭，卻給榎本帶來了極大的衝擊。

多年後，榎本說：

「置身於槍林彈雨之下，在實戰中看到了所謂的文明國家之間的戰爭，收穫甚大。」

奧普聯軍入侵丹麥，攻陷什勒斯維希的時候，榎本親眼目睹了那場異常激烈的戰鬥。

按照陰曆，正是元治元年六月五日，歲三等人殺入京都三条小橋西端的池田屋的前後。

當新選組在花昌町建起新駐地，在京都極盡威風的慶應元年十月，榎本正在荷蘭的韋特倫火藥廠研究火藥成分，並爲幕府訂購火藥製造機械進行了談判。

慶應二年九月十二日夜半，歲三指揮原田左之助等三十六人，在三条橋畔與土州藩士大戰的時候，

榎本來到了位於距離鹿特丹市約十里的一個叫多德勒克的小村的一個造船廠。

幾天後，他將看到現在正載著歲三等人的開陽丸下水。建造「開陽丸」這樣大的艦艇在荷蘭都很罕見，所以當時的報紙、雜誌大書特書這艘艦艇。在一本當時的荷蘭雜誌中寫道：「這艘艦艇能否順利下到河床並不深的多德勒克河裡，是體現技術上最後一關的時刻。」

當艦艇順利下水，並浮起在兩岸風景優美的梅爾韋德河面時，無論是在場的海軍大臣還是附近的村民都一齊發出了歡呼聲，現場氣氛異常熱烈。

而這個時候，歲三則讓齋藤一在鴨川錢取橋一劍解決了有私通薩摩藩嫌疑的五番隊隊長武田觀柳齋。

「你好。」

歲三給榎本讓座，表情有些羞怯。兩人隔著桌子

相對而坐。

榎本坐下了，卻顯得有些手足無措。

兩個人的經歷完全不同，就好像是兩個不同國家的人。

「你沒有暈船吧？」

榎本一時不知說什麼好，只好說一些無關痛癢的話。

歲三無聲地笑了一下，又很快露出了這個男人特有的冷漠表情。

榎本說：

「土方，你是第一次坐軍艦嗎？」

「不是。從大坂回江戶的時候，坐過富士山丸軍艦。那時候有點暈船。」

「暈船很正常。」

榎本隨後問起了他在京都新選組時的情形。

歲三輕描淡寫地說了一句：

「都已經過去了。」

他沒有多說，只提了一句近藤。說近藤「是一個堪稱英雄的男人」。

榎本點了點頭。

「在歐美的軍人和貴族中，像他那樣的男人不少。日本雖說是武士之國，但是剛毅方面卻比不上西方人，至少在江戶的旗本是這樣。我每次想到新選組，就會想起新興國家普魯士的軍人。」

「是嗎。」

歲三不知道他想說什麼。

「土方，你想一想，我們一直稱歐美人爲洋夷。可是他們連商人都敢坐著不及「開陽丸」一半大的船，在驚濤駭浪中冒著生命危險萬里迢迢來日本做生意。我們沒有理由小看他們。」

接著榎本又說到了函館（也稱箱館）。

榎本從小就富有冒險精神。在榎本十八、九歲的時候，後來當上目付、函館奉行的幕臣堀織部正利熙當時還只是個使番。此人接受幕府的秘密指令，爲查探松前藩的情況去過北海道。

當時他懇請堀收他做隨從。於是兩人化裝成富山藥販子結伴去了函館。

「就是書上說的密探。那時我還奇怪眞有這樣的事情。」

榎本說。

這次榎本要去函館的理由之一就是因爲以前曾經去過。當然這只是一個極小極小的原因而已。

他去函館的最大願望就是要讓北海道獨立，在函館成立獨立新政府。

「到時候，我們也要和外國簽定條約。這樣就可以有別於京都政府，成爲外國承認的獨立政府。」

還在仙台的時候，歲三已經聽榎本說過，將來這個獨立國家的元首要請有德川家血統的人擔任。

「保衛政府要靠軍事力量。我們有京都朝廷對付不了的大艦隊。還有以土方爲首的松平、大鳥等陸軍。」

此外，榎本還說：

「那兒有一個舊幕府建的西式城堡，叫五稜郭。」

榎本的理想是建立一個由德川家血統的人擔任元首的君主立憲國家，他理想中的藍圖是荷蘭的政權。

除此之外，榎本去函館還有一個更大的理由，就是函館目前還是新政府軍的軍事力量尚未控制的最後一個國際貿易港。

長崎、兵庫和橫濱已經被控制在新政府軍手中，通過那些港口和外國商行，新政府軍源源不斷地在補充武器。

只有函館，雖然行政上還是由以公卿清水谷公考爲首的朝廷命官和少數兵力以及松前藩掌握，但是要趕走他們不用費很大的力氣，好歹這是唯一有可能奪過來的貿易港。

而且函館市內也有外國人的商行。

榎本考慮佔領那個地方以後，通過外國商行進口一些武器，加強部隊的軍事裝備，以抵禦來自本土的侵略，並積極開發產業，謀求富國強兵。榎本甚至想到了將來讓那些現在被迫生活在靜岡的舊幕臣移居到北海道來。

「土方，你覺得怎麼樣？」

榎本紅潤的臉上笑開了花，顯得非常得意。

榎本是個樂天派。

的確，根據他所熟知的國際法，他們在那裡既能和外國訂立條約，也能在經濟上維持下去，將來還可以在軍事上達到與本土同等的力量。

「三年。」

榎本伸出三個手指說：

「三年，只要京都朝廷不招惹我們，我們完全可以做好充分的準備。」

「可是，」

歲三思索著：

「如果新政府軍不給我們這三年的準備時間，又該怎麼辦呢？」

「是啊。所以我們要依靠外交手段爭取時間。首先要穩住朝廷，謊稱我們並無叛逆之心，我們只是想在德川領地上建立一個獨立的國家，外國各國也都支持我們，我們不會挑釁政府軍。到時候，我就這樣去跟他們談。」

「喔。」

榎本太像近藤。歲三心想，他和近藤一樣，樂觀得毫無道理。

（也許只有這種性格的男人才能當好統帥。）

歲三想到自己始終只是副職。

當然這樣很好。

他想以後我要好好輔佐榎本。

只是這第二代的樂天派與第一代的不同，他很有學識，而且極其聰明。歲三也折服於他的學識。

（新政府軍絕對不會給我們三年的時間，他們一定會在這期間來爭奪函館。不知道這個人是不是能經受得住屆時的戰鬥。）

歲三認爲條約之類的東西怎麼樣都可以，對他來說唯一重要的是戰鬥。他想知道榎本身上是否具備近藤那樣的戰鬥能力。

勤務兵市村鐵之助

艦隊繼續北上。

艦隊有開陽、回天、蟠龍、神速、長鯨、大江和鳳凰七艘艦船組成。

戊辰秋天十月十三日，榎本的艦隊爲了補充柴禾和給水，進入了南部藩領地宮古灣。

艦隊穿越在水路複雜的灣內。

「哦。」

站在開陽甲板上的歲三看著海灣內美麗的景色，不禁瞇起了眼睛。

「市村鐵之助，」

歲三叫著勤務兵的全名。

「眞冷。」

歲三說。

一到舊曆十月，奧州的海風吹在身上感覺已經很冷了。

大垣藩出身的勤務兵市村鐵之助當時十六歲。他給歲三拿來了外套。

歲三站在甲板上以刀當杖，外套隨意地披在肩上。

宮古灣位於現在的岩手縣宮古市，現在是陸中海

岸國立公園。這是鋸齒狀多彎角的所謂沉降海岸，北上山脈有如懸崖峭壁直立大海。遠遠望去，高高的海蝕崖上零零星星有一些漁村。

「鐵之助，這景緻眞是悅目啊。」

歲三說。

歲三內心充滿了希望。當然不只歲三如此。

榎本艦隊的所有人都爲即將在北海道建立第二德川王朝的希望而群情激昂。

爲此，作爲在本土最後一個靠岸港的宮古灣風景，在所有的人眼裡都顯得那麼的美不勝收。

如果要把這個灣的風景畫到畫布上，只能使用西洋畫的畫法了。要畫這裡的風景，需要用到大量的黃色顏料。要在畫布上表現出任何一個島嶼、任何一個斷崖的斷層，大概都需要用到黃色或者暗綠色。

「松島也很美，不過好像比不上宮古灣美。」

今天，歲三很難得地特別想說話。

希望使得風景看上去更加美麗。

「是。」

十六歲的市村回答。他爲歲三的好心情而高興。

艦隊一邊測量，一邊緩慢地進入海灣。

北灣相對比較開闊。從漁村立埼進去水深達二十尋，比較深，但是越往裡卻越來越淺。而且海底全是泥。

還有，北灣的缺點是向外海過於開闊，有風浪入侵的危險，所以這裡說不上是個安全的下錨地點。

榎本司令官作出這樣的判斷。

艦隊進入一個叫鍬崎的漁村前面。在這裡的測量結果是水深三尋至五尋。

首先，下錨的深度夠了。

而且由於灣內地形複雜，可以遮風擋浪。

——就是這裡了。

榎本說。但是這個灣實在太窄，艦隊的艦船無法全部進入。沒辦法，最大的開陽和回天就停靠在狹隘的出入口往外突出的島嶼後面。

歲三看到榎本的指揮能力，對這個人的評價越來越高。

（這是個能幹的傢伙。）

他認爲榎本的部署合理，過程十分細心。

榎本一方面向南部藩派出使者，同時還在對宮古灣的地形進行測量。非常認眞，認眞得讓人感覺有點偏執。畢竟等到起錨離開南部領地的這個宮古灣後，這裡就是一個沒有任何用處的海灣了。

「奇怪。」

這是榎本天性如此，還是在外國學來的作法，歲三不得而知。

「榎本，你可眞細心。」

穿著法式陸軍將官制服的歲三對榎本說。

榎本穿著從荷蘭回國後自己精心設計並向舊幕府推薦而得到採納的海軍制服。

制服的料子爲黑色呢絨，由西裝背心和褲子組成，外披一件男式大禮服（這個說法不太準確，是介於禮服和羽織間的服裝），扣子全部爲金屬製成，禮服的袖子上繡有表示士官官階的金色絲線。因爲榎本是大將，所以有五條絲線。

褲子的皮帶上掛著日本刀，留著歐時蓄的八字鬍子。

鬍子曾經深受戰國武士的喜愛，但是在德川三百年間一直沒有再流行。

西方人喜歡鬍子。榎本的鬍子可以說是歐化幕臣的標誌。

「測量要在每次進港時認眞做，還要畫到海圖上。不管這個港口以後是否還會利用到，這些都是不能省的功夫。當然這也是西洋海軍的習慣。」

榎本耐心地對這個沒有學識的劍客做解釋。

「是這樣啊。」

歲三在思索。

這位好戰之人的腦海裡突然出現了榎本從來沒有想到過的新奇的想法。

「土方，你在想什麼?」

榎本饒有興趣地問。第二德川王朝軍的將領清一色都是舊幕臣中最優秀的學者、秀才，只有這個土方歲三不是。正因爲如此，對榎本來說，這個沒有學問的實戰家想法讓他倍感興趣。

「榎本，你別笑我。我在想將來一旦新政府軍的艦隊來攻打北海道的時候，這個宮古灣會是怎樣的情形呢?」

「……?」

「蒸汽船不停靠任何港口，在海上可以行走多少天?」

「這要根據艦船的大小。一支艦隊行動必須一致，所以所有艦船都會跟最小的一艘步調保持一致。新政府軍艦隊的運輸船最大也就是二百噸，所以如果這樣的艦船滿載陸軍士兵的話，僅僅飲用水一項，連三天也堅持不了。」

榎本多少有些喜歡炫耀自己的才學，所以沒用的知識他也說。

「如果單說航海能力，」

他接著說：

「蒸汽鍋爐的船，即使用優質煤最多也只能維持二十天。爲了節省煤，在順風的時候就盡可能停用鍋爐，而用帆。能巧妙利用這兩種方法航行的才是好艦長、好船長。如果這兩種方法用得好，在大洋上航行一個月是完全有可能的。」

聽起來好像在講課。

但是歲三希望聽到更實際的內容。

「榎本，如果新政府軍艦隊從江戶灣出發，一定會在宮古灣停靠吧?」

「哦，你是說這個。應該是得停靠的。」

「那麼，到時候就攻擊那裡了。」

這位新選組的頭領說。

「嗯?」

「榎本，現在我才知道，西式軍艦其實也沒那麼方便。一旦抛錨，鍋爐的火就要熄滅，帆也要放下來。這樣一來，萬一有敵人來襲，就會手忙腳亂，難以應付。如果到時我們乘新政府軍艦隊在這裡停靠的時機突襲敵人軍艦，我們一定可以殲滅敵軍。」

「哦，然後呢？」

榎本兩眼發亮。

「我們的軍艦上，有我們的陸軍。可能的話最好不要砲戰。也就是說，我們在不破壞敵人軍艦的前提下靠近敵人軍艦，從舷側殺進去，這樣不就可以連軍艦一起擄獲嗎？」

（哈。）

榎本忍不住想笑。

（新選組到底是新選組，說到最後還是打打殺殺。）

他心裡這樣想著，卻不敢笑。他努力在臍下丹田處用力，裝作非常認眞的樣子，說：

「是個好主意。」

這個好主意在後來堪稱世界海戰史上罕見的宮古灣海戰中得到了應用。只是在此時，榎本當作玩笑話聽過也就忘了。

在船上，歲三的起居由勤務兵市村鐵之助來照顧。鐵之助是個長著細長臉、眼神澄澈的年輕人。他的眉眼看上去有點像沖田總司。

「你長得很像沖田。」

歲三曾經這樣對他說過。

「像沖田先生？」

從此，市村時常爲此而自豪。

前面已經提到過，市村出身在美濃大垣藩。在鳥羽伏見之戰開始前，新選組還在伏見奉行所的時候，最後招募了一次隊士。

市村就是在那一次和他哥哥剛藏一起脫離大垣藩的藩籍，前來應徵的。

當時，近藤和沖田因爲一傷一病，已經被送往大坂，不在奉行所。歲三是事實上的隊長，有權決定去留。

當他看到市村鐵之助時，吃驚不小，因爲市村年紀太小了。

「幾歲啦？」

「十九歲。」

市村說了謊。

因爲現在才十六歲，所以當時應該只有十五歲。

歲三笑了一下，什麼也沒說。

「你學的是什麼流派的劍術？」

「我學的是神道無念流，已經達到了目錄的水準。但是因爲戰亂，沒有證明。」

「那你就過幾招給我看看。」

他讓隊士野村利三郎和市村比試一番。

說實話，兩人的劍術都算不上好，但是在氣勢上鐵之助略勝一籌。

「我看你長得很像沖田。雖然你謊報年齡，不過看在總司的面上，就採用你了。」

當時歲三是這樣對市村說的。也就是說，市村被錄用多虧了沖田總司。

爲了這一句話，市村鐵之助對沖田總司一直感恩在心。在伏見的戰鬥結束，部隊撤到大坂後，他第一次見到了躺在病榻上的沖田總司。

沖田事後對歲三說：

「一點兒也不像啦。」

「是嗎。」

歲三也苦笑了一下。其實當時那麼說並沒有什麼特別的理由。

總之，那時奉行所的情形是連貓爪都想能借來一用的窘境。

當時他就覺得這孩子年紀太小，可是轉眼又一想，算了，就用他吧。於是就把市村鐵之助留了下來。那時，歲三給自己的理由是，因爲他和沖田長得像，所以就看在沖田的面子上錄用他。

然而，歲三的這一句話卻改變了市村鐵之助此後的人生。

在從大坂回江戶的富士山軍艦上，市村寸步不離沖田身邊，悉心照顧他，而和新選組的頭號人物、局長近藤勇卻連一句話都沒有說過。

回到江戶後，哥哥剛藏勸他，說：

——鐵之助，我們跑吧。

此時，天下人已經把德川看成是反賊，所以爲了將來打算，幾乎每天晚上都有一、兩個人從新選組消失。

剛藏想帶著弟弟鐵之助一起出逃，有情可原。

「鐵之助，我們是新來的，在伏見參加過一次戰鬥已經很對得起新選組了。既然薩長舉起了錦旗，我們再在隊裡待下去就會變成賊軍的。」

「不，我要留下來。」

過年才十六歲的鐵之助異常堅決地拒絕了哥哥的好意。

「爲什麼？」

「土方說過要我照顧好沖田。」

「啊？」

然而，這就是鐵之助留下來的全部理由。

剛藏很生氣。他罵鐵之助：

「沖田總司還是我是你哥哥？」

「哥，你這樣就讓我爲難了。」

這種心情，沒其他人能理解。

不管別人怎麼說，我長得和沖田總司很像。

「我看你長得很像沖田，就採用你了。」

副長土方歲三說得很明白。說起沖田總司，在京都那是無人不曉。市村當然也聽到過他的名氣，是幕末的不世出天才的劍客。市村曾經把沖田總司想像成鬼神般的一位勇士。

但是，在大坂的病房見到眞實的沖田總司時，發現他非常靦腆。他對市村這樣的年輕人，說話也用敬語，而且從來不要求市村做這做那。

在富士山軍艦上，沖田還對市村說過：
「市村君，我很好。你不用像照顧病人那樣照顧我。」
在總司整夜整夜地咳嗽、睡不著的夜裡，市村很想徹夜看護他。這時他會發牢騷，說：
「市村君，你好像是爲了把我當病人才加入新選組似的。你在這裡，我會越來越覺得自己像個病人。」
總之，他拒絕市村的一切照顧。
市村也拿他沒辦法。
回到江戶以後，依然如此。市村抽空就去醫學所照顧他，但是他並不領情。
「你這樣可不行，市村君。」
傳說中和鐵之助很像的眼睛裡滿含笑意，沖田說：
「你是個男人，你不是爲了看護別人才加入新選組的，對不對？」
沖田對歲三也說。

「那個人，」
他這樣稱呼市村鐵之助：
「你就別再讓他來了。我害怕會傳染給他，擔心得不得了。」
於是，歲三把沖田說的原原本本轉述給市村鐵之助知道。
鐵之助非常感動，眼淚忍不住直往下流。他知道了，沖田原來是那麼爲他著想。
「他的性格就是這樣。」
歲三解釋說。但是對於年輕的市村鐵之助來說，不是這樣的。
（他是爲了我。——）
這一想法讓他感動得身體直顫抖。
哥哥剛藏勸他逃跑的時候，他想告訴哥哥想留下來的理由其實是這個。但是他轉念一想，哥哥是不會理解的，所以到最後也沒有說出口。
首先，他不知道怎麼表達自己的思想。士爲知己者死。古代有這樣的說法，但是實際情形又不完全一致。

總覺得有些怪。

這種奇怪、毫無道理的、朦朧中卻帶著一種活性的東西變成了黏合劑，使人與人之間相互牢牢牽絆在一起。

「我要留下來。」

鐵之助很乾脆地告訴哥哥。

剛藏後來去向不明。

鐵之助跟隨歲三一起轉戰各地，在戰場上表現非常勇敢。

他的理由很單純。

（我像沖田。）

這一信念時時鼓舞著他。

市村鐵之助是後來新選組倖存下來的少數幾個人之一。明治後，幾乎成了唯一講述土方歲三事蹟的人。明治十年，作為警視廳隊一員應徵西南之役，參加了與西鄉的薩軍之間的戰役，戰死在疆場。

南部藩害怕榎本艦隊的威力，按要求提供了所有的物資。

柴禾是主要的物資。榎本很希望得到煤炭，但是在奧州，要這東西太勉為其難了。

沒辦法，燃料只好改用柴禾。艦隊滿載著所需的物資，浩浩蕩蕩地出發了。

離開宮古灣的時間是十月十八日。這一天天氣晴好，浪有些高。

艦隊繼續北上，途中遇上幾艘外國船。

每當這時，榎本就下令掛上幕府軍的艦旗——太陽旗。

那些外國船的船長很清楚這支艦隊的意圖。在橫濱發行的各國報紙上，幾乎每天都刊登有關榎本要在函館建立新政府的消息。

奪取松前城

艦隊開進北海道噴火灣的時間是戊辰十月二十日。

這裡有一座叫鷲木的漁村。艦隊的各艦船紛紛在海面上拋錨。這一時刻成了戊辰史上震驚天下的事件的開始。

歲三站在開陽的甲板上。眼前，自己將要登陸的山野已是白雪茫茫。

榎本、松平和大鳥等人結束了就登陸後的作戰計畫的會議。

計畫分成兩個隊來進攻函館（箱館）。主力隊的指揮官是大鳥圭介，預備隊的指揮官是土方歲三。

「土方，我們都是武州人，想不到卻來到了這個地方。不過只要心裡想著這裡的一切是屬於我們國家的，這裡是我們國家的國土，這裡就會變得可愛起來。」

榎本武揚走近歲三的旁邊說。

歲三正拿著望遠鏡看遠處。

（啊，那兒有人家。）

而且還不止一家，大略一看，怎麼也有一百四、五十家。這讓他非常驚訝。

「榎本，那兒有人家。」

「是啊，我很驚訝。我聽說過有人生活在鷲木，心想大概是阿伊努人穴居在這裡。唉，世上的事情眞難懂。」

登陸一看，和東海道的宿場沒兩樣，這裡連大名、旗本住的旅宿也有。看到出來迎接的老闆同樣身穿紋服、仙台平的衣物，歲三更是吃驚。

更讓他們意想不到的是這家旅宿竟是日式建築，裡面有七、八個房間，甚至還有接待貴賓的高級房間。

連榎本也感到驚訝。

「變得和日本沒什麼兩樣了。」

十八歲時來過松前的榎本都這副模樣，何況歲三、大鳥和松平，他們更是驚訝。

「土方，我原來還以爲這裡很荒蕪呢。」

松平太郎說。

「不過仔細想想，松前藩在這裡也經營幾百年了。眞讓人不敢相信。」

年輕的松平笑了。

第二天，部隊向函館進發。

大鳥軍以舊幕府軍步兵爲主力，遊擊隊和爲了近身戰而設的新選組（新選隊）也歸於其統帥之下。這是歲三的策略。

「新選組是政府的組織，不是我個人的私人軍隊」。

不過，歲三的土方軍完全是西式部隊。好像他和大鳥交換了士兵似的。

從鷲木一直往南，到函館有十里。大鳥軍走了這一條路。

歲三的部隊則繞道海岸線。途中要從川汲翻過積雪的山，到達湯川。準備從東面進攻函館。

函館有新政府軍的裁判所（行政府），公卿清水谷公考是這裡的領袖。還有一名長州藩士，一個薩摩藩士協助他。松前藩、津輕藩、南部藩和秋田藩等藩兵作爲新政府軍的守軍駐紮於此。

大鳥、歲三兩軍分頭進攻，攻陷了此地，清水谷公考逃往青森。

佔領函館是在艦隊登陸後的第十天，即十一月一日。

榎本軍在函館府內外升起了幕府軍的日章旗，從已進入港口的軍艦上發射了二十一響禮砲以示慶祝，並告知日本人和外國人，自己已經佔領了函館。

他們把行政官廳設在元町的原箱館奉行所，任命永井玄蕃頭尚志爲「市長」。榎本軍的指揮部設在位於函館北郊龜田的舊幕府建造的西式城堡「五稜郭」內。

乘著佔領函館的機會，榎本軍原本應該邀請在市內設有公館的各外國領事舉行盛大的慶祝活動，但是在北海道的唯一一個藩——松前藩此時還盤踞在函館西面的二十五里處，沒有投降。

「土方是攻城名將。」

松平太郎在軍事會議上說。

歲三沒有說話。他想，松平大概是指攻打宇都宮城的事情。

「這次能不能請你去一趟？」

大鳥圭介說。大鳥雖然不喜歡歲三，但是他很清楚如果攻不下松前藩，會造成外國公館對函館新政府的不信任。

此時歲三剛剛結束從鷲木到函館的二十里的戰鬥，他的部隊還沒有得到休息整頓。

「越早攻下他們越好。」

榎本也說。榎本把這場戰爭看成是一場政治戰，他也認爲這次攻克戰的早晚會影響到外國公館、商社對函館政府的信任。

「……既然這樣，」

在這些函館新政府將領中，唯一沒有學問的歲三嚴肅的點了點頭。

他感到滿足。

在座的同僚幾乎個個都是西洋學者，而且漢學素養也很高。他們不僅會作漢詩，還在一起還會談論荷蘭、法國的事情。每當這種時候，歲三只能待在一旁，無論如何也插不進他們的閒談之中。

他很有自知之明，他清楚只有戰鬥才是證明自己存在的意義。

「好吧，我去。」

歲三點頭答應了。

歲三率領包括新選組、幕府軍步兵、仙台藩的西式部隊額兵隊以及彰義隊共計七百人出發了。

松前藩是三百諸侯中唯一沒有俸祿的藩，該藩的經濟全部依賴北海道物產。

前藩主松前崇廣是個很有才幹的人。他當過幕府的寺社奉行、海陸總奉行，甚至還當過老中。只是因病現在已經不在人世了。

現任藩主是十八代德廣。此人體弱多病，無力管理藩政，屬於有名無實。藩的權力現在被勤王派掌控。但是不管怎麼說，要攻陷一個藩，區區七百人的兵力究竟夠不夠，連榎本軍的法國顧問都很擔心。

雖說松前藩是一個小藩，但是他們的城池卻不可小看。

安政二年剛剛竣工的新建城池（現在爲國寶）面積達兩萬一千三百七十四坪，天守閣有三層，銅葺的房頂，牆壁爲白堊牆。而且因爲新城是在培里來日本後新建的，所以城池的南面設有面海的砲臺。

「差不多吧。」

歲三說。他想，在鳥羽伏見之戰中，自己是輸給了薩長的米尼槍。但是這一次是自己的部隊拿著米尼槍，而對方只有火繩槍和射程僅五十步到一百步的舊式步槍。

但是隊伍出發後，很快就遇到了困難。在雪地中行軍實在不是南方士兵所擅長的。

到達當別、木古內、知內和知內峠的一路上都有居民，所以晚上部隊就住在當地百姓家。然而第二天晚上卻走到了一個前不著村後不著店的地方，只能露天宿營。

「盡可能把火燒旺一些。」

除此之外，實在也沒有別的辦法。

歲三身上蓋了一件外套躺在燒得很旺的篝火旁。一開始感覺很舒服，可是沒一會兒功夫，身體下方的雪化了，身體反而像凍住了似的，難以忍受。

半夜，他叫起全體隊士，說：

「看來今晚是沒法睡了，我們還是動身趕路吧。等我們奪取了敵人陣地後，再痛痛快快地睡上一覺。」

他下令部隊開始夜行軍。

敵人的第一道防線在人口近千人的港口町福島。據偵察報告那裡有守兵三百人。

全軍上下一心以奪得睡覺之處爲目的，向這個城市發起了猛烈進攻。經過一番激戰，最後奪取了這個城市。然而長期在北海道的松前藩非常清楚在雪中露營的滋味，他們不能給敵人留下舒適的宿營地。所以他們邊撤退邊放火。

當天晚上，部隊只好睡在被大火燒過後留下的廢墟上。到了半夜風雪越來越大，又無法露營了。

「起來。」

歲三半夜又把大家叫了起來。他說：

「床就在松前城。現在出發奪城，還是凍死在這裡。你們想想應該選哪一項？」

一隊人馬搖搖晃晃地開始了夜行軍。

終於歲三一行人來到了一座能看見松前城天守閣的高地上。

歲三選擇了距離城堡六、七丁的小山（法華寺山）。他在那裡安置了兩門四斤山砲，下令對準城內開始轟擊。

敵人匆忙應戰。他們改變了設在城南築島砲台上的十二斤加農砲的方向，也向這邊射擊。一場砲擊戰開打了。

歲三把隊伍分成兩部分，一部分由彰義隊和新選組組成，負責攻打正門；另一部分由步兵和額兵隊等西式部隊組成，負責攻打城堡後門。他讓砲兵不停射擊，在砲火的掩護下，兩隊人馬分別向各自的目標推進。

他自己則騎在馬上指揮戰鬥。

城堡背靠地藏山，中間有一條寬達三十間的河。隊伍來到河岸邊。

敵人從河對岸、從城堡內不斷向這邊開槍，但是燧石式開火裝置的這種步槍操作起來非常麻煩，而且命中率也很低。

「那東西只會出聲，沒什麼用。我在伏見之戰中已經領教過了。」

歲三笑著說：

「你們就當它是在放煙火。快下河。」

他踢了一腳馬肚子，自己率先沖進流水中。

彰義隊沖在最前面，新選組在他們的下流稍後跟進。

（嘖。）

歲三有點著急。他要統率全軍，不能只盯著新選組。

「市村鐵之助，」

他把勤務兵叫到馬旁，說：

——你去跟齋藤說，讓他想想京都時的威風。

市村跑過沙洲，越過淺灘，遇到水深處就游泳，終於接近新選組指揮官諾齋即齋藤一，把歲三的話告訴了他。

「開什麼玩笑，」

齋藤在槍林彈雨中怒吼。他說：

「在京都的時候我們也沒有游過鴨川。我可沒想過要在冬天的北海道河裡游泳。你回去就這麼跟他說。」

全軍終於上了對岸。

一場近身戰開始了。新選組隊士所在的位置不時有血濺起，打得最爲激烈。

齋藤帶領新選組和彰義隊把敵人攆到了正門前，不料閃進大門內的敵人隨手關閉了城門。

「不好。」

僅僅靠刀劍，是無論如何奈何不了這扇大門。

正門前，齋藤一和彰義隊的澀澤成一郎、寺澤新太郎等人商量，說：

「看來我們只能繞到城後門去了。在這裡，我們束手無策。

於是他們擅自改變歲三的部署，向城堡後面跑去。

途中遇到了騎在馬上的歲三。

「你們兩個隊幹什麼呢？」

歲三大吼道。齋藤一邊在他的旁邊跑邊簡短地解釋了原因。

「是這樣。好吧，我也去後面，大家跟上我。」

幾百人向城牆的下方跑去。

城牆上不斷有砲彈落下來。但是很遺憾，總也打不中目標。

在後門，敵人採用了一種非常奇怪的戰術。

他們在城門內安置了兩門大砲，裝好砲彈後，在打開城門的同時立即開砲，然後又迅速關上城門。

額兵隊和步兵隊不知如何攻打此門。他們唯有東躲西藏，苦於在砲彈的轟炸聲中努力自保。

歲三策馬來到他們中間，叫來了額兵隊隊長星恂太郎。

星穿著通紅的、繡著金線的、漂亮的額兵隊呢絨制服。

「那扇門現在是第幾次打開？」

「第四次。」

「從開門到關門要多少時間？」

「這個，二十次呼吸左右吧。」

「好，你給我選出二十個槍手，其餘人作好突擊準備。」

門第五次打開了，兩門砲同時從門內噴出火舌，掀翻了歲三後面的八個步兵。

馬上門又關上了。只留下砲彈射出後尚未散盡的煙霧。

「跟我來。」

歲三和二十個槍手一起向前跑去，到了城門跟前，歲三讓他們列隊，站著擺好立定射擊的姿勢。歲三指示：

「門一開，你們就對準砲擊手一齊開槍。」

在他們後面的人匍匐在地上，十分緊張。

如果大砲發射快一點，那麼這二十個人包括歲三在內就會粉身碎骨。

很快門又開了。

兩門大砲出現在眼前。

幾乎與此同時，二十挺步槍一齊噴出了火舌。位於大砲旁邊的松前藩兵紛紛倒下。

「衝啊。」

第一個衝進去的是彰義隊的寺澤新太郎，緊跟著他的是新選組的齋藤一、松本捨助和野村利三郎。

…………

此時，從法華寺山上的砲兵陣地射出的砲彈已經使城內燃起了大火。

全軍蜂擁而入，藩兵棄城敗走江差。

歲三本應該下令乘勝追擊。但是大家拚命把松前城攻下來後，現在最迫切需要的是好好睡上一覺。

「睡覺。」

他下令。

然後，自己只帶了新選組的幾個隊士，親自出馬充當偵察，走上了去江差的大野口近道。

走了大約二丁左右的山路，看見山上有一個樵夫的小屋。不知道怎麼回事，屋裡有舊幕府步兵。

看到歲三，他們顯得很狼狽。

「怎麼回事？」

看樣子他們像是在追一個城陷落時逃跑的女人。

歲三走進了小屋裡的土間。那兒有五個諸侯家女侍模樣的姑娘正守著一個像是病人的年輕婦人，只見她們一個個手裡握著短刀，臉色蒼白。

歲三向他們報上自己的姓名和身分，表示沒有惡意，請說明發生了什麼事。

「土方歲三大人？」

她們都聽說過這位在京都時大名鼎鼎的武士的名字。但是這個名字在她們的心目中是什麼形象卻不得而知。

被圍在中間的婦人是個孕婦，年齡約二十出頭，說不上漂亮，但氣質極佳。

「報上我的名字。」

她對女侍說。

原來此人是松前藩主松前志摩守德廣的正妻。

在這裡，歲三表現出了與他性格極不相符的，非常有人情味的一面。

「志摩守大人這會兒應該在江差。」

他說。根據偵察人員的報告，歲三知道他是在攻城開始前去江差。至於爲什麼留下身懷六甲的藩主夫人就不清楚了。

「我讓隊士護送你到江差吧。」

他說。

歲三當即決定由誰護送。

齋藤一和松本捨助二人。

這二位都是新選組（新選隊）的指揮官。

歲三指示他們：

「你們把她們安全護送到江戶吧。」

「土方，你不是認眞的吧？」

齋藤皺起了眉頭。

「當然。」

「我不幹。自從新選組成立以來，我一直和你並肩作戰。現在我們在北海道又要一起戰鬥了。這個時候，讓我去江戶我不幹。」

「到了江戶以後，你們就回老家去。」

「……」

齋藤和松本楞住了。

歲三表情嚴厲地盯著他們說：

「違反命令者格殺勿論。難道你們忘了新選組的隊規了嗎？」

他不由分說叫來部隊的後勤拿錢給他們做盤纏。給兩人的盤纏金額不同，松本捨助十兩，齋藤一三十兩。

至於他爲什麼這樣，歲三自有他的道理。這兩人都是南多摩郡人（齋藤是播州明石的浪士之子），但是齋藤在故鄉已經沒有親人，而捨助父母健在，而且家裡有房有地。

「所以，」

歲三沒有再多說什麼。

兩人從江差離開北海道，一直活到明治末期。他們之所以能活那麼久，應該說歲三強迫他們離開北海道是最主要的原因。

「眞是個難以捉摸的人。」

山口五郎（齋藤一後來的名字）直到晚年都這樣評價歲三。

鐵甲艦

且容我略岔開話題。

大本營設在江戸城西丸的新政府軍總督府，通過來自密探及外國公館方面的報告，對北海道的情況瞭若指掌。

總督府內幾乎每天都在舉行參謀會議。

「整個北海道好像都被他們佔領了。」

這則報導是在歲三佔領松前城十天後，外國輪船透露的消息。

又過了幾天，傳來了北海道政府成立的消息，而且連政府成員的名單都有了。

在橫濱的外國人中間一直在議論這件事情。

「函館政府好像邀請了在函館的外國公館、商社和商船船長等方面的人參加盛大的慶祝活動。」

在橫濱的英文報紙上刊登有這樣一則報導。

江戸城內各種小道消息四起。還有傳言說，法國等因爲舊幕府的關係，暗中向這個政權示好，並有跡象顯示他們願意與函館政府訂立條約。

榎本等人通過英、法、美、意、荷、德等各國公使，力圖謀求與京都政權的和平共存，每天精力充沛地地從事著他們對外的斡旋活動。

對此，京都新政府做出了「討伐」的決定。

京都政府做出這樣的決定完全可以理解。試想，京都政權好不容易剛剛成立，如果任由內亂失敗者建立另一個政權，割據北部地方，那麼作爲正式政府對外的信譽就會毀於一旦。

「行動要快」，這是薩長首領的一致意見。

只有總參謀長、長州藩士大村益次郎反對立即討伐函館政府的建議。他說：

「現在天氣還太冷。」

這是這位戰術家唯一的理由。其門人在回憶錄中這樣記錄了益次郎的意見。

「隆冬時節，北方天寒地凍，工作定難展開。現在尚未見騷亂，且對方未有來攻跡象。討伐以來春爲宜。期間陸軍可在青森紮營，海軍可維修軍艦，完善準備工作爲上策。」

在函館，通過選舉已經產生出了新政府領導。

總裁是榎本武揚。

副總裁是松平太郎。

海軍奉行是荒井郁之助，陸軍奉行是大鳥圭介，陸軍奉行並是土方歲三。

此外，曾經在舊幕府位居若年寄的永井玄蕃頭（尚志，原叫主水正）擔任相當於首都市長的函館奉行。此外還在松前城內設置了松前奉行，漁港江差設置了江差奉行，還有作爲開拓長官設置了開拓奉行等等。作戰部隊的編制中設置了海軍頭、步兵頭、砲兵頭和器械頭等舊幕府以來的職位，共計二十二人。

歲三在五稜郭的大本營內。

明治二年二月，函館政府從駐函館的外國商社處得到了一個消息，說新政府軍的八艘艦船正在品川的海面上做出航前的準備。

榎本馬上召集了軍事會議。

「其中戰艦有四艘。」

榎本武揚說：

「運輸船也是四艘。據說這些船上共乘坐了六千名陸軍士兵。這些都不值得我們擔心。我擔心的是軍艦中還有一艘鐵甲艦。」

在座的軍官們臉上明顯地閃過一絲詫異。尤其是海軍出身的人，因為他們知道這種軍艦的威力。他們因此表現出來的驚訝之情已經不能簡單地用「詫異」來形容了。

那是感到恐怖的神情。

「土方，」

榎本笑著對歲三說：

「你知道鐵甲艦吧？」

你當我是傻子嗎。歲三心想，誰不知道這種軍艦。

在當時，鐵甲艦大概算得上是世界上威力最大的軍艦了。

這艘鐵甲艦原是舊幕府政府向美國訂購的，但是就在軍艦建成後駛入日本時，幕府政權已經瓦解了。於是，美國方面就把它停靠在橫濱港內，一直沒有交付給任何一方。因為，

——根據國際慣例，在內亂平息之前，不得交付雙方中的任何一方。

榎本在離開品川的海面前，曾經執著地和美國方面進行過交涉，但沒有結果。

「誇張點說，如果當時我把那艘鐵甲艦弄到了手，那麼保衛北海道只靠那一艘軍艦就足夠了。」

榎本在向北海道航行的途中，曾經對歲三說過這樣的話。

這艘軍艦在京都新政府官員大限八太郎（後來的重信）等人的全力斡旋下終於到手，給海軍力量薄弱的新政府軍注入了強大的戰力。

軍艦還沒有取名。

軍艦雖然是木製的，但四周用鐵甲包了起來，並

用鉚釘固定。所以才有了這樣的一個通俗的叫法。

艦船的大小與函館政府的回天基本相同，但是動力卻比回天高出三倍。回天是四百馬力，而鐵甲艦則達到一千二百馬力。

鐵甲艦上有四門大砲。

數量不多，但都是三百斤的巨砲以及七十斤的艦砲，威力巨大。只消一砲即可打碎敵方的軍艦，是日本最大的巨砲軍艦。

又是一段題外話。這艘軍艦是在美國南北戰爭打得難分難解的時候，應北方軍隊的要求而建造的。據說北方軍隊只要有這一艘軍艦就可以打敗南方軍隊的艦隊。但是，當軍艦建造完畢的時候，南方政府已經投降，戰爭業已結束。

正好那時，幕府負責訂購軍艦的官員到了美國，在港口見到這艘新建的軍艦後，當即表示要購買。於是就這樣決定了。

然而，當軍艦進入橫濱的時候，幕府已經不復存在。所以，這艘軍艦可能就有這種宿命。

軍艦後來被命名為「東艦」，在二十幾年後的日清戰爭中，作為頗具代表性的軍艦而在百姓中間廣為流傳。

「日清談判破裂，品川東艦出征」

這首日清戰爭期間的歌雖說是歌頌這艘軍艦的，但是嚴格地說該軍艦早在明治二十一年，因為破舊不堪而除籍了。

「榎本，這艘鐵甲艦會在南部領地（岩手縣）的宮古灣停靠吧？」

歲三問。

「當然，應該會。」

「那麼我們可以去宮古灣襲擊這艘軍艦，把它奪過來。」

「……」

大家聽了歲三的建議，很不以爲然，臉上非常不屑。

也許他們心裡都在想——這個不學無術之輩。

歲三眼睛眨也不眨。

只有榎本邊聽邊不住點頭。在宮古灣停靠的時候，他已經聽歲三說過這種當時以爲隨便說一說而已的新奇戰術。

「不過土方君，我們已經少了一艘開陽。我們現在的條件和那時不一樣了。」

榎本說。

開陽軍艦是在去年秋天的十一月在江差的弁天島下錨時遭遇颱風而沉沒。可以說函館政府的海軍力量爲此而銳減了一半。

「我們不是還有回天嗎？而且還有蟠龍和高雄。我是陸軍，這樣說可能不太合適，不過海軍只要把我們送到宮古灣就行。奪取鐵甲艦的任務可以由我們陸軍來完成。當然等我們奪到以後，還要靠海軍把它開回來。」

「……」

大家都沉默了。無疑，舊幕府陸海軍的秀才們從來沒有見識過這樣的戰術。

（這不是古時候的倭寇行爲嗎？）

他們心想。

隨後，軍事會議就在閒聊中結束了。

函館海軍當局對鐵甲艦表現出來的畏懼，透過居住在函館的外國人傳到了京都新政府的耳朵裡，並刊登在當時橫濱的英文報紙上。

文章中寫道：「函館政府將校們聽到鐵甲艦將於近期到達函館，表現出了異常的恐慌。不知是否因此緣故，他們頻頻向海峽派出搜索艦。昨夜又出動了兩艘蒸汽船，在函館港內外巡航。」

這個消息被外文報紙大肆報導。可以看出，函館政府的動靜無疑也是居住在橫濱的外國人最關心的事情之一。

歲三的方案通過榎本轉告給了舊幕府的法國軍事教師團。

有一個叫尼克的教官說：

「這種戰術在外國也有。」

聽到法國教官這麼一說，榎本對歲三的方案表現出了極大的興趣。他還知道了這種戰術的名稱叫接舷攻擊。

「土方君，聽說外國也有你說的這種戰術。」

「是吧。打仗這種東西不是學問，而是如何在戰鬥取勝的方法。不管是日本還是外國，道理應該是一樣的。」

（的確如此。）

榎本心服口服，他笑著拍了拍歲三的肩。

「我服了你了。」

「我不懂船，所以事先問過回天艦長甲賀源吾君。甲賀君雖然很有學問，但是，」

歲三看著榎本苦笑著說：

「我這樣說不是批評學問高深的你。甲賀雖然是個學者，但是他的想法很直接。他告訴我說應該可行，還說會認眞研究。當然軍艦的事情我管不了，但是陸軍一定得我來指揮。」

「陸軍奉行不應該親自去參加戰鬥。」

「我習慣了戰鬥。近藤勇沒有能夠奪取甲州城含恨而死了。我希望我能把鐵甲艦奪到手，作爲對他的祭禮。」

「薩長會很吃驚的。」

榎本似乎把歲三當成了軍神一樣，像外國人那樣一把握住了他的手。

「光是想想我就覺得很開心。土方，薩長連做夢都不會想到新選組會坐著軍艦殺過去的。」

「是啊。但是爲了貫徹這一戰術，我們需要情報。最重要的是要知道對方艦隊什麼時候到達宮古灣。」

「這個，今天應該會收到我們在江戶的偵察人員委託英國船送來的信。看到那封信後，就可以大致推算出他們到達宮古灣的時間了。」

京都新政府為了艦隊的編隊而深感頭疼。作為新政府的艦隊，除了一艘名震天下的鐵甲艦，就只有一艘運輸船飛龍丸了。

所以，要組建一支艦隊只能徵用舊幕府時各藩自行從國外購買的艦船。

明治二年的三月初，艦隊終於完成編隊，所有徵召艦船在品川海面上集合完畢。

共計有軍艦四艘、汽船四艘。

鐵甲艦為旗艦，僅次於它的是薩摩藩的「春日」（一千二百六十九噸）。

另外兩艘軍艦分別是長州藩的「第一丁卯」（一百二十噸）和秋田藩的「陽春」（五百三十噸）。這個艦隊在噸位、航速和火力等方面與函館的艦隊相比毫不遜色。

三月九日，京都新政府的艦隊起錨出航。

這個消息通過函館政府潛伏在橫濱的密探（可能是外國人）很快就傳到了函館方面的耳朵裡。報告中是這樣寫的：

「停靠宮古灣的時間為十七或十八日。」（麥叢錄）。

新政府軍艦隊的第二大軍艦「春日」（薩摩藩）上乘坐著當時二十三歲的三等士官、後來的東鄉平八郎。

艦隊士官為艦長赤塚源六、副艦長黑田喜左衛門。此外還有谷元良助、隈崎佐七郎和東鄉平八郎。

這個寡言少語的年輕人作為火砲士官負責側舷砲。

「東鄉元帥的經歷非常傳奇，他幾乎參加了我國所有的海戰。」

正如後來小笠原長生翁所寫的，有他這種海戰經歷的人在外國也沒有先例。

——這是一個非常幸運的男人。

據說在日俄戰爭前夕，東鄉（當時是中將）作爲舞鶴鎮守府長官的閒職人員，等待應招參加預備役。而當時的海軍大臣山本權兵衛就因爲他很有天運，就破格任命他爲聯合艦隊的司令長官。

明治天皇問山本海軍大臣爲什麼會選東鄉，他回答說：

「我這裡有幾個候選人，各方面條件不相上下。但是只有東鄉身上總有吉運相伴。」

乘坐「春日」的士官、薩摩藩士東鄉曾經在阿波海面上與榎本率領的幕府艦隊交過手。

那是慶應四年的正月，在鳥羽伏見之戰打得最激烈的時候的事情。當時春日在兵庫港，接到了護送同藩兩艘汽船回藩地的命令。

四日一早，離開大坂灣來到阿波海面的時候，春日遭遇了榎本指揮的日本當時最大的軍艦開陽。

無疑，「春日」敵不過「開陽」，只好開足馬力企圖躲避開陽丸的進攻。但是榎本緊緊咬住不放，步步逼近，強行交火。

榎本同時打開了十三門右舷砲的火門，向「春日」開砲。

奇怪的是，沒有一砲命中「春日」。「開陽」不僅噸位大，而且在海軍技術方面，舊幕府軍也佔有絕對的優勢。但是不知爲什麼，打出去的砲彈紛紛落在「春日」的前後左右，只激起一陣陣的水柱。

「開陽」步步逼近「春日」，最後兩艦之間甚至只有一千二百米的超近距離。

這時，東鄉親自操作一門左舷四十斤砲，向「開陽」發出了第一枚砲彈。

第一發砲彈就擊中了「開陽」。接著第二發、第三發砲彈也紛紛落在「開陽」上。

這場海戰是這個國家在自己的海面上由西式軍艦打響的第一場海戰。

在這一場具有紀念意義的戰鬥中，非常精通海軍技術的「開陽」艦向「春日」發射了近百枚砲彈，卻一彈未中。除了說他們運氣太差實在沒有其他說法可以來形容那場戰鬥。

而東鄉的運氣又實在太好。

山本權兵衛最初的印象大概就來自這命中「開陽」的第一發砲彈吧。最後「春日」平安脫險，回到了鹿兒島。

新政府軍的艦隊繼續北上，途中遭遇了幾次暴風雨，到達宮古灣的時間比原定計劃晚了許多。

身居五稜郭的榎本吩咐海軍奉行荒井郁之助不間斷地向宮古灣周邊派出偵察船隻。

陸軍奉行並土方歲三身著軍服，穿長馬靴，每天在停泊於函館港內的「回天」上，訓練「斬殺隊」。

「刺出去的刀是否有威力，歸根結底要看你是否有足夠的氣勢。要在劍術上取得勝利，必須對準對方的臉狠狠刺去，除此沒有更好的辦法。還有，最重要的是，要在戰鬥中徹底忘掉學過的劍術招式。」

歲三站在甲板上，向前邁出右腳，同時拔出了和泉守兼定。

一股迫人的恐懼氣氛霎時充滿了四周，陸、海軍士兵個個鴉雀無聲地望著歲三。在京都時，歷史上斬殺最多武士的這個人就要在這裡展示他殺人的技巧了。

歲三的面前有吊著一個包成團的吊床。

歲三向前邁出一步。

和泉守兼定在陽光下一閃，吊床已經被劈成兩半落在了地上。

「要注意腰部。」

歲三拍了拍自己的腰，說：

「盡量壓低腰部，這樣以對方肚臍爲中心旁邊的部位都能斬殺到。還有，向敵人砍去的時候不能依靠刀尖。那是膽小鬼的做法，一定要使出全身的力量用刀身砍。還有邊逃可以邊掃向對方身體與手腕等小技巧。」

在場的是從各隊選出來的劍客，都是高手。

這些人中有：

新選組：野村利三郎、大島寅雄等二十人。

彰義隊：笠間金八郎、加藤作太郎、伊藤彌七等二十幾人；

神木隊：三宅八五郎、川崎金次郎、古橋丁藏、酒井扇之助、同良祐等二十餘人。

他們全都是在京都、鳥羽伏見、上野戰爭、東北戰爭和蝦夷平定戰等戰役中幾度出身入死的劍士。

三月二十日夜裡十二點，他們分乘三艘艦船，在函館市區的燈光映照下悄然離開了北海道。

「回天」航行在最前面，艦尾點著白色的燈，引導後面的艦船。

目標，宮古灣。

宮古灣海戰

回天、蟠龍和高雄這三艘軍艦依次排成一列開始南下。

歲三一直站在旗艦回天的艦橋上。

二十二日進入南部藩領地久慈邊上的一個無名港口，這個地方名爲鮫。

三艘艦都降下了幕府軍的艦旗「太陽旗」，取而代之，在桅杆上掛起了新政府軍的艦旗「菊章旗」。因爲他們擔心漁民或海上船隻看到太陽旗會去向新政府軍通風報信。

「土方，要不要在這裡放陸軍的偵察隊士下去？」

艦長甲賀源吾問歲三。偵察是爲了瞭解在宮古灣的新政府軍軍艦的動向。

「我親自去。」

歲三說完，帶上勤務兵市村鐵之助跳下了小艇。他們到一個名叫鮫村的漁村，向當地漁民打聽新政府軍的去向。

但是沒有人知道。

歲三失望地回到了艦上。

「甲賀，新政府軍的情況還是不清楚啊。」

偵察敵情並不順利，這就意味著這次奇襲很可能會以失敗而告終。

「是嗎。鮫村離宮古灣太遠，他們不知道那裡的情形也可以理解。土方，我們還是馬上起錨出發吧。在這裡逗留的時間太長會被敵人發覺的。」

甲賀艦長說。

這話有道理。歲三點了點頭，看起了甲賀艦長手上拿著的陸地地圖。

從這裡到宮古灣之間，似乎沒有合適的港口可以停船下去偵察。

不過過了宮古灣，向南距離該灣五里的地方，有一個叫山田的漁港。

「這個地方不錯。雖然距離有點近，但是山田村的人，應該會知道相距五里開外的宮古灣的情形吧。」

「好主意。雖然有被發現的危險，但是打仗是需要下賭注的。」

甲賀源吾馬上聯絡另兩艘軍艦的艦長，立刻起錨，開始低速前進。

出了港口外，艦船關閉了蒸汽，改爲揚帆航行。

風向正好是順風。

艦橋上非常安靜。

歲三是個寡言少語的人，而甲賀源吾也是非必要幾乎不開口的人。

（也許只有這個人才是函館最優秀的人才。）

歲三帶著欣賞的眼神看著甲賀。

甲賀的年齡比歲三稍小一些，此時三十一歲。耳朵好像削過似的很薄，眼睛不大，身材矮小，但體格健壯。

（此人的體形像藤堂平助和永倉新八，不過性格有點像我。）

甲賀源吾是個幕臣，但是他和其他函館政府的幾乎所有首領一樣，也不是世襲旗本。

他是遠州掛川藩士甲賀太夫的第四個兒子。這個家族的遠祖來自以忍者聞名的近江國甲賀郡。

在江戶的時候，甲賀向幕臣矢田堀景藏（後來改名鴻，幕末的海軍總裁）學習了航海技術，後來又跟著荒井郁之助（函館政府的海軍奉行）翻譯過荷蘭出版的高等數學以及有關艦隊訓練的書籍，還在長崎實地學習了航海技術。由於他掌握的這門技術，他被提拔爲幕臣，擔任過軍艦訓練所教授方和軍艦頭等職。

甲賀源吾對歲三好像也頗有好感。

歲三很重視對敵情的偵察。爲此需要軍艦一次次地在沿岸拋錨，派人去漁村探聽情況，非常麻煩，軍艦的行動自然也變得很遲緩。對於海軍來說，實在不是迅速的戰前準備。

儘管如此，甲賀還是盡力協助陸軍完成一次次的偵察工作。

「土方，池田屋之變的時候，你們也在事先做了充分的偵察嗎？」

甲賀很想知道發生在元治元年六月的那次著名的事件。

那是一次新選組以寡敵眾，衝進池田屋並立下奇功的戰鬥。

「那是近藤的功勞。當時我去了木屋町的四國屋重兵衛，後來才趕到池田屋的。等我趕到的時候，戰鬥已經基本結束。不過我們確實對池田屋做了充分的事先調查，當時負責偵察的副長助勤叫山崎烝。」

剛說到這裡，軍艦開始了大幅度的搖晃。

歲三向窗外看去。只見浪頭比先前高了許多。大概是因爲進入了外海。

「這個山崎，」

歲三依然兩眼看著窗外，繼續剛才的話題：

「是個偵察的好手。當時他化裝成藥販子待在池田屋。他設法接近敵人，並取得他們的信任，甚至還爲他們的酒宴端菜什麼的。敵人去了很多，但是因爲房間小，所以藥販子山崎說要幫他們保管刀劍等，把所有人的大刀都集中放到了隔壁的壁櫥裡。近藤只帶著五個人殺進去卻一擊奏效，全靠了山崎的這一手。要取勝必須有策略，爲了制定策略就必須做好充分的偵察工作。這是戰鬥常識。」

軍艦的晃動更加劇烈了。

風大了。雖然雨沒有下下來，但是雲層很厚，低低地掛在海面上空，連外行人也看得出天氣正變得越來越糟。

（如果在陸地上的話，這種天氣正適合夜襲。）

歲三下了艦橋，走到舷側，把剛才吃下去的東西全吐了出來。

入夜，晴雨計開始急劇下滑。風浪更大了。

於是，「回天」只好降下帆，終於換成了馬力航行。

軍艦噴著濃濃的黑煙，在大風大浪的黑夜裡繼續航行。

到了半夜，值班士官看不到一直跟在後面的「蟠龍」和「高雄」的舷燈，頓時緊張起來。

他們叫醒了正在艦橋上打盹的甲賀艦長。

甲賀不慌不忙地說：

「不要緊，他們採取了隨波逐流的航海術。」

那兩艘軍艦和「回天」的馬力不同。

由於馬力不足，所以在這種大風大浪中，如果靠馬力航行反而會增加危險。

「蟠龍」和「高雄」大概是爲了避免艦船損傷，關閉鍋爐，下了錨，任由艦船在海面上漂浮。

在大風大浪中，只要把住舵，方向不出錯，應該可以漂浮南下的。

那天夜裡，「回天」舷側外的船篙被側面打來的浪頭打壞了。

天亮的時候，風停了。

「眞的不見了。」

歲三看著窗外，輕輕笑了。除此之外也沒辦法。

原本應該跟在後面的「蟠龍」和「高雄」兩艘軍艦，在海面上舉目望去連個影子都看不見。

（軍艦這東西也太不方便了。）

軍艦「回天丸」開始向著靠岸地點前進。

在朝霞的映照下，山田灣的風景呈現在了眼前。

就在這時，令人倍感緊張的一幕出現了。山田灣入口處停著一艘正冒著黑煙的軍艦。靠近一看，原來是「高雄」。

看來還是隨波逐流的軍艦來得快。只是還不見「蟠龍」的行蹤。

「回天」和「高雄」進入了山田灣。

這一天，「回天」在桅杆上掛起了美國旗，「高雄」則掛起了俄國旗。

「土方，——」

站在艦橋上的甲賀突然有了什麼重大發現似的，回頭看了一眼歲三，指著陸地上的一個小丘陵說：

「那兒有油菜花地。」

油菜花鮮豔的顏色染黃了整個丘陵和原野，令人目眩。

北海道還有積雪，而在奧州的南部領地上卻已經是初夏的感覺了。

歲三也眯起了眼睛。他感覺很親切，好像睽違多年後回到了家鄉似的。

軍艦爲了預防敵人突然來襲沒有拋錨就放下了小艇。

偵察員是法國人。他帶了兩個日本人，對外稱是翻譯。因爲既然僞裝成外國船，那麼由歲三等日本人前去偵察就顯得太不奇怪了。

這次偵察收穫極大。

正像他們預計的那樣，宮古灣已經有新政府軍艦隊入港了。

而且目標軍艦鐵甲艦也在其中。

根據山田村人的說法，宮古灣沿岸的漁村因爲這支艦隊突然入港而變得異常熱鬧。

歲三馬上在「回天」軍艦上召開了軍事會議，當即決定於明天未明之時發起突然襲擊。

考慮到在這裡靜等「蟠龍」可能擔誤戰機。下午兩點，兩艘軍艦出港了。然而出港後沒多久，「高雄」由於昨夜的風浪造成的發動機故障，速度下降到了最低點。

緊急在海面上進行了維修，但是沒有修好，只好隨它落在了後面。

結果攻打鐵甲艦的任務落在了「回天」一艘軍艦上。

另一方面在宮古灣，新政府軍的鐵甲艦、「春日」、「陽春」和「第二丁卯」以及運輸船「飛龍」、「豐安」、「戊辰」和「晨風」共八艘船正拋錨停在這裡。陸軍在這裡登陸後分別住進了漁村裡。

鐵甲艦以鎧甲武士的模樣，正靜靜地停在島的後面。艦上有兩根桅杆，煙囪比普通軍艦短。此時所有軍艦的煙囪都沒有冒煙，因爲鍋爐沒有點火。而一旦有意外情況發生，要啓動艦船，首先必須從點鍋爐開始，所以在正式啓航前還需要不短的準備時間。

這一天是三月二十四日。日落前，海軍士官幾乎都在陸地上。太陽下山後，天色很快黑了。這時，擔任突襲任務的「回天」熄了燈，像刺客屏聲靜氣地隱藏在黑暗裡似的，漂浮在宮古灣外的海面上，一刻不停地爲第二天黎明時分發起的進攻做著準備。黑暗給大海也給軍艦抹上了一層黑色，讓停泊在港內的政府軍艦隊無法發現他們。

但是新政府軍中也有觀察異常敏銳的人。

他不是海軍士官，他是指揮陸軍部隊的參謀黑田了介（薩摩藩士，後來的黑田清隆。除了發酒瘋的缺點以外，像那樣在政治和軍事兩方面都才能出眾的人在當時還不多見。）。

黑田住在沿岸漁村的名主家裡，並把那裡作爲本陣。這天傍晚他聽到了從鮫村方面傳來的風聞。

「什麼，掛菊章旗？」

黑田詢問部下。

「是的。漁民是這樣說的。據說是三艘軍艦，是新政府軍隊的軍艦嗎？」

「笨蛋，新政府軍的軍艦天上天下五大洲合起來不過只有停在港內的這四艘而已。他們一定是叛軍的軍艦。」

他很放心不下。

黑田了介帶上大小刀，馬上叫了一艘漁船把他帶到停在港內的鐵甲艦上。

鐵甲艦上幾乎沒有士官。

艦長也不在。

「那麼，石井呢？他也不在嗎？」

黑田抓住一個年輕的三等士官，亂吼一通。

石井是肥前藩士石井富之助，位居艦隊參謀。

「他在陸地。」

「他們都在幹什麼？是在玩女人嗎？」

「不知道。」

鐵甲艦的乘組人員中，艦長是長州藩士中島四郎，乘組士官主要是肥前佐賀藩士及宇和島等其他藩士，就是說艦上是一支雜牌軍，沒有統一的管理，士兵的風氣非常鬆散。這讓陸軍參謀黑田大爲惱怒。他吼道：

「去把石井、中島給我叫來。」

「這是陸軍參謀的命令嗎？」

年輕的帶肥前口音的三等士官很不高興。

大概是他對自己這個薩摩參謀輕慢的態度激怒了黑田，黑田嚷道：

「喂，你叫什麼？」

「我是肥前佐賀藩士加賀谷大三郎，是鐵甲艦上的三等士官。」

「我是黑田。」

「我知道。」

「那好，你給我聽好了。我說房子著火了，去把水拿來。請問這叫命令嗎？還不快去陸地把石井、中島叫回來。」

（佐賀的人太沒道理了。）

黑田說完，擅自闖進了艦長室。

從船窗向外看去，黑田馬上看出了只有薩摩的軍艦「春日」管理嚴格，禁止乘員登陸。

（喔。）

黑田環視了一周室內，發現一個放在架子上的二升大酒壺。

黑田伸手取下酒壺，開始斜著往嘴裡灌。酒在黑田的生涯中讓他數次慘遭厄運。而這次如果也許也可以算是失敗中的一次。

很快，一升酒進了肚。

眨眼間，酒從酒壺中移進了黑田的肚子裡。

剛喝完這一壺酒，就聽到甲板上傳來了腳步，不一會兒腳步聲在艦長室前停了下來。

門打開了。

石井海軍參謀、中島艦長吃驚地看著擅自闖入的黑田。這時的黑田已經醉了。他回過頭，說了一句：

「難道海軍從來不偵察敵情嗎？」

他的話說得很不客氣。石井和中島是海軍，而黑田是陸軍，本身就不是同一體系的，再加上石井是長州人，自幕府末期以來，長州人對薩摩藩士一直有一種難以釋懷的恨意。所以本來他們之間在感情上就有隔閡，而黑田的責難在石井和中島聽來更像是一種挑釁。

「你這話是什麼意思？」

「意思很明白，我在問海軍難道不派偵察員偵察敵情嗎？」

「我們當然會派。剛才你不是對艦上的加賀谷大三郎說著火了，火在哪裡？」

「現在已經不是著火的問題了。難道你們不知道敵人的艦隊已經到鮫村了嗎？」

「黑田，這裡是南部領地，南部藩就在前不久還參加了奧州聯盟，現在當然還會有逆賊作亂。虛報一定是從那兒傳來的。」

「虛報？」

「偵察也許很重要，但是判斷偵察報告的正確與否才是一員良將的工作。」

「你說什麼？」

黑田一腳踢開椅子站了起來。

「唉，算了。」

石井說：

「你現在很不正常。你喝醉了，而且喝的還是我的酒。」

就這樣，海陸軍的臨時會議以決裂告終。黑田把人家睡前要喝的酒給喝光了，給對方留下了把柄，所以不好再對人家拍桌子瞪眼，只好離開了艦艇。

「回天」像刺客一樣隱藏在黑暗的大洋上。

這天晚上，艦長甲賀源吾讓士兵將所有大砲都裝上了砲彈。

隨後，歲三把陸軍和其他乘組人員全部集合到漆黑的後甲板上，一次次反復說明了接舷戰的作戰方案。

「大家要同時跳到敵人的甲板上。如果零零散散地跳下去，我們就只有挨打的份。」

他把隊伍分成了五個小隊。

最能發揮進攻優勢的是坽門隊。

這個隊負責關閉鐵甲艦甲板上的所有出入口，並守住這些門，把睡在船艙裡的乘員統統囚禁在下面不讓他們出來。只要這一行動順利，僅此一舉就可以把結貼艦完整地搶到手。

甲板上只有爲數不多的幾個敵兵，就由二隊負責解決。

其餘三個隊的任務是佔領鐵甲艦甲板上最可怕的武器。

鐵甲艦的甲板上，除了向敵艦射擊的艦砲外，還有一種新式武器叫格林快砲，用來掃射敵艦的甲板。

這是一種帶有六個砲管的機槍，只要轉動砲尾的機械裝置，一分鐘內就可發射一百八十發槍彈。

「只要控制了這門砲，勝利就屬於我們的了。」歲三說。

隨後，全體在船艙裡舉行了酒宴。

滿天的星星閃著耀眼的星光，大海如死亡般寂靜。

襲擊

軍艦「回天」在黑暗中起錨，發動機低速運轉，在海面上向著目的地宮古灣悄悄滑行。

軍艦就像陸地上的一名刺客。

歲三站在艦橋上，從西裝背心口袋取出懷錶，輕聲自語：

（再有三十分鐘天就該亮了。）

放回懷錶，他走下舷梯。

歲三個子很高，臉部輪廓分明，如果沒有掛在腰部的和泉守兼定，怎麼看都像是一位西方紳士。

各隊隊士陸續來到了甲板上，他們努力抑制住自己激動的情緒。歲三走過他們的旁邊，說：

「還有三十分鐘天就亮了。到時候我們應該進入宮古灣了。」

他又說：

「外面霧大，會弄濕衣服，行動起來會妨礙手腳的，還是在船艙裡等吧。」

他像趕鴨子似的把眾人趕回了甲板下的船艙裡。

頭上聽到了繩子吱吱作響的聲音。

那是在往桅杆上掛艦旗，此時掛的是星條旗。甲賀

想在進灣之前把「回天丸」僞裝成美國軍艦。這種做法沒有什麼好與不好，在歐洲國家之間的海戰中，入侵敵人陣地時懸掛外國旗，待戰鬥開始則迅速換上自己國家的旗子已經成了一種慣例。

不久，黑暗中的海面漸漸變成了深藍色，突然一道亮光閃過，東方水平面上，明治二年三月二十五日的太陽染紅了天際，冉冉升起。

眼前是斷崖絕壁，群山峰巒起伏。

閉伊崎的松樹出現在眼前。

歲三轉身對勤務兵市村鐵之助說：

「快去招呼大家，到甲板上集合。」

（來了。）

歲三也走下了甲板。

很快，參加襲擊的隊士們從艙門魚貫而出，根據事先部署分別列隊排好。他們的右肩纏上了白布，以區別敵我。

隊員中有背著槍手持刀的，也有背著刀抱著槍的。

「看樣子今天天氣不錯。」

歲三很難得的笑著，瞇起眼睛看著冉冉升起的太陽。

艦長甲賀源吾正俐落地指揮著乘務人員。

桅杆的樓上座內，水兵正握著槍，或拿著投彈整裝待命。

兩舷的艦砲也已經裝上了砲彈。

所有砲筒都裝上了殺傷力巨大的霰彈和用來破壞甲板的實彈各兩枚砲彈。

因爲採用了實彈和霰彈合裝的方法，所以只要一發射，兩枚砲彈將同時射出。

歲三回到了艦橋。

艦艇正敏捷地滑進狹窄的灣口。

由八艘艦船組成的新政府軍艦隊已經過了起床的時間，但是各艦的甲板上只有很少幾個人出現。

處於緊張狀態的只有桅杆樓座上的哨兵。

所有艦船的鍋爐都沒有點火。
當然帆也沒有揚起，完全處於拋錨停航的狀態。一旦發生戰鬥，要想正常投入行動，如論如何也需要十五分鐘的時間準備。
所以，可以說艦隊還處於休眠狀態。
「回天」繼續向灣內深處行駛。
這個像狼口似的既深又窄的灣口，從入口到盡裡頭還有二里之遠。
歲三最後一次來到甲板的時候，眼前的景象完全變了，他看到了一艘艦船。
錨沉入海底，艦船沉默著。
「這是戊辰，是運送陸軍的運輸船。」
艦艇上的見習士官告訴歲三。
「回天」沒有理睬「戊辰」，擦著舷悠哉遊哉地從它的旁邊通了過去。
而「戊辰」上，哨兵則向值班士官報告。說：

——右側有美國軍艦通過。
但是沒有人在意這艘軍艦。
——是美國軍艦。
所有人都確信無疑。這不僅是因爲懸掛在桅杆上的星條旗，還有一個原因是他們從來沒有見到過像眼前的「回天」一樣的日本軍艦。因爲在新政府軍的海軍記憶中，「回天」不是現在的這個樣子。
說到「回天」，凡是海軍都知道，它有三根桅杆，兩根煙囪。但那是以前的「回天」。現在的「回天」卻只有一根桅杆和一根煙囪。原來去年在逃出品川，向北航行的途中，「回天」在犬吠岬海面遭遇了暴風，刮斷了兩根桅杆和一根煙囪。
所以，現在出現在新政府軍艦隊眼前的「回天」外觀非常奇特，是他們從來沒有見過的。所以難怪他們堅信這一定是美國軍艦。
在後來成爲元帥的東鄉平八郎口述、小笠原長生執筆的《東鄉平八郎傳》及《薩摩海軍史》中，提到此時政府艦隊方面的情形時是這樣寫的：

「艦員中有人上了陸地，有人留在艦內。當回天進入宮古灣時，大多數人還在睡覺。新政府軍的艦隊中無一人登陸，全體戰士都留在艦上的只有薩摩藩的軍艦春日」。

已經起床的各艦乘組人員都聚集到甲板上，想一睹先進國家美國軍艦的投錨及其他操作手法，一個個看著「回天」，開心地說笑著。

「回天」桅杆樓座上有士官新宮勇在執勤，搜索灣內的鐵甲艦。

「發現鐵甲艦。」

就在新宮大聲喊出此話的同時，全體人員迅速站到了各自的位置上。

襲擊隊藏身於舷內側，刀已出鞘。

歲三站在軍艦的船頭，看到在眼前的鐵甲艦時，身體不由自主地顫慄起來。

（了不起。）

艦的腹部用鐵板包裹著，上面用了無數顆鉚釘固定。

桅杆有兩根，煙囪一根，都是短粗型的。艦艇的前後都有旋轉式砲塔，尤其是前面的砲是三百斤砲，相當於「回天」主砲的四倍力量。在歲三的戰鬥歷史中，和這樣的龐然大物作戰這大概是第一次也是最後一次。

「回天丸」的目的不僅僅是與鐵甲艦進行對決，而是要奪取它，並把它帶回到函館。能否成功，就看這一擊。這完全是一場賭博。

距離越來越近。

可以清楚地看到鐵甲艦上乘組人員的五官了。這時，甲賀艦長一聲令下：

「掛上太陽旗。」

美國旗降下，太陽旗升起。

新政府軍艦隊像白日裡見鬼了似的，驚愕不已。

總而言之一句話，鐵甲艦上一片混亂。有人在甲板上四處亂竄，有人逃進艙門，甚至還有人跳入大海裡。

只有鐵甲艦的艦尾，有人從容地拿起信號繩，升起了信號旗。這是全軍警戒的信號。遺憾的是，這位勇敢者的名字沒有流傳下來。

「回天」開始接舷，根據事先計畫，艦船首先要和鐵甲艦並行。但是「回天丸」的舵有一個缺點，而這個缺點在這場戰鬥中又是致命的。那就是右轉舵不靈。

第一次接舷失敗了。不得已，「回天丸」只好離開鐵甲艦。

接著，又一次衝上去，進行了第二次接舷。

「咚。」

兩艦撞到了一起，巨大的衝擊力傳遍了整個艦艇。

站在船頭的歲三摔出去兩三間遠。

立刻站起身察看究竟發生了什麼。

（不好。）

他臉上立刻面無血色。

「回天丸」的船頭壓在鐵甲艦的左舷上，兩艦形成了一個「イ」字型。

全體突擊隊員要同時跳到對方的甲板上，必須兩艦平行接舷才能做到。然而現在的情形，隊員只能零零星星地從船頭跳下去。

這是事先完全沒有料到的。由於艦艇操作不當，竟然出現了這種無法應對的突發情況。

問題還不止這些。「回天」是一艘船體很高的艦艇，再加上船頭壓在鐵甲艦的上面，所以比鐵甲艦的甲板至少要高出一丈（約三公尺）。從這麼高的地方跳下去，如果不是身子異常輕盈或運氣極佳的人，恐怕不出人命也會骨折。

（這樣沒辦法。）

歲三很氣餒。他原本是個不打無準備之仗的人。

艦橋上，甲賀艦長也緊咬著嘴唇。

怎樣都想不出一個好方法來。

「土方，上吧。開始接舷戰。」

他從艦橋上往下喊。

「上嗎？——」

歲三回過頭來，微微一笑。甲賀點點頭，揮了揮白刃。

這是歲三最後一次看到甲賀源吾。

他下令從船頭放下繩子。

「跳啊。」

歲三揮舞著刀。

「我先跳。」

一個海軍士官從歲三身旁跑了過去。他是測量士官、舊幕臣大塚波次郎。

緊跟著，新選組的野村利三郎也跳了下去。

第三個是彰義隊的笹間金八郎。

第四個同爲彰義隊的加藤作太郎。

接著是新選組的十五個隊員，最後彰義隊和神木隊的隊員依次紛紛跳了下去。

但是，雖然大家接二連三地往下跳，終究只能一個接一個落到敵人的甲板上，所以鐵甲艦上的敵人防守起來非常容易。

鐵甲艦上終於一掃驚惶失措的樣子，振作起來了。

他們有人躲在甲板上的設施後面，用步槍向闖艦者亂掃，有人拔出刀團團圍住逐一落下來的來襲敵人。一場慘烈的戰鬥在鐵甲艦的甲板上上演了。

（不妙。）

歲三心想。

他是陸軍奉行並，也就是函館政府的陸軍大臣。但此時他已經下定決心，要和士卒們一起殺入敵群。

「各位，大家不要再用繩子往下滑了，跳下去，快往下跳。最多也不過是腿斷了。」

說著，他高高舉起刀，縱身一躍，跳向了一丈高度下的敵人甲板上。

歲三跳下去了。

歲三一落地立刻翻滾站起身來，回手一刀就把拿著槍托攻擊的敵軍士兵左側身體斬成了兩半，當場擊斃。

接著他抬頭環視，看到桅杆下面，新選組的野村利三郎被五、六個人圍著正在苦苦應戰。

歲三大踏步地跑了過去。他一躍從敵人的背後斜向砍下，又對準另一名敵人頸部。一刀、兩刀，一眨眼就解決了兩個。

眞不愧是高手。

到他擊斃第三個人的時候，還沒有用到兩分鐘時間。

「野村君，右肩怎麼啦？」

歲三邊問邊慢慢靠近野村，圍著野村的其他兩名敵人不知所措地站在一旁。

「被子彈打中了。」

也許是因爲呼吸困難，野村臉色蒼白。歲三想把野村架起來，突然又一顆子彈飛來打穿野村的腦袋。野村倒在了歲三的身上。

「這樣不行。」

再一看，第一個跳下來的大塚波次郎全身像馬蜂窩似的布滿彈孔，已經倒在排氣管旁。

甲板上已經有幾十個突擊隊的隊員在戰鬥，但是與其說他們在和敵人的白刃決戰，不如說正被子彈追打著。

封鎖鐵甲艦出入口的戰術由於接舷失敗而最終沒有能夠實現，鐵甲艦上的乘員手持武器都已經到了甲板上。

（這次戰鬥失敗了。我們撤吧。）

歲三想把隊員集合起來，準備撤退，但是「回天」艦橋上的甲賀源吾卻依然沒有放棄。他下令舷側砲群向鐵甲艦轟擊。

「轟！」

「轟！」

有十發砲彈打中了鐵甲艦的側邊，但是全然沒有用。

砲彈打在鐵板上，就像以卵擊石，炸裂的只是砲彈。

歲三因爲砲彈的撞擊力幾次跌倒。

（這人還太年輕。）

第三次爬起來的時候，有幾十發砲彈同時從他的頭頂飛過。

「回天」全員最害怕的敵人的機砲發出淒厲的連射聲開始發威了。

同時，投擲彈也開始在歲三的前後左右紛紛爆炸。

既有敵人的投擲彈，也有從「回天」投下來的自己人的投擲彈。

在爆炸後的煙塵中，歲三不顧一切地揮舞著手中的刀砍殺。

另一方面，停靠在宮古灣內的其他官軍艦船。第一時間做好戰鬥準備的只有薩摩的軍艦「春日」。

「春日」比起其他軍艦來，還有一個小小的優勢。其他艦船因爲有鐵甲艦擋住，無法向「回天」開砲，而「春日」卻有一個很好的射角可以直接砲擊「回天」。

而且，在「春日」的艦載砲中，正好可以利用這個小角度的只有擔任左舷一號砲的三等士官東鄉平八郎。

「春日」開始了砲擊。有兩發砲彈擊中「回天」，打翻了甲板上的設施和人員。

其他艦船已經起錨，鍋爐也已經點著，等待發動機開始運轉。

一旦運轉起來，那麼七艘艦就可以對「回天」形成包圍網，並集中火力向「回天」砲擊。

「回天」不可能就這樣坐以待斃。

他們向四面八方發射砲彈，至少有「戊辰」和「飛龍」兩艘艦船受到了不同程度的損傷。

「戊辰」和「飛龍」上滿載著陸軍士兵。他們拿著數百支步槍向「回天」射擊。

甲賀還在艦橋上。

腳下躺滿了士官和聯絡兵的屍體，靴子因爲地上的血而變得很滑。

結果有一顆子彈穿透了甲賀的左大腿。

甲賀扶著柱子站起來。

接著右手又被擊中。他倒了下去，卻不忘自己的職責，下令聯絡兵：

「拉響撤退的汽笛。」

就在這時，一顆步槍子彈正中了他的腦袋。甲賀當場死亡。

汽笛響了。

鐵甲艦上，還能站著戰鬥的除了歲三，只剩下兩個人。其餘的全部倒在甲板上。

甲板上，幕府軍和政府軍的死傷者混合在一起，其慘狀用屍山血河來形容一點也不爲過。

「撤。」

歲三把倖存的隊員集中到繩子下面，讓他們一個接一個地上去。

歲三是最後一個抓住繩子的。

有五、六個敵人從一具具掩護後面追了過來。

歲三把刀收入鞘內，向敵人喝道：

「我們已經停手。你們也給我住手。」

敵人終於沒有開槍。歲三回到「回天」後，軍艦離開了鐵甲艦。

駛出了宮古灣。

「春日」等艦船追了出來，但是終究沒能追上速度更快的「回天丸」。

「回天」於二十六日回到函館。

重逢

歲三是個很神經質的人，一天裡他不知道要擦多少次馬靴。

馬夫澤忠助總是請他停下來：

「請讓我來擦。」

但是歲三根本不聽。

他說自己的武器必須自己維護。

他把靴子當成了「武器」。

那天下午，他又拿著一塊呢絨布頭，仔細地擦拭起馬靴來了。

過了一會兒，勤務兵市村來了。「大和屋的友次郎大人求見。」

「讓他進來。」

歲三正在給靴子上油。沾在皮革上的血已經滲到裡面，怎麼擦也擦不掉。

大和屋的友次郎是大坂富商鴻池善右衛門的二掌櫃，現在是位於函館築島的鴻池分店負責人。

鴻池屋和新選組之間的關係很深。

早在新選組剛成立的時候，文久三年初夏的一天，正在市內巡察的近藤、山南和沖田等人發現有

幾個浪士結成的敲詐集團闖入了鴻池的京都店，於是在路上伏擊了他們。從此結下了不解之緣。

後來歲三和近藤等人到大坂出差，還接受過鴻池的邀請，得到了盛情的款待。

鴻池不僅贈送隊裡隊服，還送給近藤「虎徹」。

而且鴻池還主動提出請他們推薦管理人。

在治安非常不好的當時，鴻池希望通過和新選組建立密切的關係來保障自己的安全。

歲三到了北海道以後，鴻池的感恩之心依舊。他特意從大坂指示函館分店，要求「盡可能地提供方便」。

友次郎進來了。

只見他穿著一件紋服、仙台平袴，髮髻梳得一絲不苟。

他年紀只有二十七、八歲的樣子，會說一些英語。

「好久不見了。」

歲三穿上長靴，推了一張椅子給友次郎。

「是啊，正好有一班英國汽船去橫濱，我就去了一趟橫濱。」

「哦，那麼你也去江戶了嗎？」

「去了。順便去看一下東京。大名宅邸都成了官府，旗本宅邸裡有新政府的官員出入。舊幕府時代正在成爲遙遠的過去。世道的變化之快讓人意外。」

「鴻池的生意很忙吧？」

「沒什麼。幸好我們不像住友等商社，沒有提供大名太多的借貸。您聽說薩長土已經藩籍奉還的事了吧？說好聽點是奉還，實際上是把借款轉嫁給新政府。新政府說了，舊幕府時代的事情他們管不著。所以現在大坂富商中已經有五、六家倒閉了。」

友次郎還帶來了政府軍的消息。他說，從品川坐上英國船回來的時候，看見品川海面上有新政府軍的軍艦「朝陽」正吐著黑煙。在橫濱聽到的傳聞是說「朝陽」正在運送陸軍最後一批部隊。

「目的地是青森。」

歲三臉色凝重。他知道新政府軍的陸軍正源源不斷地向青森集結。

「不過，」

友次郎面無表情地說：

「我從東京帶來了一位稀客，就住在我們店的裡屋。名字嘛，對了，是阿雪。」

「阿雪。——」

歲三霍地站了起來：

「你騙我的吧。我不知道你聽誰提過這個名字，我不喜歡這種玩笑。」

他顯得有些手足無措，證據是他胡亂把擦靴子的呢絨碎布放進西裝背心的口袋裡。

「不管怎麼說，是阿雪小姐沒錯。」

從五稜郭本營到函館市區有一里多。

歲三戴了一頂法式帽子，帽檐壓得很低，急忙騎上馬前往。

（難以置信。）

他想。

按照友次郎的說法是，他在看望沖田總司的時候，從總司口中知道阿雪這個人的。

——有時間希望你去看看她。

沖田在自己病重的情況下，拜託友次郎照顧阿雪。

（這個總司，真愛多管閒事！）

歲三慢慢放下韁繩，抬頭望瞭望頭頂上的白雲。白雲像白銀一樣閃閃發光。

眼前突然浮現出沖田總司的笑容，又轉瞬即逝。

在北海道這塊土地，自然環境太過原始，不適宜想念故人。

進入市區，在築島的鴻池屋敷前下了馬，歲三把韁繩遞給了店裡的店員。

「給馬餵些草。」

店員好像有阿伊努的血統，他有雙大大的、清澈的眼睛，似乎在思考什麼問題似的。

友次郎在玄關迎接歲三。

「您終於來啦。」

歲三布滿血絲的雙眼看著友次郎。

顯然昨夜沒有休息好。

「這件事請你別跟其他人提。」

女侍將歲三帶到別館。這棟建築物可能是用來提供外人住宿的，因爲只有這裡蓋成兩層的洋樓。

女侍離開了。

歲三走近窗邊，窗子外面可以看到函館港。港口內外的汽船正在下錨。

爲了預防敵艦的入侵，港口外拉著警戒索，「回天」、「蟠龍」和「千代田形」三艘艦船輪流在港內巡邏。

歲三感覺背後有人來了，但他依然看著窗外，沒有回頭。

不知爲什麼，他就是無法坦然面對來人。

「是阿雪嗎？」

他問出口，但是聲音出來時候卻變了樣，簡直不像自己說的話。

「那兒是弁天崎砲臺，晝夜有砲兵值守。那裡淪陷的時候，大概就是我的一生結束的時候。」

背後無聲。

可以聽得到阿雪小小的心臟發出的激烈鼓動聲。

「我不該來的，對嗎？」

「……」

歲三轉過身來。

阿雪確實站在面前。她右眉毛上方有個線頭大小的燙傷後留下的舊疤痕映入歲三的眼裡。

那是歲三無數次親吻過的地方。

一看到這個傷疤，歲三不由得掉下了眼淚。

「阿雪，眞的是你來了。」

歲三一把抱住她，嘴唇落在疤痕上。

阿雪掙扎著。歲三想起了，阿雪以前也會出現這種舉動。

「結果我還是來了，毀了約定。」
阿雪說。
「別說話。就這樣——」
歲三的嘴唇壓到阿雪的嘴唇上。
阿雪非常沉醉接受了這個吻。
這是迄今爲止兩人之間從沒有過的親昵舉動。
但是，在這處外國建築物和外國人聚居的城市，像他們這樣的親昵舉動絲毫沒有顯得不自然。
許久，歲三終於放開了阿雪。
不知什麼時候，門開了。一個孩子氣臉孔的女侍端著茶壺，正不知所措地站在門口。
「給你添麻煩了。」
歲三認眞地向女侍道歉。
「不、不、不。」
女侍好像這才回神似的，顯得非常尷尬。
「我放在這裡了。」
「謝謝。我想請你幫個忙，幫我借個小硯臺和卷紙，行嗎？」
女侍很快拿來了歲三要的東西。歲三言簡意賅地寫了一封信給勤務兵市村鐵之助，告知自己所在。
「在築島鴻池店，明日下午回營。」
文字間自有一種這個男人的風采。
「找人把這封信送到龜田五稜郭。哦，對啦，就讓剛才幫忙照顧馬的那個人去吧。那個人是蝦夷人的混血吧？」
「據說是的。」
女侍唯唯諾諾地一個勁兒點頭。
女侍走後，歲三突然感覺呼吸困難。
他帶著阿雪走到街頭，來到棧橋附近。
「你是搭那艘船來的嗎？」
歲三指著海上。那裡有一艘三桅的外國輪船，懸著英國旗，正停泊在碧綠的水面上。
「是的。是鴻池的友次郎硬是勸我來的。我一聽從橫濱到這裡有五百三十里，差點沒暈過去。沒想到只用了四天時間就到了。」

「什麼時候回去？」

「那艘船出發的時候。」

阿雪盡可能裝出很開心的樣子說。

這時，海面上突然出現了一條形狀奇特的阿伊努船。

有十來個女人在一起划槳。

她們的吆喝聲和內地船夫不一樣。

「她們在喊什麼？」

歲三側著頭假裝仔細在聽，然後說：

「好像在說捨不得阿雪。」

這個男人難得地開起了玩笑。

「你在說什麼呀。……」

「不是嗎？」

「我聽她們像是在說阿歲這個傻瓜、阿歲這個傻瓜。」

「好像兩個都對。」

歲三大聲地笑了。

阿雪用手按住和服下襬，起風了。

「回去吧。」

歲三催阿雪。阿雪開始移步。

「你是什麼時候開始梳這種髮型的？」

歲三來北海道後，剪掉髮髻改成了向後梳的髮型。因爲頭髮多，所以這個髮型很適合他。

「梳髮髻戴帽子很不方便，所以剪成這樣了。我也忘了什麼時候開始梳成這樣的。來這裡以後吧。我現在是盡可能過一天忘一天，過去對於我已經沒有任何意義了。」

「和我在一起的過去也是嗎？」

「不，只有不一樣。這個過去的國度裡住著阿雪、近藤和沖田。對我來說，那是永生難忘的珍貴記憶。但是從那以後的過去，每天只是純粹的時間延續而已。」

「我不明白，不知道你在說什麼。」

「我覺得在北海道的每一天都沒有意義。對於我的一生來說，現在也許是多餘的。在北海道我只活在今天、今天、今天，活在一個接一個的今天中。在我的眼裡只是未來，沒有過去。我看得到我的未來，清楚得不能再清楚了。」

「什麼樣的未來？」

「戰鬥。」

歲三沉默了一會兒。又接著說：

「是新政府軍安排了我這樣的未來。一旦新政府軍來了，我們會通知各國領事，要求外國人退避到停泊在港口內的本國軍艦上。然後就是戰鬥，是子彈、砲彈、血和硝煙。我的未來就是，就是這些聲音、顏色、氣味。」

「搭上那艘英國船，」

阿雪突然插話道。不，不是突然，很可能她在心裡已經無數次想過要對歲三這樣說。

但是「逃吧」這兩個字終究沒有說出口。

「友次郎已經在西式房裡備好了晚飯等著我們去吃呢。」

兩人圍著餐桌坐了下來，餐桌上已經擺好了晚餐。

「我來伺候你。」

聽到阿雪這話，歲三笑了。

「在這種西洋風格的地方，男女好像是要同桌吃飯的。在船上，你吃過西餐了吧？」

「是啊。不過……」

「很難吃，是吧？特別是牛肉之類的東西難以下嚥吧？」

「我沒吃。歲三你呢？」

此時的阿雪對歲三直呼其名。

「我不吃。一說牛肉，我就會想起沖田。他很討厭醫生建議他喝肉湯。他當時的表情現在還歷歷在目。」

「所以，你才不吃的……？」

「也不完全是。我對吃的東西本來就很挑剔，沒吃過的東西一般不會碰。不過近藤的飲食習慣很好，他是什麼都吃，包括豬肉。我很不理解。」

歲三喋喋不休地說著，連他自己都驚訝於自己的這麼多話。

仔細想想，自從和榎本、大鳥等人來到北海道以來，每天說話的次數、說的話真是少得可憐。

「我也挺能說的呀。」

他聳了聳肩。

「咦，那艘船怎麼回事？」

阿雪看著窗外。

港口內的天色已經完全黑了。在那黑暗的海面上，有一艘點著舷燈的黑色船體在移動。

「噢，那條船是在巡邏。如果新政府軍軍艦突然進來會造成混亂，所以我們要隨時提高警惕。以前，我們的軍艦也開出去過。」

「是去宮古灣嗎？」

「你知道的還真多。」

「聽說了。在橫濱，對宮古灣的那件事情，據說還是外國人知道得多。都說報紙上有報導。」

「可惜那次我們沒有成功。幕府三百年的氣數好像已經到盡頭了，做什麼都不順。」

彎彎的月亮開始升上天空的時候，歲三緊緊抱著阿雪的身體，解下了她身上的和服腰帶。

「不要，會有人來的。」

「大門已經鎖上了。」

臥室在二樓。

室內的床和燈看上去好像是船上的東西。

「我、我自己來。」

阿雪掙扎。歲三一言不發，繼續手上的動作。

很快，阿雪身上的東西全部散落到了地上，露出阿雪赤裸裸的身體。

歲三橫著放倒她的身體，又抱住了她。

「今晚不讓你睡覺了。」

歲三笑著。

可是一滴眼淚卻落到阿雪的脖子上了。冷冷的淚水讓阿雪打了個寒顫。她的眼睛裡也溢滿了淚水，抬眼看著歲三。

「……?」

阿雪很奇怪，歲三並沒有哭泣。

正奇怪著，阿雪突然被抱起，接著躺在了床上。

這一天，新政府軍艦隊滿載著登陸部隊從青森出發，開始了向北海道的航行。

旗艦是鐵甲艦，第二艘是「春日丸」，隨後是「陽春丸」、「第二丁卯丸」、「飛龍丸」、「豐安丸」和「晨風丸」。陸軍中，長州兵爲主力，此外還有弘前、福山、松前、大野和德山等藩的藩兵。

官軍登陸

新政府軍的戰艦和運輸船隊出現在江差海面上時，歲三正抱著阿雪躺在床上。

阿雪的髮髻完全散落在毛毯上。

（眞好色。——）

阿雪沒有說出口，但是內心很震驚。

以前的歲三非常注意自己形象，在大坂的夕陽丘上他都沒有像這次這樣。

窗戶開始透白的時候，兩人沉沉睡去。

可是，沒過一刻鐘時間，歲三又抱住了阿雪的身體。

「阿雪，你好可憐。」

歲三自己也覺得可笑，忍不住輕輕笑出了聲。

「一點也不可憐。」

「你是硬撐著的吧。看你的眼睛還沒睡醒的樣子。」

「胡說。歲三的眼睛才像還在做夢呢。」

「噢，是做夢。」

猛然閃現在歲三腦海中的竟然是這般陳舊的字眼。

在可以俯視函館港口的二層樓上，自己和阿雪躺在一起的情形會不會是做夢呢？

（人生就像夢中夢啊。）

這話聽起來了無新意。但是從歲三此刻的心境來看卻是如此。三十五年的人生就像夢一般過去了。

他想到了在武州多摩川沿岸的事情、江戶試衛館的時代、應徵浪士組、上京、結成新選組、在京都市內的無數次戰鬥……，一個接一個的場面，像戲劇中的佈景、像繪卷一樣，帶著一種極不眞實的色彩浮現在眼前。

人生也是一場夢。

歲三現在只剩下回顧這一切的自己。他已經做好了準備，準備在敵人登陸之時，極盡全力奮勇作戰，直到生命的最後一刻。

對歲三來說，未來只有死亡。

「太好了，阿雪。」

歲三突然說道。

「什麼太好了？」

「沒什麼。我只想這麼說。」

話說了一半他又笑了。如果他是花言巧語的人，或許他會說自己「人生夠精采了」，儘管他只有三十五年的短暫時間。

（我將留下我的惡名。太過頭的人都會留下惡名。）

歲三現在已經可以把自己當成劇中人看待了。不。也許應該說回憶往昔的歲三，在體內重新誕生另外一個人。

「阿雪。」

歲三又緊緊地抱住了阿雪。他索要著阿雪的身體，而阿雪努力回應著他的索求。

歲三只有在這裡尋找自己還活在世上的眞實感，他沒有其他辦法證明自己現在還活著。

不對，還有一個辦法。那就是戰鬥。

除了這些，歲三的現實世界已經完全消失。

阿雪用自己的身體感受著歲三對生命的呼喚，感受著爲呼喚生命而爆發出來的一些東西。

毛毯上的阿雪只剩個軀體，沒有大腦。大腦在這種時候沒有任何作爲。只有身體才是唯一的容器，它能夠接受歲三的感情、過去、悲歡、理論、辭藻、悔恨以及滿足等等一切。阿雪熱切地扭動著身體，通過她溫柔的身體努力地回應著歲三的感情。阿雪緊閉雙眼，微張著嘴，臉上掛著一絲滿足的笑容。

不久，歲三沉沉睡去。

阿雪悄悄從床上下來，她想起隔壁房間裡有一面鏡子。

她想梳理一下自己蓬亂的頭髮。

手搭在隔壁房間的門把上時，阿雪不經意看了一眼窗外。

大海就在窗戶的下面。

那兒有函館政府的軍艦。

阿雪當然沒有注意到桅杆上飄著的信號旗有什麼不一樣。

新政府軍已經登陸距離函館十五里的一個叫乙部的漁村，擊退駐紮在附近的函館政府軍三十人，並保持繼續進攻的態勢。這一急報已經送達五稜郭和函館，爲此，港內軍艦揚起了的信號旗。

阿雪梳理好散亂的頭髮、化好妝、穿好了衣服。

這時歲三也醒了。

也可能他是爲了讓阿雪好好整理而故意閉上眼睛的。

歲三穿上褲子。

他一邊繫吊帶，一邊看窗外。

軍艦上飄揚著信號旗。歲三知道那是在告訴居住在函館的外國人，要求他們緊急避難。

「阿雪，你收拾好了嗎？」

「好了。」

阿雪進來了。歲三睜大了眼睛盯著她看。阿雪已經不是剛才的樣子了，她又變成了原來那個乾淨俐落的婦人，與剛剛在床上時簡直判若兩人。
歲三在床上坐下，抬起腳準備穿靴子。
「他們來了。」
「誰來了？」
阿雪蹲下身體，拿起另一隻靴子想給歲三穿上。
「敵人。」
阿雪倒吸一口涼氣。在她的頭頂上，歲三聞了聞自己的手。
「我的手上有你的氣息。」
「傻瓜。」
阿雪苦笑道。可是敵人在哪裡呀？
歲三什麼也沒說，阿雪也什麼都沒問。
歲三下樓進了客廳，吩咐職員叫來這家的店主友次郎。
友次郎急匆匆地趕來。
「抱歉突然把你叫來。函館府內已經發出避難通知了，是不是？」
「是的，剛剛發出。市內有傳聞說新政府軍已經在乙部登陸了。」
「函館還不至於馬上變成戰場。這裡有外國商行，港內有外國艦船，新政府軍多少會有些顧忌，不會砲轟這裡。所以鴻池的生意可以照做。」
「當然，我打算繼續做。」
「有膽量，像個大坂商人。」
歲三再三再四拜託他照顧好阿雪。難得見到這個男人這麼囉嗦，甚至他還在桌上向友次郎輕輕磕了磕頭，讓友次郎心裡非常感動。
「拜託了。」
「這是我應該做的，您不說我也會照顧她。您放心，既然鴻池答應了，一定會比新政府軍的保護更可靠。」
「對不起，我有點不知好歹。」
說著，歲三抱起放在房間一角的行囊，從裡面拿出所有的金片，都是兩分金，共六十兩。

「我還有一件事情拜託你。在阿雪回去的英國船上，你幫我多要一間客房，這是那個人的船費，有多的話你就交給他。哦，對了，你只要把他送到品川就行，之後就由他去任何地方吧。」

「好的，我知道了。不過你說的到底是誰呀？」

「是市村鐵之助。他是我們在伏見最後一次招募隊員時來應徵的，是美濃大垣的藩士，當時年紀太小，只有十五歲……」

「……」

「因爲長得像沖田，我就把他留下了。他自己也很高興，在我們轉戰關東、奧州、蝦夷的時候一直跟著我。我不想再帶著他去打仗了。」

這時，市村爲了向歲三報告敵人已在乙部登陸的消息而從五稜郭趕到了這裡。

「友次郎，就是他。」

歲三拍了拍鐵之助的肩說。

聽到歲三的安排，市村哭了，他請求留下來，甚至說不讓他留下來就切腹自盡。

歲三當時對市村說的話，市村留下來的談話內容中是這樣說的：

「從江戶沿甲州街道一直往西，有一個叫日野的宿場。日野宿的名主佐藤彥五郎是我姊夫，你就去投靠他。

這是任務。你要把我們之前經歷過的每場戰鬥的經過仔仔細細地告訴佐藤彥五郎。至於你以後的出路，我想他一定會關照你的，他會像對待自己的親人一樣照顧你的。」

市村始終不肯答應，於是歲三非常生氣，他說你要是拒不執行命令，我立刻殺了你。他的樣子可怕極了，和平時生氣的時候一模一樣。市村終於說不過歲三，極不情願地接受這個任務。

歲三當場向友次郎要了半張紙，拿出小刀，裁成一張兩寸大小的小紙片，用極小的字在上面寫上了：

「此人的事拜託了。義豐」

又在紙片中夾了一張照片，好像是送給佐藤彥五郎的遺物。

照片上的他身著洋裝，佩帶著小刀。這是他來函館後拍的照片。而這張照片成了歲三現存的唯一的一張照片。

最後他又拿出一件東西讓他帶上，是他心愛的佩刀。

是從去京都開始，一直跟隨歲三經歷數不清的戰鬥的和泉守兼定。

「鐵之助，這一切就拜託給你了。如果不能從你的那裡傳出去，近藤、沖田等人的死就與其他浪士沒有什麼兩樣了。」

歲三並不害怕後人對自己的批判。他多少還是有一些文才的，所以如果他擔心自己會留下惡名的話，至少會留下一些手跡爲自己辯解。

只是，他想給親屬留下自己的遺物和生前的行跡。

尤其是姊夫佐藤彥五郎。他不只是自己的親屬。在新選組成立之初，財政非常困難的當時，是近藤一次次地滿足請求資助的要求，說他是新選組創立之初的出資人一點也不爲過。如果說新選組是否有義務向出資人彙報最後的結局，答案當然是「有」。

但是有一點很奇怪。

歲三到最後還是沒有告訴市村鐵之助將和他同船的阿雪的事情，也沒有給他介紹阿雪。也可能他希望一切順其自然，因爲上船後，市村難免會和阿雪聊天，那麼在閒聊中他完全有可能得知自己和阿雪之間的事。總之到了最後時刻，他還是沒有改變不願意讓別人知道私情的性格。

阿雪在歲三離開之前都沒有下樓來。就像在夕陽丘的時候一樣，她不喜歡分離。

歲三在鴻池店門前騎上馬，勉強走出十來步的時候，突然感覺背後有人在注視著自己，不由得回頭望去。

阿雪站在二樓的窗戶跟前，正凝視著歲三。

歲三輕輕向她點了點頭，馬上又端正坐姿，挺身蹬了一腳馬肚子。馬帶著英姿颯爽的主人，向龜田的五稜郭跑去。

一回到五稜郭，歲三就從榎本、松平和大鳥那裡聽到了最新戰況。

「江差淪陷了。」

大鳥說。

這也難怪。在乙部登陸的新政府軍有兩千人，而駐紮在那裡的函館軍只有三十人，眨眼功夫就被拿下了。

距離乙部三里的江差有二百五十人，還有砲台。也都在新政府軍艦隊的砲擊下失陷。

「我們的兵力超不過三千人。而防禦部隊必須達到進攻部隊的數倍兵力才有可能守住陣地。可是以我們目前的情況，還有可能守住全島嗎？」

榎本武揚表情沉重地說。

總之，函館政府本來兵力就是嚴重的不足，而且守備又過於分散。五稜郭的本城八百人、函館三百人、松前四百人、福島一百五十人、室蘭二百五十人、鷲木一百人，其他還有數十人分別在森、砂原、川汲、有川、當別、矢不來及木古內等地。

「首先我們要集中兵力，給登陸的政府軍主力以迎頭痛擊。」

歲三說。

於是馬上通知分散於各處的兵力集中。但是爲此耗費了好幾天時間。

就在兵力還沒有完全集中前，歲三和大鳥分別率領五百左右的兵力分兩路出發了。

大鳥往木古內。

歲三向二股口。

期間，守在松前的守備隊以心形刀流派的宗家、舊幕臣伊庭八郎等人爲隊長，曾經向新政府軍佔領中的江差發起進攻，與新政府軍主力部隊遭遇後，成功擊破敵人，迫使他們敗走，獲得了大量戰利品。有四斤砲三門，還有小砲、背包、刀槍、彈藥等。

歲三佔領了二股口的險要位置，等候敵人的進攻。

「把政府軍釣上來。」

歲三指揮建起了一個縱向深入的陣地，最前線設在中二股口，以下二股口爲中軍陣地。

這兩處分別安置了少量的兵力。

「敵人衝上來時，你們象徵性地阻擋一下就跑。當敵人的部隊完全散開以後，我們將從二股口突然出兵，消滅他們。」

四月十二日下午三時左右，政府軍（薩摩、長州、備後福山等士兵）六百人出現在歲三陣地的最前線中二股口。

歲三在山上的陣地聽到下面槍聲大作，不久看到隊員按原定計劃開始撤退。

戰場移到了中軍陣地，與敵人發生衝突後，中軍陣地也向後撤去。

「來吧。」

歲三瞇著眼睛，通過望遠鏡看著前方。

上面築有十六處胸牆，隊員們正持槍待命。

敵人終於靠近了。

歲三下達了射擊的命令。一場激烈的槍戰開始了。

歲三在第一胸牆內，這裡紅白相間的隊長旗高高地飄揚著。

只要有土方在，我們就一定會贏。

這是函館軍幾乎所有人的信仰。

隊長旗被子彈打翻三次，三次都被歲三以極快的速度重新豎起。

戰鬥一直持續到深夜依然沒有停下來的跡象。第二天拂曉來臨，槍戰愈發激烈。

在這場戰鬥中，歲三的隊伍射出去的步槍子彈達三萬五千發，戰鬥時間長達十六小時，從而創造了日本戰爭史上最長的戰鬥時間記錄。

早上六點，敵人終於堅持不住了。

「舉起隊長旗。」

歲三發出了全軍突擊的信號。他讓旗手扛著隊長旗，從山崖上一氣滑落到路上。

刀出鞘。

眼看著槍戰演變成了近身白刃戰。不到五分鐘的時間，敵人開始從下坡路上連滾帶爬地敗逃。

追逐這支敵軍一里多，給了敵人幾近全殲的打擊，奪取了槍支彈藥無數。

已方的損失是戰死一人。這是令人難以置信的大勝。

幾天後，從新政府軍參謀報給內地軍務官的急報文書上這樣寫著：「敵人多爲身經百戰之士，與奧州之敵不可相提並論。要取得快速成功困難重重，請求緊急援軍。」

五稜郭

歲三是函館政府軍中唯一的一位常勝將軍。

由他率領的一個大隊把守著二股的陡峭之地，堅不可摧，在十多天的時間裡，以不多的兵力連續打退了新政府軍一次又一次的進攻。

這是歲三一生中最輝煌的時期之一。

士兵們在這位善戰的首領的指揮下，個個以一當十，勇敢作戰。

他們打得十分投入，許多人一天用一支槍發射出千餘發子彈，弄得個個臉上黑乎乎的，滿是硝煙的灰。

他們的槍被燒壞了，裝子彈的裝置失靈了。因爲槍身發燙，這些人的手上也都是燙傷，皮膚破了。

於是歲三讓士兵從山腳下運來一百桶水，當槍身開始發燙時，放進水桶裡泡涼，然後再拿出來繼續射擊。像他這樣利用水冷卻進行射擊戰的人，恐怕在同時代的歐洲也找不出第二個人。

「子彈多得是，你們盡情地發射吧。」

走在一個個陣地裡，歲三不斷激勵大家。

歲三指揮的部隊佔據的這個叫「二股」的山嶺是函

館灣背後的群峰之一，距離函館市內十里。從日本海岸江差到函館，有一條近道通過這裡，所以只要新政府軍打算從背後襲擊函館港，那麼此地就是他們的必經之地。

如果按戰略地理分類，這裡相當於日俄戰爭時，旅順港攻防戰中的松樹山或者是二〇三高地之類的地理位置。這裡一旦失陷，那麼函館市區就完全置於敵人的眼皮之下，沒有任何遮攔。說到日俄戰爭，有必要提到兩個人，一個是斯特塞爾將軍，此時的榎本武揚就好比那時的斯特塞爾將軍，兩人都很聰明，又有過人的學識。而且兩人也都太年輕，沒有常性。（據說逃出江戶加入榎本軍的幕臣、心形刀流的宗家伊庭八郎在離開江戶的時候，曾經對他的么弟想太郎說過這話。他說：「榎本這人意志力很薄弱，所以這場戰爭能堅持到最後的可能性不大。」關於榎本，這樣的評價在當時很普遍。）

另一個是用旅順港攻防戰中的俄羅斯陸軍康德拉堅科少將，此時土方歲三在各方面都酷似彼時的康特拉琴科少將。他們倆的生長環境都不是太好，又都沒有學問。但兩人都喜歡打仗，而且戰術多變，集將士的威望於一身。康特拉琴科少將戰死後，旅順的士氣一下跌到低谷，成了不得不打開城門的最主要原因之一。

二股現在通常叫中山峠或鶉越。

山路在北方的袴腰山（六一三公尺）和南面的桂岳（七三四公尺）之間延伸，在歲三的那個時候，這條山路異常狹窄，勉強只能通過一匹馬。

這裡是眞正的天險。

歲三在這條山路上搭起了不久前從函館的外國商行購入的西式司令部帳篷，讓部下也搭起可攜式帳篷，就地野營。

身邊沒有新選組的隊員。雖然還有幾個人留在函館，但分別擔負各隊的隊長之職，分散於各地，所以二股的陣地上只有經過西式訓練的士兵。

幾乎每天都有榎本的傳令官從五稜郭大本營過來。

看樣子榎本對這裡的戰況極爲關心。

「沒問題。」

歲三始終就是這一句話。

不知道是第幾次的時候，歲三向來人誇下了海口。他說：

「我們最大的損失只是一些草鞋。如果戰況有變化，我會派人回去報告。你回去告訴榎本，就說薩長雖然取得了天下，但是二股絕不會落到他們的手裡。」

這在歲三是極少有的事情。

司令部帳篷裡有法國軍事教官福坦和他同住。

戰鬥空檔，歲三隨時會把想到的句子寫到本子上，福坦覺得非常新奇，問他寫什麼。

「俳句。」

略懂法語的一個叫吉澤大二郎的步兵頭給福坦翻譯了他寫的句子。

西娜璧麗卡蝦夷月

本子上有這樣一個句子。

「西娜璧麗卡」是歲三到北海道後學到的唯一一句阿伊努語，意思是「非常美好」。

「閣下是artist（藝術家）嗎？」

法國陸軍下士官滿臉疑問。

「artist是什麼意思？」

歲三問。步兵頭領說「是指和歌作者、畫師」。本來artist還有「名人」或者「奇人」的意思。想必歲三應該屬於奇人吧。

對於戰鬥，這個男人身上有一種類似藝術家的衝動。

榎本武揚、大鳥圭介等人對這場戰爭各有各的想法和信念，但是與其說他們是戰爭販子，不如說他們是政治家更爲準確。他們之所以發動這場戰爭，歸根結底是爲了貫徹他們的政治思想。

但是，歲三不同，歲三是無償的。

就像藝術家追求的目標是藝術一樣，歲三則是以戰鬥爲目標而戰鬥的。

帶著這種純粹的動機，歲三來到了這片蝦夷之地。在榎本軍的將領中，怎麼看他都是一個「奇人」。或者這位法國下士官的問題中就包含有這一層的意思。

在二股的攻防戰中，歲三幾乎是帶著藝術家的激情創造了這場戰鬥奇跡。

鮮血、刀劍和彈藥是歲三的藝術創作材料。

新政府軍前線指揮部不斷向東京請求援軍。

在他們的信中，關於歲三等人勇敢的作戰狀態，用了非常極端的語言來表現，如：「狗急跳牆的勁敵」、「狐狸般的狡猾」等等。薩摩出身的參謀黑田了介（清隆）哀歎自己軍隊的軟弱，他給東京的信中這樣寫道：

「僅靠這支新政府的軍隊（各藩組成的），我們難以取勝。我軍中唯有薩摩兵和長州藩最爲強大。除了我藩，可以依靠的只有長州兵。其他藩兵無法與賊軍抗衡，這讓我感慨之極。望盡早派出增援部隊。」

到了十六日，新政府軍陸軍的增援部隊在松前登陸，同時艦隊向海岸沿線的砲轟也開始奏效，取得了比預期更大的效果，形勢急轉直下。

歲三的二股陣地不斷接到來自各地的潰敗的消息。十七日，松前城陷落，二十二日，大鳥圭介防守的木古內陣地（位於距函館灣海岸線七里的地方）淪陷。至此官軍艦隊果斷決定直接進攻函館港。

「眞沒出息。」

在二股的這位「奇人」非常憤慨。此時，在前線陣地上依然飄揚著太陽旗的就只剩下歲三的一個陣地了。

新政府軍掃蕩了所有其他陣地，繼而集合大軍於二股的山腳下，並於四月二十三日開始了猛烈的進攻。

「終於來了嗎？」

歲三在山上，被京都人形容「有如演員般」、厚厚的雙眼皮眼睛炯炯有神。

激戰持續了三天三夜，政府軍共發動進攻十餘次，均被擊退，依然在不斷發起進攻。於是在二十五日天未亮時，歲三挑選了二百個劍術高超的人組成敢死隊，他親自擔任敢死隊隊長。

他不再讓旗手揮舞太陽旗，而是讓他舉起了印有「誠」字的火紅呢絨底的新選組隊旗。

「這是召喚政府軍進鬼門關的旗子。」

歲三站在二百人的最前面，一躍跳到路上，在槍聲的掩護下，向十町之遠的地方展開了長距離的突擊。

激烈的衝突開始了。

歲三大肆砍殺。他命令敢死隊和步槍隊輪番進攻，時而讓敢死隊隊員隱藏到兩側的山崖後，由步槍隊向敵人掃射，時而讓步槍隊停止射擊，敢死隊殺向敵人。

經過十幾次這樣的輪番進攻，新政府軍終於抵擋不住，開始敗逃。

歲三立刻下令向在山上待命的敵人本隊發起了總進攻。

「不給他們留下一兵一卒。」

部隊不斷向前突進。

新政府軍死亡過半。長州出身的軍監駒井政五郎也在這場戰鬥中陣亡。

但是，其他戰線已經陷入了潰敗總撤退的境地，在五稜郭大本營的榎本於是決定收縮戰線，把戰鬥控制在龜田的五稜郭和函館市區的防禦上。

「看來榎本是準備投降了。」

歲三直覺地意識到這一點就在這個時候。

傳令官面無人色，前來勸說歲三放棄二股陣地。從他的臉上可以察覺到大本營此時的氣氛。

「我們還沒有輸。」

歲三沒有答應。

然而，緊接著歲三從傳令官口中得知了一個令人震驚的情況。

位於二股到函館路上的矢不來陣地在敵人艦砲的轟擊下已經淪陷。一旦新政府軍從那裡登陸，歲三的軍隊將成爲一支孤軍。

不得已他放棄了十幾天來連連擊退新政府軍無數次進攻的二股陣地，歲三回到了龜田的五稜郭。

「土方，打得好啊。」

榎本在城門迎接歲三，眼睛裡滿含著淚水向回到大本營的將士一一行注目禮。

這是榎本的一個優點，而他的這一品德又使他具備了一種統率力。

歲三原本不討厭榎本的這一面——這在近藤身上是看不到的。但是現在這個場合，他的眼淚卻是多餘的，它大大挫傷了戰士的士氣。

因爲榎本的眼淚，大家很快意識到了局勢的嚴重性。

回到大本營後，又有一件事讓歲三更加吃驚。陸軍奉行大鳥率領的幕府步兵中竟然有數百人逃跑了。

這些人生性就不是武士，他們是在江戶、大坂等地募來的平民兵，一旦戰敗，本性盡顯。

得知有人逃跑的事實後，歲三這支獲勝的部隊中也有一些士兵思想上出現了波動，回大本營後約十天的時間裡，也有一百來人不見了蹤影。

更受打擊的是，被函館政府認爲是敵人剋星的軍艦也一艘接一艘地退出了戰場。「高雄」已經沒有了，「千代田形」在函館弁天崎海面觸礁，戰鬥力最強的「回天」也在函館港內的海戰中了一百零五發砲彈而擱淺，失去了戰鬥力。

剩下的「蟠龍」也因爲發動機故障而喪失戰鬥力。榎本最信賴的海軍全軍覆沒。海軍的被殲給了以榎本爲首海軍出身的將領沉重的打擊，而他們消沉的情緒進一步削弱了全軍的士氣。

五月七日，函館海軍全軍覆沒，新政府軍艦隊全面進駐函館港。

海軍被全殲的這一天，在五稜郭大本營極度緊張的氣氛中召開了軍事會議。

「怎麼辦？」

儘管野戰陣地被攻破，但是除了五稜郭，函館港的弁天崎砲台、千代岱砲台依然健在。

「我們籠城吧。」

提出這個意見的是大鳥圭介。

但是榎本和松平太郎都主張堅持戰鬥。

歲三像往常一樣默不作聲。他知道無論如何都不可能會有勝算。

「我怎麼樣都行。」

他模棱兩可地說。在他看來這兩種意見的結果無疑都是失敗。

歲三現在能想到的是自己的死期將至。

他已經失去了參與討論函館政府如何生存下去的興趣。

「你這話可不算是意見。」

大鳥說。

「那麼大鳥，請問這次會議是討論如何取勝的會議嗎？」

「當然啦。軍事會議不就是這樣的嗎？你在想什麼呢。」

「我很吃驚。」

歲三說。

「吃驚什麼？」

「你們認爲我們還有贏的可能嗎？」

歲三表情嚴肅的說：

「如果爲了取勝而舉行軍事會議，我想事已至此已經沒有這個必要了。但是如果討論戰術，我當然有我的想法。」

「戰鬥不就是爲了取勝嗎？」

「算了，你們繼續討論吧，我就當聽眾。」

再說新政府軍的指揮部，此時已經在著手準備勸降五稜郭大本營。在正式派出招降使之前，他們通過出入五稜郭的商人，不斷散佈流言，打探城內的反應。

聽到這些傳聞，以榎本爲首的五稜郭將官都付之一笑。但是在部下將士中間，一個疑問在逐漸加重：

「榎本會投降嗎？」

這話傳到了千代岱守將中島三郎助的耳朵裡，他策馬跑來了。

中島三郎助曾經是浦賀奉行所的與力，嘉永六年六月三日，培里乘船來日本的時候，是他坐小艇前去查問的，他也因此而出名。

之後，根據幕府的命令，他在長崎學習了軍艦操作法，後來當上了軍艦操練所教授方頭取，榎本曾是他的手下。

幕府末期，他又是兩御番上席等級的軍艦官員，但是由於身體因素，沒有實際意義上的職務。

隨著幕府的瓦解，他和長子恒太郎、次子英次郎一同追隨榎本來到函館，出任相當於五稜郭分城的千代岱砲台守備隊隊長。時年四十九歲。

此人精通詩文樂理，而且又接受過西洋教育。但是他的骨子裡卻依然流著與古代武士相同的血，性格非常暴烈，與他的那些教養極爲不符。

後來榎本投降，打開了五稜郭城門。但是他和他的千代岱砲台卻始終沒有投降。五月十五日，砲台受到新政府軍猛烈的攻擊，浴血奮戰的結果，他和兩個兒子一起戰死在戰場上。

「這個謠傳不會是眞的吧？」

他進了大本營一個西式房間裡。不巧室內只有歲三一個人，他正在認眞地擦拭他的長筒靴。

「什麼事？」

歲三回頭問他。中島自有他自己的做法。此時的他依然是一身和服。在戰鬥開始前，他曾擔任函館奉行。

「哦，是土方大人。」

看這背影，他誤以爲是榎本。

「我是土方。」

「找你也行。不知道你聽說沒有，有風聞說榎本要投降，不會是眞的吧？」

「我不知道。可能是士兵之間瞎傳的。」

「這樣我就放心了。」

中島三郎助拉過椅子坐下，看著歲三說：「土方大人，」

他說：

「我這麼說可能不太好，榎本這人其實沒有表面上那麼堅強，一旦有什麼意外，他會很容易屈服的。我在軍艦訓練所的時候，他曾經是我的下屬，所以我很瞭解他這點。萬一，我是說萬一，榎本說投降，作爲陸軍奉行，你會怎麼做？」

「這個，」

歲三顯得很爲難的樣子。在他的意識裡，現在已經是不在意他人想法了。

「我可能有點任性。但是榎本怎麼做我都無所謂。只是如果你問我自己準備怎麼做，我可以回答你。」

「你會怎麼做？」

「以前我有一個夥伴叫近藤，他運氣不好，在板橋死在了政府軍的刀刃之下。既然我活到了現在，……」

歲三突然打住話頭。

他覺得這不是應該說給別人聽的事情。他又開始埋頭擦他的靴子。

近藤就在地下。

如果自己和榎本、大鳥等人一起繼續活下去的話，將來會沒臉去見地下的近藤。歲三一邊擦靴子一邊心情輕鬆地想著這些事情，好像這是再正常不過的事情而已。

硝煙

這天晚上，見到了亡靈。

五月九日夜間五點，天空晴朗。歲三從戰場上回來，待在五稜郭大本營的自己房間裡。突然他感覺房間裡氣氛奇怪，於是下床。歲三凝視房內，見到他們。眼前有人，不是一、兩個人，而是一群人。

「武士不會成爲怨靈。」

自古就有這樣的說法，歲三也堅信。以前在壬生的時候，有一次住持跑到駐地說，新德寺的墓地出現了切腹自盡的隊員亡靈。

歲三不相信。

「這種東西肯定不會是武士。如果眞有冤魂現世，我就殺了他，把他重新送回到那個世界中去。」

歲三去了墓地，他撫著劍，徹夜等待亡靈出現。然而始終沒有看見什麼亡靈。

然而現在，亡靈就在這間房裡。他看見亡靈們或坐在椅子上，或盤腿坐在地上，或側躺著。

他們都穿著京都時候的服裝，表情輕鬆。

近藤勇坐在椅子上。

沖田總司頭枕著手臂躺著地上，看著歲三。他的

旁邊是在伏見之戰中飲彈而死的井上源三郎，依然是一副平民百姓的神情，盤著腿，呆呆望著歲三。山崎烝在房間的一角正在換刀鍔。除了他們，還有另外幾個舊時的同志。

（看來我是累了。）

歲三在床沿坐下來，心裡想著。五月以來，歲三幾乎每天率領士兵從五稜郭出擊，打退不斷進攻的新政府軍。

不眠之夜持續之下，所以房間裡出現幻影了。

「怎麼回事？」

歲三問近藤。

近藤無言地微笑著。歲三把眼光轉向了沖田。

「總司，你還是那麼不懂禮貌。」

「因爲我累了。」

「你也累了嗎？」

歲三很吃驚，沖田卻沉默了。雖然沒有燈光照明，但看得出來他確實在微笑。歲三心想，大家都累了。回想一下，在幕末，旗本八萬騎還在過著安逸舒適生活的時候，正是現在出現在這間房裡的新選組隊士在努力維護著不斷崩解的幕府「威望」。他們究竟在歷史發揮了什麼作用，時至今日，歲三也不知道，他只知道他們累了，即使成了亡靈，還是那麼疲倦。

歲三發呆地想著這一切。

「阿歲，函館明天就要陷落了。」

近藤終於開口說話了。聽他的語氣，不像是預言也不像是忠告。

歲三本應該被這話所震懾，但是事態發展至此，早已經沒有什事能讓他驚訝的了。他有的只是疲勞，他的內心已經枯竭。

「會陷落嗎？」

歲三表情漠然地說。近藤點點頭：

「函館城的後面有一個叫函館山的地方，那兒防守好像很薄弱。新政府軍大概會派奇兵悄悄地爬上那裡，然後一舉進攻市區。守將永井玄蕃頭本來就是個舞文弄墨的官吏（文官），他守不住的。」

歲三覺得很奇怪。這個意見很早以前他就跟榎本武揚提過，當時他要求把那座山作爲要塞。但是遺憾的是函館軍既沒有足夠的兵力也沒有足夠的物資。

——至少可以讓我去守。

這話今天早上剛跟榎本說過，但是榎本害怕在五稜郭見不到歲三，沒有准許。

（咦，這不是我的意見嗎？）

他翻了個身，在床上坐起來。剛剛好像只是打了個盹，他身上的軍裝、長靴都沒有脫。

（原來是夢——）

歲三下了床，在房間裡踱來踱去。房間裡確實有一把剛才近藤坐過的椅子，歲三還在沖田躺過的地板旁邊蹲了下去。

他伸手摸了摸地板。

……………………

很奇怪，上面留有人的體溫。

（總司這小子眞的來過呀。）

歲三在那個位置上躺了下去。頭枕著手臂，擺出和沖田一模一樣的姿勢。

又過了半刻鐘，他聽到門把手轉動的聲音，立川主稅進來了。立川是在甲州戰爭前後加盟的甲斐鄉士，維新後改名鷹林巨海，剃光頭髮當了和尚，後來成爲山梨縣東山梨郡春日居村的地藏院住持，並在那裡度過了餘生。在歲三成爲「歲進院殿誠山義豐大居士」後，終身爲他祈禱冥福的就是這位巨海和尚。

「您怎麼啦？」

立川主稅吃驚地推醒歲三。歲三和沖田一模一樣的姿勢，躺在地上又睡著了。

「總司這小子來過了，近藤、井上、山崎也都來過了。……」

歲三起身，盤腿坐好，聲音爽朗地告訴立川。

立川主稅的表情好像覺得歲三瘋了。因爲這時的歲三與平時的他太不一樣了。

歲三讓他把新選組倖存下來的隊員都叫進來。

大家都來了，馬夫澤忠助也來了。說是大家，其實也不過十二、三人。其中在京都時加入新選組的有兩、三人，他們是資格最老的前新選組伍長島田魁、同尾關政一郎（泉）等，其餘的都是在伏見、甲州和流山招募的人。他們現在分別擔任步兵大隊的各級指揮官。

「我想和大家一起喝喝酒。」

歲三在地上依次放好座墊，大家坐下，酒宴開始了。下酒菜只有墨魚乾。

「酒宴是爲了什麼事啊？」

「沒什麼，就是想大家一起高興高興。」

歲三什麼也沒說。只是興致很高，反而讓大家感覺很不舒服。

等大家弄清楚他的意圖的時候，已經是在第二天早上了。這天，兵營告示板上貼出了新的人員隸屬關係變更布告，包括前一天晚上參加聚會的人在內的全體士兵都成爲總裁榎本武揚直接統轄的下屬。

就在這一天，函館淪陷。

永井玄蕃頭等人不敵敵人的進攻，逃回了五稜郭。函館政府最後只剩下弁天崎砲台、千代岱砲台以及大本營五稜郭這幾個據點了。

「土方，讓你說中了。敵人就是從函館山方向打過來的。」

榎本臉色蒼白。歲三越想越覺得奇怪。他想自己的確說過敵人會從函館山方向打過來，但是並沒有說什麼時間會打過來。他覺得昨晚的夢不是簡單的一個夢，而是近藤他們特意來提醒自己的。

「明天去函館吧。」

歲三說。

榎本表情疑惑，他想，市區不是已經成了新政府軍的天下了嗎？

五稜郭內馬上召開了一次軍事會議。

榎本、大鳥主張籠城，歲三照例不說話。副總裁松平太郎堅持要歲三說一說自己的意見，於是他開口了。

「我要去和敵人決戰。」

簡簡單單就說了這麼一句。陸軍奉行大鳥圭介的臉上毫不掩飾地露出對歲三的厭惡。

「土方君，你這不是什麼意見。我們現在是在開軍事會議，不是來聽你要幹什麼。我們應該商量下一步該怎麼辦。」

此人後來成了一名外交官，就是因爲他具備這樣的性格。他總是要求什麼場合說什麼話。

「你提籠城的意見，我聽見了。但是籠城的目的是等待援軍到來。請問，在全日本我們的援軍在哪裡？現在這種時候，除了出戰，還有什麼必要坐在這裡舉行毫無意義的軍事會議，商量什麼對策？」

歲三說。歲三很懷疑他們所謂的籠城，實際上是爲投降做準備。

松平太郎、星恂太郎等人同意歲三的意見。於是會議決定第二天天未亮開始奪回函館的戰鬥。

湊巧的是，就在這一天裡，新政府軍參謀府也決定了向五稜郭發起總攻的時間。

這天，歲三走出五稜郭城門的時候，天地間還是漆黑一片。這一天是明治二年五月十一日。

歲三騎在馬上。

跟隨他的只有五十個人，都是從榎本軍中被認爲是最強的西式訓練隊、舊仙台藩的額兵隊和舊幕府的傳習士官隊中抽調出來的。

他的這一大膽舉動讓松平等人大爲驚。但是歲三說：

「我不需要太多的人，我只要帶領大家像錐子一樣在新政府軍中鑽出一個洞，向函館殺過去。至於擴大洞穴的任務就交給你們了。你們就帶著所有的兵力和武器彈藥擴大我們的成果吧。」

這一天，歲三已經做好了決死的準備，他要在這場戰鬥中告別世界，去和近藤、沖田相聚。他很清楚，只要自己在這個世上再苟活幾天，就會和榎本、大鳥等人一樣成爲投降者。他想：他們要投降儘管去，而我卻永遠不會向長期以來的敵人薩長投降。

可能的話，他希望自己像個眞正的勇士那樣深入敵陣，死在無數敵人的屍體前。

歲三以三門砲車開道。砲車走在隊伍最前面是因爲當時的砲射程都很短。

途中要穿過一片樹林。快到樹林跟前的時候，突然從昏暗的樹蔭裡跳出一個人來，一把拉住了歲三的馬繩。是馬夫忠助。

「忠助，你幹什麼?」

「我們都來了。大家說了我們要爲新選組而死。」

抬眼一看，以島田魁爲首，前天晚上聚在一起喝酒的人都來了。

「胡鬧，快回去。今天的戰鬥靠你們的劍術是贏不了的。」

說完策馬就走。島田等新選組的人在馬的旁邊跟著跑了起來。

太陽升起來了。

就像等著歲三他們似的，政府軍的四斤山砲隊、艦砲發出了隆隆的震天巨響，新政府軍開始進攻了。五稜郭的二十四斤要塞砲隊、艦砲也開始噴出火舌。在歲三的隊伍之後，有松平太郎、星恂太郎、中島三郎助的隊伍跟著，他們的山砲也開始了邊前進邊射擊。

眼看著天地間被砲灰所籠罩。

歲三的身邊不斷有砲彈炸裂後的碎片飛過，但是他的隊伍速度卻越來越快。

途中還有一片原始森林。

穿過這片森林，他們遭遇了政府軍百人左右的先遺部隊。

敵人已經在路上向歲三的隊伍瞄準。

歲三蹬了一腳馬肚子，馬飛也似的向前衝去。歲三騎在馬上，揮劍砍死一個砲手。

這時，新選組、額兵隊和傳習士官隊紛紛趕到，他們白刃中交織著槍聲，奮力作戰。這時松平、星和中島的隊伍也趕到了，他們一舉擊退了敵人的先遣部隊。

歲三帶領隊伍繼續前進。途中又碰上一隊新政府軍，像是津輕兵。隊伍中有穿和服的，也有穿洋服的。在歲三的三門大砲和米尼槍的連續射擊下，新政府軍又敗退了。正午，隊伍來到函館郊外的一本木關門前。

新政府軍的主力集中在這裡。他們已經佈置好了排砲和槍陣，開始了猛烈的射擊。

松平隊用槍砲進行反擊，

這是一場絕無僅有的激戰。戰鬥的激烈程度可想而知。

歲三肩上扛著白刃，在馬上不停地指揮，但是形勢不容樂觀。敵人是以久經沙場的薩長兵為主，其餘藩的兵力作為後備力量，沒有後退一步的跡象。而且到了這裡，從函館港射出來的艦砲命中率也提高了，松平太郎等人的作用只剩下是阻止己方的潰退了。

歲三看出此時除了打近身戰，已經沒有任何辦法。他發現敵人左側射出來的子彈不是很密集，於是回頭看了一眼隊伍裡的士兵，說：

「我要從這裡沖過去到函館，可能不會再回五稜郭了。誰要是厭倦了現世，可以跟我來，否則不許跟著。」

好像被他的話吸引了似的，松平隊、星隊和中島隊中有不少士兵跑上前來，人數達到了二百餘人。

就這樣，這支隊伍沒有組織隊形就開始向敵人的左側　喊起來。

歲三從敵人的頭頂上越過，一邊左右開弓，一邊前進。

此時的他除了「鬼」字，沒有其他詞可以來形容。

這時，新政府軍的後備隊伍趕到，保住了左側部隊的潰敗，也導致五稜郭的軍隊再難前進一步。

隊伍無法繼續向前。

但是，只有一騎，只有歲三還在前進。他在硝煙彌漫中無所畏懼地前進。

士兵們想追隨在他的後面，卻被擋在了政府軍的人牆前面，一步前進不得。

大家茫然地目送著歲三騎在馬上的身姿。不只是五稜郭軍，就是匍伏在地上射擊的新政府軍將士也被正穿過自己隊伍的敵將大無畏的氣勢所壓倒，誰也不敢靠近一步，甚至忘了向他對準槍口。

歲三走了。

他來到函館市區一端的榮國橋時，從地藏町方向跑步趕來增援的長州部隊見到了這個面生的穿法式軍裝的將官。有士官上前問：

「你去哪裡？」

「去參謀府。」

歲三瞇起一笑會讓人感到害怕的雙眼皮眼睛回答。他是打算單騎殺進參謀府。

「你叫什麼名字？」

長州部隊的士官心想或許他是薩摩的新任參謀。

「名字嗎？」

歲三想了想，不知爲什麼他不太願意說自己的函館政府的陸軍奉行。

「我是新選組副長土方歲三。」

聽到這名字，新政府軍像大白天裡見到了鬼似的驚訝不已。

歲三繼續前行。

士官讓士兵們散開，準備射擊。在開槍前，有人問道：

「你去參謀府幹什麼？如果是投降的軍使，應該有慣例的做法。」

「投降?」

歲三沒有放慢速度。

「剛剛我已經說過了，我是新選組副長，去參謀府除了殺人沒有別的。」

「啊……」

全軍立刻擺出射擊的姿勢。

歲三踢了一腳馬，從他們的頭上跳了過去。

然而當馬再次落地的時候，坐在馬鞍上的歲三，身體落到了地上，發出一聲重重的悶響。

還是沒有人敢靠近。

當歲三黑色呢絨軍裝開始被鮮血染紅的時候，長州人這才知道這個敵人的將領已經變成了一具屍體。

歲三死了。

又過了六天，五稜郭開城投降。總裁、副總裁、陸海軍奉行等八個閣僚中，只有歲三一人戰死。八個閣僚中，有四人後來得到赦免爲新政府工作，他們分別是榎本武揚、荒井郁之助、大鳥圭介和永井尚志（玄蕃頭）。

歲三的屍體被安葬在函館市內的納涼寺，墓碑由鴻池的代理友次郎立在該市淨土宗稱名寺內。

爲歲三善後的是友次郎，但錢是全市各商家捐的。他們的理由只有一個，那就是歲三曾經爲函館人做過「善事」。在五稜郭後期，大鳥曾經提出過讓函館居民捐獻戰爭經費的意見。

「這些錢只是杯水車薪。」

歲三表示反對，他說：

「就算五稜郭滅亡了，這個城市會繼續存在。只要我們對這個城市有一分錢的虧欠，橫徵暴斂的政府形象將永遠難以消除。」

他的這番話阻止了大鳥的提案。

刻在墓碑上的戒名是廣長院釋義操，俗名是土方歲三義直，上面有一個字是錯的。而函館居民建的墓碑上俗名則是義豐，這是對的，但戒名卻是歲進院殿誠山義豐大居士。

會津的藩士中也有人供奉歲三，並留下了有統院殿鐵心日現居士的戒名。

在土方家，明治二年七月，歲三的勤務兵市村鐵之助的來訪，得知他陣亡的消息。第二年的明治三年。又有馬夫澤忠助來訪，知道了他的戒名，選用了「歲進院殿……」作爲牌位來供奉。

市村鐵之助的來訪極富戲劇性。

那一天，在雨中，乞丐模樣的他站在武州日野宿盡頭的石田村土方家門前。當時，因爲社會上普遍認同函館政府軍爲賊軍，所以他只好裝扮成這個樣子悄悄來到土方家。

「請允許我拜祭佛龕。」

被帶到佛龕後，市村叫了一聲：

「隊長。——」

就大哭不止。據說他趴在歲三的佛龕前整整哭了有一個多小時。

……………

鐵之助在土方家和佐藤家藏匿了約三年之久。在社會輿論開始鬆動後，土方家的人安排他跟附近一個叫安西吉左衛門的人離開武州，把他送回了故鄉大垣。前面已經提到過，後來他又離開故鄉，在西南戰爭中陣亡。也許是歲三的狂熱傳給了這個年輕人，他終於沒有按捺住自己的瘋狂，在戊辰時代爆發出來了。

阿雪，

死在橫濱。

其後的事情不得而知。明治十五年樹木長出新綠的時候，有一個身材矮小的婦人在函館的稱名寺裡留下了歲三的供奉費。寺院的僧人問她與故人的關係，婦人只是臉上露出了很懷念的微笑。

什麼也沒有說。

此人大概是阿雪。

這年初夏，函館常下太陽雨。這一天，或許也有太陽雨滴落在這個寺院裡的石板上。

國家圖書館出版品預行編目（CIP）資料

燃燒吧！劍／司馬遼太郎作 ；吳亞輝譯．
-- 初版．-- 臺北市：遠流，2020.05
冊； 公分． --（日本館·潮；J0282-J0283）
ISBN 978-957-32-8763-6（上冊：平裝）
ISBN 978-957-32-8764-3（下冊：平裝）
ISBN 978-957-32-8765-0（全套：平裝）

861.57 109004573

日本館·潮 J0283
燃燒吧！劍（下）

作　　者——司馬遼太郎
譯　　者——吳亞輝
主　　編——曾慧雪
行銷企劃——葉玫玉

發行人——王榮文
出版發行——遠流出版事業股份有限公司
104005 台北市中山區中山北路一段 11 號 13 樓
郵撥／0189456-1
電話／（02）2571-0297　傳眞／（02）2571-0197
著作權顧問——蕭雄淋律師
2020 年 5 月 1 日　初版一刷
2021 年 12 月 1 日　初版二刷
售價新臺幣 350 元（缺頁或破損的書，請寄回更換）

ISBN 978-957-32-8764-3
遠流博識網 http://www.ylib.com　E-mail: ylib@ylib.com